Anna Pfeffer

Für dich soll's tausend Tode regnen

Anna Pfeffer

FÜR DICH SOLL'S TAUSEND TODE REGNEN

cbj

Dieses Buch ist auch als E-Book erhältlich.

MIX
Papier aus verantwortungsvollen Quellen
FSC
www.fsc.org
FSC® C083411

Verlagsgruppe Random House FSC® N001967

2. Auflage

Dieses Werk wurde vermittelt durch die Michael Meller Literary Agency GmbH,
München.

Umschlaggestaltung: *zeichenpool, München, unter Verwendung von Motiven von
© Shutterstock (Nancy White, Ramona Kaulitzki, Karkas)
kk × Herstellung: SoS
Satz: GGP Media GmbH, Pößneck
Druck: CPI books GmbH, Leck
ISBN: 978-3-570-17155-4
Printed in Germany

www.cbj-verlag.de

Es gibt drei Dinge, die du über den Tod wissen musst:
Er ist unbeliebt, unausweichlich, und ab und zu verarscht er dich.

(Aus dem schwarzen Buch von Emi, 15)

KAPITEL 1

Der Morgen in Hamburg war scheußlich. Er war genauso scheußlich wie die siebenundzwanzig Morgen davor, und ich machte mich mit dem Gedanken vertraut, dass die nächsten tausend Morgen in dieser Stadt auch nicht besser werden würden.

Als der beschissene Nieselregen wieder einsetzte, trottete ich langsam zur Bushaltestelle. Widerwillig klappte ich *Stolz und Vorurteil* zu und war gerade im Begriff, es in meinen Rucksack zu stecken, als ich von einer hastig vorbeieilenden dicken Frau mit Regenschirm angerempelt wurde, die keine Anstalten machte, sich auch nur irgendwie zu entschuldigen.

Das Buch rutschte mir aus der Hand und fiel aufgeschlagen auf den Boden, genau an der Stelle, an der Mr Darcy Elizabeth betrachtet und überheblich zu seinem Freund meint: »Sie ist akzeptabel, aber nicht hübsch genug, um mich zu reizen.« Und in diesem Moment sah ich vor mir, wie Mr Darcy von einer hastig vorbeieilenden dicken Frau beim Gesellschaftstanz angerempelt werden würde, woraufhin sie auf dem glatten Marmorboden ausgleiten und sich die Köpfe aufschlagen würden, um gemeinsam dahinzuscheiden.

Mit einem zufriedenen Lächeln hob ich das Buch auf und verstaute es in meinem Rucksack. Dann ging ich weiter, sah mir die Leute auf der Straße an und versuchte, mir vorzustellen, wie sie sterben würden. Bei ein paar war es geradezu lächerlich einfach. Der dünne alte Mann auf der Parkbank mit dem unstillbaren Husten und den gelben Fingern: Lungenkrebs. Der fahrige Junge an der Rolltreppe zur U-Bahn mit den stumpfen Haaren und dem schäbigen alten Parka: Überdosis. Die keifende Mittzwanzigerin am Obststand, die eine Staatsaffäre daraus machte, dass die Verkäuferin für die normalen Äpfel den Bio-Preis verrechnet hat: Schlaganfall.

Mit den Leuten an der Bushaltestelle tat ich mir ein bisschen schwerer, da die Menschen nur stupide auf ihr Handy oder ins Nichts glotzten. Ich gab gerade einer jungen Frau, die gesund, gebräunt und glücklich aussah und ein Buch übers Surfen las, mangels alternativer Anhaltspunkte den unwahrscheinlichen Tod eines Haiangriffs, als der Bus kam. Er blieb stehen und öffnete zischend seine Türen. Danach kam es zu dem üblichen Gedrängel, weil die, die hineinwollten, denen, die herauswollten, im Weg waren und sie sich gegenseitig blockierten. Ich stieg nach einem Mann mit gehetztem Gesichtsausdruck und rücksichtsloser Ellbogentechnik ein (tödlicher Verkehrsunfall, Drängeln auf der Autobahn) und schlüpfte auf einen warmgesessenen Platz in der hintersten Reihe am Fenster. Trotz meiner Müdigkeit widerstand ich der Versuchung, meinen Kopf an die kühle Scheibe zu lehnen. Ich wusste nicht, wer seinen Kopf davor gegen diese Scheibe gelehnt hatte, und der Wärmeaustausch über die Hartplastik-Sitzschale mit dem unbekannten Menschen vor mir reichte mir für den Moment an Intimität.

Enthusiastisch ließ sich jemand neben mich auf den Platz fallen, und ich befürchtete, dass dieser Jemand wuschelige blonde Haare und einen weißen iPod hatte. Aus dem Augenwinkel sah ich einen Kugelschreiber, mit dem der Jemand zum Takt der Musik aus seinen Ohrstöpseln gegen seinen Oberschenkel klopfte, und blickte genervt aus dem Fenster. (Ich konnte mir gut vorstellen, dass der Kopf dieses Jemands bei einer Vollbremsung des Busses mit voller Wucht gegen den Vordersitz knallen und er sich das Genick brechen würde.)

»Jetzt gib dir doch mal einen Ruck, Emi«, sagte mein Bruder in diesem Moment, nahm die Ohrstöpsel heraus und stieß mich mit der Schulter leicht an.

Ich dachte an den Ruck, den der Bus ihm geben könnte, und schüttelte den Kopf. »Vergiss es.«

»Es ist doch nur ein Wochenende.«

»Dann bleib du doch zu Hause.«

Olivers Mundwinkel zuckte, so wie Olivers Mundwinkel immer zuckte, wenn er sich etwas in den Kopf gesetzt hatte. Normalerweise zuckte Olivers Mundwinkel auch nur ganz kurz, denn normalerweise bekam Oliver, was er wollte.

»Gut. Ich mach dir einen Vorschlag, Emi«, sagte er und verstaute seine iPod-Stöpsel in der Jackentasche. »Du bleibst übernächstes Wochenende zu Hause, lässt die Handwerker rein und beäugst mit deinen düsteren Augen den Fortschritt der Renovierungsarbeiten.«

»Wo ist denn da bitteschön der Vorschlag?«, fragte ich und hob eine Augenbraue. »Das ist doch einfach nur das, was du willst.«

Oliver fuhr sich durch seine blonden Locken, auf die erstaunlich viele Mädchen standen. Im Alter von zehn Jahren hätte er sie beinahe mal verloren. Ich war damals acht gewesen und mit Papas elektrischem Rasierer bewaffnet in sein Zimmer geschlichen. Nachdem Oliver meine Sammlung schwarzer Blütenblätter »versehentlich« im Klo runtergespült hatte, empfand ich es als ausgleichende Gerechtigkeit, seine Locken ebenfalls im Klo runterzuspülen. Ich war gerade dabei, mir zu überlegen, ob es nicht doch lustiger wäre, ihm ein blondes Lockenherz am Hinterkopf stehen zu lassen, als er aufwachte. Oliver hatte bei so etwas irgendwie den sechsten Sinn, und letztendlich wurde aus meinem großen Vorhaben eine kleine, haarlose Stelle, die schnell wieder nachwuchs und von der schon ein paar Wochen später nichts mehr zu sehen war. Er kam einfach immer ungeschoren davon.

»Okay«, raunte Oliver, als würde er jetzt seine Geheimwaffe in punkto Verhandlungstechnik präsentieren, »wenn du an dem Wochenende zu Hause bleibst, dann übernehme ich die nächste Woche das Ausräumen des Geschirrspülers. Die *ganze* nächste Woche.«

Ich verdrehte die Augen. »Du bist nächste Woche sowieso mit dem Ausräumen dran. *Die ganze nächste Woche*«, wiederholte ich gedehnt.

»Hey, Emi, jetzt sei doch nicht so«, stöhnte er und ließ sich tiefer in den Hartplastiksitz fallen. »Dieser Segeltrip wird der Hammer und ich muss da einfach dabei sein.« Seine blauen Augen bohrten sich in meine. »Wenn du so einen großen Wunsch hättest, würde ich dich als großer Bruder sofort unterstützen.«

»Ich habe den großen Wunsch, übernächstes Wochenende nach Hause zu fahren. Unterstützt du mich dabei?«, fragte ich sarkastisch.

Oliver strahlte mich an und seine Grübchen traten zum Vorschein. »Das trifft sich doch gut! Wenn du an dem Wochenende zu Hause bleibst, bekommen wir alle, was wir wollen. Paps zischt mit seiner Neuen nach Mallorca ab, ich verschwinde auf den Segeltrip und du, du bleibst zu Hause und kontrollierst die Renovierungsarbeiten.«

Bei der Erwähnung von Papas Neuer rumorte ein schwerer Klumpen in meinem Magen und ich dachte an den Moment, als er das erste Mal von ihr gesprochen hatte. Bis zu diesem Zeitpunkt hatte er seine Bekanntschaften immer von uns ferngehalten. Er erzählte uns so gut wie nichts von ihnen, brachte sie nicht mit nach Hause und verspürte offensichtlich nicht den Drang, sie uns vorzustellen. Bis zu dem Abendessen vor rund zwei Monaten, als er sich räusperte, uns nacheinander bedeutungsvoll ansah und dann erklärte, dass wir uns auf »gewisse Veränderungen« einstellen sollten, weil sich in seinem Leben einige »überraschende Entwicklungen« ergeben hätten. (Überraschende Entwicklungen, deren überraschende Konsequenzen sich überraschend scheiße anfühlten.)

Im Wesentlichen gibt es ja drei Arten von Überraschungen: Da sind zunächst die guten Überraschungen. Das sind jene, über die du dich freust und die dir ein kleines oder großes Glücksgefühl bescheren. Du bist happy über das neue iPhone, die Eins in Mathe oder den Friseurunfall deiner Lehrerin. Dann gibt es die neutralen Überraschungen. Sie schleichen einfach an dir vorbei, du bemerkst sie, winkst ihnen vielleicht zu, aber sie sind nicht von großem Interesse. Es sind Überraschungen, die keine Gefühlsregung in dir auslösen, wie zum Beispiel der veränderte Beziehungsstatus deines Bruders, der Trend zu Röhrenjeans oder das neue Album von Sarah Connor. Und schließlich gibt es die negativen Überraschungen. Die, die dir einen Hieb in den Magen versetzen. Wenn dein Papa verkündet, dass er mit seinem Studienkollegen eine

Praxis in Hamburg gründen möchte, und wenn dir bewusst wird, dass seine Überraschung noch viele weitere nach sich ziehen wird. Wenn aus der neuen Praxis ein neues Haus, eine neue Schule und neue Leute werden und du schon mit den alten Leuten zu kämpfen hattest. Wenn aus dem Umzug auch noch eine neue Frau hervorgeht, die dein Vater dir und deinem Bruder vorstellen möchte. Dann hast du von Überraschungen endgültig die Nase voll.

»Hallo Emi, noch da? Erde an Emi«, sagte Oliver und klopfte mit seinem Kugelschreiber ungeduldig gegen seine Jeans.

»Ich meinte, dass ich nach Hause will, Oliver. *Nach Hause*. Zu Charlie.«

»Wir haben jetzt ein neues Zuhause, Emi«, erklärte er mir und schlug den Therapeutenton unseres Vaters an, »du musst lernen, die neuen Umstände zu akzeptieren.«

»Ich muss überhaupt nichts und schon gar nicht am übernächsten Wochenende. Charlie und ich gehen in eine Ausstellung, das ist schon ewig geplant.«

Oliver strich sich durch seine blonden Locken. »Charlie kann dir ja Fotos von der Ausstellung schicken, dann ist es fast so, als wärst du dabei. Für dich ist es wichtig, jetzt hier Fuß zu fassen. Akzeptiere dein neues Leben. Freunde dich damit an. Du wirst sehen, dass du dich dann bald besser fühlst.«

»Das sagst du, weil dir mein Wohlbefinden am Herzen liegt?«, fragte ich gelangweilt und blickte nach draußen, wo die Straßen und Menschen an uns vorüberzogen.

»Genau. Nur deswegen.«

»Nur deswegen«, wiederholte ich. »Du möchtest also, dass ich mich in unserem Haus wohlfühle. So wohl, dass ich an dem Wochenende die Handwerker reinlasse und du und Papa zu eurem Wochenendtrip abhauen könnt?«

»Das ist doch nur ein Nebeneffekt.«

»Ein Nebeneffekt?«

»Ein positiver Nebeneffekt, aber wenn du mal drüber nachdenkst, wirst du sehen, dass es für uns alle das Beste ist. Auch für dich.« Oliver tippte mit seinem Kugelschreiber gegen den Vordersitz, und ich stellte mir vor, wie die Vollbremsung des Busses seinen Kopf gegen den Sitz schleuderte und sich der Kugelschreiber durch seinen Hals bohrte, auch ein positiver Nebeneffekt, allerdings eher für mich.

»Das Wochenende mit Charlie habe ich schon lange vor deiner Segeltrip-Idee ausgemacht« erklärte ich kühl. »Ich werde hinfahren, das war mit Papa schon so vereinbart. Deine neuen Freunde schicken dir sicher Fotos von ihrem Segeltrip, dann ist es fast so, als wärst du dabei.«

Olivers Mundwinkel zuckte. »Dein Ernst? Ich soll zu Hause bleiben und den ganzen Spaß verpassen?«

Ich atmete die dunstige Luft des Busses ein und nickte.

»Ja, mein voller Ernst. Hey, du kennst die Typen seit vier Wochen. Und du tust so, als wären sie schon deine besten Freunde.«

»Ich bin halt ein sehr aufgeschlossener Mensch. Im Gegensatz zu …« Er sah mich eindringlich an.

»Jedem Mensch mit Charakter?«

»Emi, du hast in Heidelberg genau eine Freundin gehabt.« Wieder verfiel er in den Therapeutentonfall. »Das hier ist dein Neuanfang. Bleib das Wochenende zu Hause. Triff dich am Abend mit ein paar Leuten von hier und taue endlich mal ein bisschen auf.«

»Du bist so uneigennützig.«

»Ich weiß«, antwortete er und grinste. »Da wird es doch sicher jemand Nettes geben in deiner Klasse.«

»Keine Ahnung.« Ich hatte kein Interesse, etwas mit meinen neuen Mitschülern zu unternehmen. Ich hatte überhaupt kein Interesse, hierzubleiben, nicht am Wochenende und auch nicht für den Rest des Jahres. Ich wollte nach Hause, in unser altes Zuhause mit dem hübschen Garten, den duftenden Orchideen und dem wild wachsenden Efeu, ich wollte dort sein und nicht hier, in dieser blöden, nasskalten Stadt mit den knapp zwei Millionen Einwohnern, von denen alle einfach nur nervten – und der Nervigste von ihnen laberte mich gerade voll.

»Hast du überhaupt schon mal mit jemand aus deiner Klasse geredet? Warum fragst du nicht den Typ, neben dem du sitzt, ob er was mit dir unternimmt«, bohrte Oliver weiter. Er hatte es sich eindeutig zur Mission erklärt, eine Verabredung für das übernächste Wochenende für mich zu finden.

»Der Typ, neben dem ich sitzen *muss*, weil ich die Neue bin? Du meinst Axel, den Kaugummitypen?«, entfuhr es mir und ich schüttelte den Kopf. »Hast du sie noch alle?«

»Jetzt sei mal nicht so oberflächlich, Emi. Du bestehst doch immer darauf, viel mehr Tiefgang als ich zu besitzen. Das ist deine Chance, es zu beweisen.«

»Hey, bei dem Typ läuft alles in Zeitlupe ab, der ist echt langsam und außerdem stinkt er aus dem Mund wie ein Aschenbecher. Darum kaut er auch ständig Kaugummi und klebt alle fünf Minuten einen unter seinen Schultisch.« Ein Schauer rann mir über den Rücken. »Echt ekelhaft. Die letzten drei Wochen musste ich ihm dabei zusehen und die Kaugummischicht unter seiner Tischplatte ist sicher um fünf Zentimeter gewachsen.« Ich schluckte und versuchte, die Bilder, die in meinen Kopf drängten, wieder loszuwerden.

»Zumindest zeigt der Typ Kontinuität.«

»Du spinnst.«

»Hey, er sammelt. Das solltest du doch am besten verstehen. Wo ist denn dein schwarzes Buch? Hast du es dabei, um die anderen mit deinen gesammelten Todesberichten zu verschrecken?«

Ich funkelte ihn an und lehnte dann meinen Kopf gegen die kühle Fensterscheibe. Die Gedanken an Axels Kaugummis hatten meine Ekeltoleranzgrenze wohl etwas nach oben geschoben. Ich war nur froh, dass wir heute in das neue Schulgebäude zogen und somit die Sitzplatzkarten neu gemischt wurden. Denn ich hatte nicht vor, dem Kaugummitypen noch länger dabei zuzusehen, wie er seiner widerwärtigen Leidenschaft nachging und dabei unter halbgeschlossenen Lidern gegen das Einschlafen kämpfte. (Er würde sich weder an einem Kaugummi verschlucken noch an Lungenkrebs sterben, nein, er würde einmal mit halbgeschlossenen Lidern in der Badewanne liegen und den Kampf verlieren.)

»Du solltest wirklich Freunde finden«, versuchte es Oliver nochmals und legte den Kopf schief. Ich hasste es, wenn er einen auf besorgten, mitfühlenden Bruder machte, denn Oliver war weder besorgt noch besonders mitfühlend.

»Und du solltest dich wirklich auf ein Wochenende zu Hause einstellen«, sagte ich und lächelte süß, als der Bus endlich unsere Haltestelle erreichte.

KAPITEL 2

Thanatologie bezeichnet die Wissenschaft vom Tod und vom Sterben, sagte mein iPhone, das aus Wikipedia zitierte, und ich wiederholte das Wort »Thanatologie« in meinem Kopf, während ich Oliver dabei zusah, wie er mit seinen wuscheligen Haaren zu ein paar Jungs hinüberjoggte, die ihn peinlich einklatschten und grölten, als hätte sich ihr Männerzirkel endlich geschlossen.

Missmutig schulterte ich meinen Rucksack und folgte dem Strom, der wie ein lebendiges Wesen Richtung Schule floss. Und obwohl ich mit der Masse schwamm, obwohl ich eine unter vielen war und mich mit meinen langen braunen Haaren und der blassen Haut, meinen schwarzen Jeans und den abgetragenen Chucks weit weniger von den anderen unterschied, als ich es mir wünschte, fühlte ich mich alleine. Es war nicht die typische Schuleinsamkeit, die dich beschleicht, wenn du kapierst, dass du die Witze der anderen nicht lustig findest und dein Lächeln deine Augen nicht erreicht, nicht die Einsamkeit, die du empfindest, wenn du alleine im Pausenhof stehst oder nach der Schule in den Bus steigst, während sich deine Mitschüler noch angeregt unterhalten. Es war die Einsamkeit, die durch dich schneidet und dir ins Gesicht schreit, dass du nicht hierhergehörst, auch wenn dein Vater dich wie eine blöde Topfpflanze einfach mitgenommen hat und offenbar der Meinung ist, dass zu einem Zuhause nicht mehr als ein bescheuertes Haus gehört.

Und während ich versuchte, mir von all diesen Gefühlen nichts anmerken zu lassen und unauffällig mitzuschwimmen, schielte ich auf mein iPhone, das mich als eine von ihnen auswies. Denn obwohl sich einige unterhielten, schielten auch die auf ihre iPhones, allerdings um ihre sozialen Netzwerke zu checken und nichts von ihren ach so interessanten Freunden zu verpassen.

Ich vertiefte mich weiter in den Artikel zur Thanatologie. Der Tod schien mir so viel interessanter als das Leben hier in dieser beschissenen Stadt – wenn man das überhaupt Leben nennen konnte. Und während ich einfach so dahinlebte, verinnerlichte ich die fünf Phasen des Sterbens: Nicht wahrhaben wollen, Zorn, Verhandeln, Depression und schließlich Akzeptanz. Genau dieselben Phasen hatte ich selbst bei unserem Umzug nach Hamburg durchlaufen. Zuerst hatte ich die neue Stadt nicht wahrhaben wollen, was nichts half, denn sie war nun mal da. Dann wurde ich zornig und laut. Das kam nicht gut an, denn mein Vater diskutiert lieber sachlich und begegnet einem »auf Augenhöhe« sowie »mit Respekt«. Respekt ist ein Wort, das meinem Vater furchtbar wichtig ist. Nachdem laut nicht funktionierte, begann ich also zu verhandeln. Ich schuf ein alternatives Szenario, in dem er nach Hamburg zog und ich bei Charlie in Heidelberg blieb (ihre Eltern waren einverstanden), ein Szenario, das ihm seine Praxis und mir mein Zuhause ermöglicht hätte. Respektvoll hatte mein Vater diesen Vorschlag abgelehnt – und mich somit in die nächste

Phase geschickt, die Depression, die mich Tage in meinem Bett verbringen und die Dunkelheit in mein Herz kriechen ließ. Ich konnte und wollte Charlie nicht verlassen, ich wollte nicht so viele Stunden entfernt sein, wollte die Welt, die ich von klein auf kannte, nicht verlassen für das unbekannte Neue, für das Abenteuer, ich brauchte kein Indiana-Jones-wir-erkunden-eine-neue-Stadt-Erlebnis, ich wollte meine Ruhe, wollte mein Zuhause. Ich wollte einfach nur, dass alles beim Alten blieb.

Mein Vater reagierte mit klugen Sprüchen, die kluge Männer sagen, wenn sie ihre klugen Entscheidungen rechtfertigen. Diese klugen Sprüche, die sich in Zitaten verstecken und die auf Facebook gepostet werden, diese klugen Sprüche, von denen du im ersten Moment denkst, das muss ein kluger Mann gewesen sein, der das gesagt hat, Mann, muss der was auf dem Kasten gehabt haben. Aber selbst der klügste Spruch verliert, wenn du ihn von deinem Vater an den Kopf geknallt bekommst und du absolut nichts von Neuanfang, Neubeginn und Neuscheiße hören willst. Wenn du einfach das Wort neu nehmen und es im Garten neben der toten Katze vergraben möchtest. Wenn du alle Neus dieser Welt mit einem Riesenstaubsauger einziehen und auf die Mülldeponie verdammen möchtest, denn neu ist das letzte, das absolut letzte Wort und genau das Gegenteil von dem, was du hören möchtest.

Ich atmete tief durch, als ich durch das Schultor trat und mir das neue, flache Gebäude weiß entgegenstrahlte, dessen Fassade frisch verputzt und gestrichen war und mit aller Gewalt das beschissene Wort schrie.

Rasch folgte ich dem Kiesweg, der zu meinem neuen Klassenzimmer führte und hoffte, dass ich noch früh genug dran war, um einen Sitzplatz weit weg von dem Kaugummitypen und seinem hartnäckigen Raucheratem zu ergattern. Die Wege hier waren von Grünpflanzen gesäumt, Schüler hatten Beete gesetzt und Kräutergärten angelegt, wahrscheinlich eine Art Beschäftigungstherapie, so wie die Insassen der Gefängnisse Bügelbrettbezüge verpacken und Papiermappen zusammenlegen mussten (made in prison).

Insgesamt gab es auf dem Gelände zwei Turnhallen, ein Haupthaus und sieben Schulgebäude, in denen sich die Unterrichtsräume befanden. An meinem ersten Tag verirrte ich mich nicht weniger als sechs Mal. Nach zwei Wochen mit schwacher Lernkurve bereiteten mir nur noch die beiden Werksäle, die Kopierkammer sowie der Medien- beziehungsweise Schneideraum Probleme. (Die Schule besaß einen von Schülern betriebenen Radiosender, mit dem man in den Pausen über Innen- und Außenlautsprecher zwangsbeglückt wurde.) Diesen Schneideraum hätte ich wirklich gerne gefunden, um zu sehen, wer die Leute waren, die den ganzen Tag nichts als beschwingte 70er-Jahre-Oldies spielten (gerade eben: Village People, »YMCA«) und ob es überhaupt echte Schüler waren oder eine Gruppe vergangenheitsbesessener Lehrer, die die Herrschaft über das Radio an sich gerissen hatte und nun im Sitzkreis das gute Zeug kiffte.

Meine alte Schule in Heidelberg war das genaue Gegenteil von der Hamburger Schule gewesen. Dort gab es weder Kräuterbeete noch Musik, sondern nur ein plumpes Backsteingebäude, das genau das ausstrahlte, was es war: eine Schule mit schlecht gelaunten Lehrern, die ihre Berufswahl verteufelten und ihre Trostlosigkeit in dunklen Gedanken ersäuften.

Das neue Gymnasium hingegen war ein Gebäudekomplex mit verschlungenen Pfaden und einer strahlenden Architektur, die an einen amerikanischen Campus erinnerte. Die meisten Lehrer lächelten unentwegt und taten, als würden sie auch ohne Geld hier arbeiten wollen, als wäre der Job, dem sie nachgingen, eine Art Berufung.

Als ich durch die neue Tür des neuen Gebäudes schritt, in dem es nach frischer Farbe roch, zog ich vorsichtshalber Jane Austen aus meinem Rucksack und schlug das Buch auf. Ein paar Schritte vor der neuen Klassentür hörte ich einen Jungen etwas sagen und zur Antwort weibliches Gelächter aufbranden. Das hallende Geräusch beschleunigte meinen Herzschlag und ließ mich unwillkürlich langsamer werden.

Ich hasste den Moment, kurz bevor ich die Schwelle zum Klassenzimmer übertrat. Und ich hasste es besonders, dass meine Nebennieren noch genügend Zeit fanden, Stresshormone auszuschütten, während meine Vorstellungskraft mir ein paar Möglichkeiten durchs Gehirn schmiss:

1. Du betrittst die Klasse und alle hören auf zu reden.
2. Du betrittst die Klasse und alle starren dich an.
3. Du betrittst die Klasse und alle hören auf zu reden UND starren dich an.
4. Du betrittst die Klasse und alle tun so, als ob es dich nicht gäbe in der plötzlich auftretenden Stille.

Ich betrat die Klasse. Einige wandten den Kopf in meine Richtung, zwei davon lächelten zaghaft. Ich versuchte, nicht wie die depressive Neue auszusehen, und lächelte verkrampft zurück, während ich auf meinen neuen Platz zusteuerte. Rechts hinten war noch ein Tisch frei, gleich neben dem Fenster, und ich freute mich, den möglichen Maximalabstand zum Kaugummitypen zu erlangen, der wie immer ganz vorne saß. Ich legte meinen Rucksack auf den Tisch und setzte mich. Das neue Klassenzimmer war pastellfarben gestrichen und unterschied sich kaum von dem alten Raum, außer, dass es größer war und einen schönen Blick in den Garten bot. Mein Platz gefiel mir, auch wenn mir das Rundherum nicht gefiel, und als der Lautsprecher knackste und die Bee Gees von Cat Stevens' »Morning has broken« abgewechselt wurden, wusste ich, dass der tägliche Wahnsinn gleich wieder starten würde.

»Emi, psst«, hörte ich eine Stimme und blickte von den Bäumen draußen zu der Japanerin mit der Brille, die am Tisch vor mir saß. Ich runzelte die Stirn und sah sie fragend an.

»Setz dich woandershin«, wisperte sie mir zu und nestelte nervös an ihrer Brille herum.

»Wie bitte?«

»Setz dich woandershin, er kommt gleich«, flüsterte sie und sah sich verstohlen um, als würde gleich Lord Voldemort höchstpersönlich vor uns stehen. Ich fragte mich, ob die Gute vielleicht zu viel Zeit im Schneideraum der Schule verbracht hatte und unter dem Einfluss von halluzinogenen Drogen stand. (Sie würde nach einem verunglückten Drogenexperiment mit ihrem Freund unter Angstzuständen leiden, ihn des Nachts für einen Einbrecher halten und aus dem Fenster flüchten – vierter Stock. Platsch.)

»Das ist *sein* Platz«, versuchte sie es noch einmal, bevor sich ihre Augen weiteten und sie sich rasch wieder so hinsetzte, dass sie nach vorne schaute.

»Toni hat recht. Das ist mein Platz«, sagte im selben Moment eine tiefe Stimme knapp hinter mir. Ich zuckte zusammen und drehte mich zu einem Typen um, den ich noch nie zuvor gesehen hatte. Er war groß, hatte dunkle Augen, dunkle Klamotten und dunkle Haare, die ihm wild ins Gesicht fielen. Ich wollte mir nicht überlegen, ob er gut aussah, denn seine Stimme klang kalt und trug eine Überheblichkeit in sich, die ich zum Kotzen fand. In dem Moment hasste ich es, dass ich saß, während er stand, und ich somit automatisch viel kleiner wirkte.

Ich blickte ihn unbewegt an. »Habe gar nicht gesehen, dass du reserviert hast. Wo ist dein Badetuch?«

»So was brauch ich nicht. Der Platz hinten rechts ist mein Platz«, erwiderte er mit stoischer Gelassenheit und einer Sicherheit, die erkennen ließ, dass die Leute normalerweise auf seine Worte reagierten (spätestens beim Streit um einen Parkplatz vorm Einkaufszentrum würde der Typ ums Leben kommen).

»Aber du brauchst einen neuen Platz«, erwiderte ich nüchtern. »Manchmal ist es Zeit für eine Veränderung.« Damit zitierte ich meinen Bruder, der unseren Vater zitierte, der wahrscheinlich wieder irgendeinen klugen Mann zitierte. Egal.

»Du willst dich nicht mit mir anlegen.« Er funkelte mich aus seinen dunklen Augen an und ließ seinen Rucksack auf meinen Tisch fallen.

Erst jetzt fiel mir auf, dass sich eine seltsame Stille über den

Raum gesenkt hatte. Es war wie in den alten Westernfilmen, die mein Vater so gerne guckte, in denen sich die Cowboys mit gezogener Waffe gegenüberstanden und nur ihre Augenpartie im Bild war. Die dramatische Musik nicht zu vergessen.

»Okay, ich habs verstanden. Du machst hier einen auf harter Junge. Das funktioniert bei mir aber nicht.«

»Was funktioniert denn bei dir?«

»Bei mir funktioniert gar nichts«, sagte ich schneller, als ich denken konnte und verriet damit mehr über mich, als ich eigentlich wollte.

Er zog eine Augenbraue hoch. »Liegt wahrscheinlich daran, dass du auf dem falschen Platz sitzt.«

Ich sog hörbar die Luft ein. »Liegt wahrscheinlich eher daran, dass ich mich mit den falschen Leuten unterhalte.« (Es wäre kein einfacher Parkplatzstreit, er würde einer Mutter mit Kind den Parkplatz wegnehmen, sich vor der wütenden Meute im Einkaufszentrum verstecken und dann von einem schweren Lebensmittelregal erschlagen werden).

»Warum setzt du dich dann nicht einfach zu den Mädels da drüben und redest mit denen?« Er zog sein iPhone aus der Hosentasche und deutete mit dem Kinn auf zwei potenzielle Kandidatinnen für Germany's Next Topmodel in Designerklamotten, die in der zweiten Reihe links saßen und den bescheuerten Typen neben mir durch ihre stark wimperngetuschten Augen anschmachteten und mir abwertende Blicke zuwarfen (die Blonde würde an der allergischen Reaktion auf ein geplatztes Silikonkissen zugrunde gehen, und die Dunkelhaarige später mal auf einen reichen Geschäftsmann hereinfallen, dessen Untreue sie dazu bringen würde, sich im Pferdestall zu erhängen).

»Danke. Mein Leben ist schon beschissen genug«, erklärte ich und brachte den Typen damit zum Lächeln. Einem freudlosen Lächeln mit einer kräftigen Schuss Arroganz.

Ich wandte mich lieber wieder *Stolz und Vorurteil* zu, da ich das Gefühl hatte, mich mit Mr Darcy noch in besserer Gesellschaft zu befinden. Doch der Typ ließ nicht locker.

»Du glaubst, dein Leben ist beschissen?«, fragte er noch einen Tick überheblicher und stützte sich mit den Händen am Tisch ab.

Ich blinzelte und konnte mir gut vorstellen, dass das Lebensmittelregal noch zu brennen anfing, bevor es ihm auf den Kopf fiel.

Er lehnte sich ein Stück nach vorne, sodass sein Geruch in meine Nase drang. Roch teuer. »Du bist doch einfach nur angepisst, hier zu sein. Wer ist das nicht? Das ist noch längst nichts Besonderes«, sagte er kalt. »Ich hab auch keinen Bock auf den ganzen Scheiß hier, und schon gar nicht auf so Zicken wie dich, die keine Ahnung haben, was echte Probleme sind. Das hier ist schon beschissen genug. Also verschwinde.«

Ich sah ihn gelangweilt an. Wenn sein Leben wirklich so beschissen war, war ich gerne bereit, ihm ein paar Selbstmordtipps zu geben – zum Beispiel strangulieren mittels Badetuch.

»Dieses Klassenzimmer ist neu«, erklärte ich ruhig, »das hier kann also nicht dein Platz sein. Es war, ist und wird auch nie dein Platz werden, das verspreche ich dir.«

Der Typ starrte mich an, und ich starrte zurück und so starrten wir, ohne Worte, wir starrten wie die Männer in den Westernfilmen, starrten so lange, bis eine dreistimmige Tonfolge den Beginn der ersten Stunde ankündigte und unser Geschichtslehrer hereinspazierte.

Mit seinen schwarzen Locken, in die er einen Tick zu viel Gel geklatscht hatte, erinnerte er mich immer an einen alternden Fußballspieler. Sobald die Sohle seiner Sneakers das Linoleum des Klassenraums berührte, kehrte eine unnatürliche Ruhe ein, die auch den Starr-Contest zwischen dem Idioten und mir beendete, denn er musste sich nun wohl oder übel auf einen anderen Platz setzen. Ein leichtes Gefühl des Triumphes machte sich in mir breit und ich lehnte mich lächelnd auf dem Stuhl zurück, der nun mir gehörte.

»Guten Morgen, meine Damen und Herren, schlagen Sie Ihre Bücher auf Seite dreiundneunzig auf und lesen Sie die ersten beiden Absätze zum Ende des Zweiten Weltkrieges.« Der Geschichtslehrer machte eine kurze Pause und sah mich an. »Frau Hoffmann, Sie sehen so erheitert aus, so kenne ich Sie gar nicht«, bemerkte er gedehnt und verschränkte die Arme vor der Brust. »Ich muss sagen, das Lächeln steht Ihnen. Aber kommen wir zum Thema. Nennen Sie mir die drei Besatzungsmächte, die Ende des Zweiten Weltkrieges Westdeutschland besetzten.«

Schlagartig wurde es still. Kein Hüsteln, Schnaufen oder Stühleknarzen, lediglich die Blicke der anderen auf meinem Gesicht, das knallrot anlief. Besonders der verdammt zufriedene Blick des bescheuerten Typen hatte mir gerade noch gefehlt.

»Die USA und die Briten«, sagte ich und schwor mir, nie wieder zu lächeln.

»Gut. Das sind aber erst zwei«, der Fußballer ging ein paar Schritte und lehnte sich entspannt an den Tisch der Japanerin vor mir. »Fehlt also noch?«

War das sein Ernst? Zog er irgendeine Befriedigung daraus, neue Schüler zu demütigen?

Ich versuchte, ruhig zu bleiben und zuckte nur mit den Schultern.

»Frankreich«, sagte der Fußballer mit ernstem Blick. »Frau Hoffmann, wir sind hier auf einem der besten Gymnasien Hamburgs. Da müssen Sie sich schon etwas anstrengen.« Er stieß sich vom Tisch ab und schlenderte zum Smartboard, um selbstzufrieden ein paar Charts zu präsentieren, und ich musste mich nicht anstrengen, mir seinen Tod beim Länderspiel Deutschland gegen Frankreich vorzustellen. (Es würde durch einen gezielten Faustschlag gegen seinen Kopf passieren. Davor würde unser Geschichtslehrer mit einem Hooligan über die Bedeutung des deutschen Fußballs diskutieren und ihn über sein mangelndes Fußballwissen aufklären. Und zwar genau einmal.)

KAPITEL 3

Als ich später draußen auf einer Bank saß und den Schulhof mitsamt dem Treiben darin ignorierte, blätterte ich in meinem schwarzen Buch, strich über die sorgsam eingeklebten Zeitungsartikel und biss von meinem Apfel ab.

»Hey, weißt du, wie viele leckere Äpfel du essen könntest, wenn du übernächstes Wochenende zu Hause bleibst?«, fragte mich Oliver, der hinter mir aufgetaucht war. Ich klappte mein Buch zu und drehte mich zu ihm um. Normalerweise verbrachte Oliver die Pause mit seinen neuen Freunden, was bedeuten musste, dass ihm das Wochenende tatsächlich am Herzen lag.

»Charlie hat drei Apfelbäume im Garten. Auch wenn du unser Leben davor verdrängt hast – es gibt auch Äpfel in Heidelberg.«

Er schwang sich über die Lehne der Bank und setzte sich neben mich. »Aber die Hamburger Äpfel sind bekannt für ihre Süße und ihre Kraft.« Er begann zu flüstern, als müsse er mir ein Geheimnis verraten. »Eine Superkraft. Du musst nur unglaublich viele davon essen. Zu Hause. Sonst funktioniert es nicht.«

»Aha. Ist dir aufgefallen, dass ich keine acht mehr bin?«

»Ist dir aufgefallen, dass du mir das bombastischste, legendärste Wochenende versaust, wenn du nicht zu Hause bleibst?«

Ich nickte und grinste. »Du solltest ein paar Hamburger Äpfel verschlingen, vielleicht kannst du dich mit deiner neuen Superkraft dann auch klonen.«

Oliver verdrehte die Augen. »Ich rede mit Paps, dann sehen wir ja«, murmelte er, stand auf und schlenderte zu einer Gruppe Jungs, die in der Ecke standen und auf ihren Handys herumdrückten. Wahrscheinlich zockten sie oder stalkten irgendwen via Facebook.

Ich atmete tief ein und hatte die Nase voll von Typen, die mit mir über ihren Platz oder ihr Segelwochenende diskutieren wollten. Der einzige Lichtblick war das Wochenende mit Charlie, das Wochenende, an dem sich alles wieder normal und gut anfühlen würde, an dem es nichts Neues, sondern nur Beständigkeit geben würde mitsamt dem warmen, wohligen Gefühl, die besten Äpfel Deutschlands inklusive. Mein iPhone vibrierte und eine WhatsApp-Nachricht von Charlie trudelte ein, Gedankenübertragung.

»Hey Emi. Wie weit bist du? Schule ist ätzend ohne dich. Sie ist aber auch ätzend mit dir. ☺ *Schule ist einfach ätzend.«*

Ich lächelte und schlug Jane Austen auf. *»Seite 492«*, schrieb ich zurück, *»an der Stelle, wo Lydia Elizabeth von ihrer Hochzeit mit dem zwielichtigen Mr Wickham erzählen möchte. Und du?«*

Noch in den Sommerferien hatten Charlie und ich beschlossen, die wichtigsten Werke der Weltliteratur zu lesen. Charlie hatte eine Liste mit achtundachtzig Büchern von irgendeinem Blog kopiert und wir starteten mit Hamlet und Robinson Crusoe. Danach war Jane eine wirklich positive Abwechslung.

»Gerade bei dem Fest, auf dem sie dem gruseligen Typen begegnet. Dieser Darcy ist echt ein Arsch.«

Ich nickte unwillkürlich. *»Apropos Arsch: Mein Bruder will, dass ich unser WE in Hamburg verbringe. So ein Pech. Freu mich schon auf das WE bei dir!!«*

Fünf Sekunden Pause.

»Oh. Das hab ich total vergessen.«

»Oh?« Dieses Oh schwoll gerade überdimensional an.

»Hab dir doch von Philip erzählt.«

»Der Typ, mit dem du auf Laras Party etwas hattest?«

»Ja, na ja. Wir verstehen uns ganz gut.«

»Seid ihr zusammen?«, tippte ich, obwohl ich die Antwort schon kannte. Charlies »wir verstehen uns ganz gut« entsprach einem Liebesbekenntnis, vergleichbar damit, wenn andere Leute im Fernsehen ihre Liebe gestehen oder auf einen Turm klettern, um ihre Herzensworte hinauszubrüllen.

Charlie war nie eine Freundin der großen Gefühle und großen Worte gewesen, und wenn Charlie eine Jeans oder ein Top »ganz okay« fand, war das schon ein totales Kompliment. Das mochte ich an Charlie. Wenn auch nicht gerade jetzt.

»Ja, irgendwie schon«, schrieb sie zurück.

»Das ist ja toll«, antwortete ich und wusste selbst nicht, wie viel Sarkasmus in der WhatsApp mitschwang, weil Charlie ihr Leben einfach weiterlebte, mit ihren Heidelberger Äpfeln und einem neuen Typen, der den Platz der besten Freundin ausfüllte. Meine Lücke war leer, meine Lücke konnte nicht so schnell geschlossen werden, da konnte man nicht irgendeinen Typen hineinstopfen, der sich breitmachte und dann schon lange verabredete Wochenenden torpedierte.

»Hey, sorry. Seine Großmutter feiert Goldene Hochzeit an dem WE und ich soll ihn begleiten. Total süß, oder?«

Ich fühlte, wie eine ungute Mischung aus Enttäuschung, Trauer und Ärger in mir rumorte. Die Art von Gefühl, die dich überkommt, wenn der Typ in den du verliebt bist, keine Nachrichten mehr schreibt, wenn dein Bruder das Geschenk zum Geburtstag bekommt, das du dir eigentlich gewünscht hast, oder wenn deine beste Freundin sich plötzlich für irgendetwas anderes interessiert. Dieses Irgendetwas hieß jetzt Philip, war siebzehn Jahre alt, stand auf David Guetta und hatte eine bezeichnende Ähnlichkeit mit dem bescheuerten Mr Wickham.

»*Sauer?*«, textete Charlie und ich konnte die Schuld in diesem Wort spüren.

Ich legte das iPhone weg und hasste diesen Moment, ich hasste die neue Schule, hasste die Bank, auf der ich saß, hasste den verdammten Hamburger Apfel, den ich aß, hasste die ganzen Schüler, die um mich herumstanden, hasste die Stadt, hasste Oliver, der sich mit allen Situationen immer bestens arrangierte, hasste meinen Vater, der mich überhaupt in arrangierenswerte Situationen gebracht hatte, und hasste die Wut, die sich jetzt in mir austobte. (Auf der Goldenen Hochzeit der Oma würde das glückliche, fünfzig Jahre verheiratete Paar eine Riesenchampagnerflasche geschenkt bekommen. Der unter Arthritis leidende Opa würde leicht angeheitert die Flasche öffnen, der Korken würde sich lösen, knapp über Charlies Kopf hinwegzischen und Philip direkt an die Schläfe knallen. Der würde ins Wanken geraten, im Sturz eine schwere Glasvitrine umreißen, damit die Oma erschlagen und dem Opa einen Herzinfarkt bescheren. Ende.)

»Stirnrunzeln gibt hässliche Falten«, sagte in dem Moment ein Mädchen im Vorbeigehen und lächelte mich süß an. »Nicht, dass es bei dir noch etwas ausmachen würde«, fügte sie lapidar hinzu und warf sich ihre blond gefärbten Haare über die Schulter. Ihre Entourage an Mitschülerinnen lachte glockenhell auf und ich fügte meiner Hassliste noch sieben weitere Mitglieder hinzu, die perfekt gestylt in ihren engen Tops über den Schulhof tänzelten (ein Schulbus würde im nächsten Moment mit Karacho über den Platz donnern und sie allesamt überfahren, weil ihre grelle Schminke einen epileptischen Anfall beim Fahrer ausgelöst hatte. Das perfekte Styling der Schönheitsexpertinnen würde auf dem sandigen Boden kleben, mitsamt dem bunten Rest von ihnen, aber ihren Charakter würde man vergebens suchen).

»Ignoriere sie einfach, die sind zu allen so fies, ich hab keine Ahnung, wieso, das machen die ständig, außer zu den Typen, die gut aussehen und was zu sagen haben, zu denen sind sie freundlich, aber zum großen Rest sind sie gemein, liegt wohl in ihrer Natur«, sprudelte es aus der kleinen Japanerin hervor, die mit einer Wasserflasche in der Hand neben mir aufgetaucht war und die offenbar so etwas wie Speed einwarf.

»Die Blonde, die dich angequatscht hat, heißt Louisa«, fuhr sie in unvermindertem Tempo fort und rutschte neben mich auf die Bank. »Sie hat auf YouTube ihren eigenen Kanal, sie nennt sich dort BeautyLouisa07 und ist auch wirklich erfolgreich, sie hat fast 400.000 Abonnenten und auf Twitter fast 50.000 Follower und sie gibt auf ihrem Vlog Schmink- und Stylingtipps und manchmal auch ein paar Lebensweisheiten von sich, also, die sind jetzt nicht wirklich weise, aber sie denkt es, und immerhin folgen ihr ganz viele Leute.«

Sie lächelte kurz, bevor sie weiterplapperte und mir kam der Gedanke, dass sie eine fantastische Rapperin abgeben würde, und in dieser halben Sekunde Unaufmerksamkeit verpasste ich mindestens zwölf Wörter.

»... und da war auch mal so ein Typ, der hat Louisa auf seinem Blog eine Liebeserklärung gemacht, obwohl er sie gar nicht persönlich kennt, sondern nur ihre Videos, und dann hat sie sich darüber lustig gemacht und hat einen Beitrag darüber gedreht, wie schwachsinnig der Typ sein muss, und gleich haben sich alle in den Kommentaren darüber lustig gemacht, dabei war es doch irgendwie auch mutig von ihm, dass er –«

»Sag mal, holst du auch mal Luft?«

Die dünne Japanerin schob sich irritiert ihre große schwarze Brille auf der Nase zurück und ich erinnerte mich, dass der arrogante Typ sie vorhin Toni genannt hatte.

Sie hatte schwarzes Haar, das ihr schnurgerade bis zur Schulter reichte, und war fast einen Kopf kleiner als ich.

»Sorry, ich weiß, ich rede schnell und viel, aber das ist so eine Angewohnheit, bei uns reden fast alle in der Familie so, es muss erblich bedingt sein oder vielleicht reden wir auch nur so viel und schnell, weil die anderen es auch tun und sonst keiner von uns zu Wort kommt ...«

Ich sah sie mit hochgezogenen Augenbrauen an.

»Sorry«, sagte sie, »ich hab's schon wieder getan, oder?«

Ich nickte.

Sie presste die Lippen aufeinander und ich fand es irgendwie faszinierend, dass aus diesem dünnen Mädchen so viele Wörter kamen.

»Warum hast du mich vorhin vor dem Typen gewarnt?«, fragte ich und strich mir eine braune Haarsträhne aus dem Gesicht, die mir der Wind in die Augen geblasen hatte.

»Erik?« Sie holte tief Luft und mir schwante Übles. »Ich hab gesehen, wie er über den Kiesweg geschlendert ist, und da wusste ich, dass er heute zurückkommt. Und weil du neu in der Klasse bist und ihn noch nicht kennst und also nicht weißt, dass er immer hinten rechts sitzt – ihm gehört dieser Platz, seit ich denken kann – musste ich es dir sagen.«

»Warum?«

Sie stockte. »Warum ich es dir sagen musste oder warum ihm der Platz gehört?«

Ich schüttelte den Kopf. »Warum glaubt ihr, dass er einen Anspruch darauf hat?«

Toni zuckte mit den Schultern. »Es ist Erik.«

»Und?« Wo blieb ihr Redeschwall? Ich biss das letzte Stück von meinem Apfel ab, bevor ich den Stumpf in den Mülleimer neben uns schmiss. Treffer.

Toni warf einen schnellen Blick über die Schulter, als ob sie Angst hätte, dass uns jemand belauschte. »Sein Vater soll seine Mutter umgebracht haben«, flüsterte sie.

Ich runzelte die Stirn. »Und das glaubst du?«

»Keine Ahnung. Sie ist jedenfalls seit einigen Jahren spurlos verschwunden und Erik ist seitdem noch seltsamer als vorher. Vor vier Wochen hat er einen Typen so schlimm verprügelt, dass der ins Krankenhaus musste, deswegen ist er auch suspendiert worden, er soll ihn wirklich übel zugerichtet haben – also, von Erik hält man sich besser fern, er redet normalerweise auch nicht viel und ich war total überrascht, dass er überhaupt mit dir gesprochen hat.«

»Weil ich die Neue bin? Oder weil er grundsätzlich nicht viel spricht?«

»Beides.« Toni zuckte mit den Schultern. »Mit ihm zu reden, haben schon viele versucht, viele Mädchen zumindest, die stehen alle auf ihn, weil er ja wirklich super aussieht, ein bisschen wie dieser, wie heißt er, dieser Zac Efron, findest du nicht auch? Aber ich wäre vorsichtig, denn wenn das mit dem Morden bei ihm in der Familie liegt so wie bei mir das mit dem Sprechen, dann möchte ich nicht seine Freundin sein, du verstehst, was ich meine. Auch wenn er sich garantiert nicht für mich entscheiden würde, die Jungs stehen ja alle auf Louisa.«

Der Arsch und die Tussi. Die beiden würden ein passendes Paar abgeben.

»Haben alle Schiss vor Erik?«

Toni nickte mit einer Vehemenz, die mich seufzen ließ. Es war absurd, wie konnte dieses Ekelpaket eine derartige Macht besitzen?

»Auch die Lehrer«, erklärte Toni, »also die Lehrer lassen ihn in Ruhe. Aber der Typ, den er verprügelt hat, der sah echt schlimm aus, mit Blutergüssen überall, und er war wochenlang im Krankenhaus. Und das, obwohl er älter ist als Erik. Es wundert mich, dass er dir den Platz überlassen hat, wahrscheinlich kann er nach seiner Suspendierung keinen Ärger mehr gebrauchen.«

»Wahrscheinlich.«

»Was ist das?«, fragte Toni und deutete auf mein schwarzes Buch.

»Nichts«, sagte ich und packte es schnell weg.

»Tut mir leid, ich bin manchmal einfach neugierig.«

»Muss dir nicht leid tun, ich bin manchmal einfach nur komisch«, antwortete ich und sah auf mein iPhone. Es dauerte noch acht Minuten, bis die Pause um war – ach du Scheiße, wie viele Wörter passten in acht Minuten?

Toni lächelte und entblößte eine Reihe weißer Zähne.

»Woher kommst du eigentlich? War das Düsseldorf? Und warum seid ihr umgezogen? Und ist der süße Typ aus der Elften dein Bruder?«

»Du bist tatsächlich neugierig«, sagte ich und dachte, dass Toni wahrscheinlich nicht viele Freunde hatte, denn ich hatte sie immer nur allein gesehen. Was ich prinzipiell sympathisch fand, auch wenn Toni es sich vermutlich nicht selbst ausgesucht hatte. (Möglicherweise hatten auch ihre grün-orange gepunkteten Socken in den gelben Ankle Boots etwas damit zu tun, aber ich wollte sie nicht verletzen, indem ich das thematisierte.)

Toni wartete noch immer auf eine Antwort und es bereitete ihr wahrscheinlich körperliche Schmerzen, so lange still zu sein.

»Wir sind aus Heidelberg hergezogen. Mein Vater ist Therapeut und hat hier mit einem ehemaligen Studienkollegen eine Praxis eröffnet, also hat er meinen Bruder und mich einfach mitgeschleppt, ins wunderschöne Hamburg«, gab ich die Kurzfassung der Misere wieder.

»Aufregend«, sagte Toni verzagt, weil sie wahrscheinlich etwas Nettes sagen wollte und der genervte Ton in meiner Stimme ihr den Wind aus den Segeln genommen hatte.

Ich nickte und stand auf. »Ja, aufregend, da hast du recht. Das kann einen wirklich aufregen.«

Zehn Minuten später regte mich nichts mehr auf, ich genoss einfach meinen Platz hinten rechts, schön abseits von den anderen, und genoss es, dass *mein* Hintern auf diesem Platz hockte und nicht der von Mr Mysteriös-bescheuert.

Erik ignorierte mich und spielte gelangweilt mit seinem Handy, während der Unterricht an uns vorüberzog. Gerade hatten wir Mathe und unser Lehrer war einer von denen, die den Job höchstwahrscheinlich auch umsonst verrichten würden, denn in seinem Gesicht schwebte ein ständiges Lächeln, das entweder festgeklebt oder angetackert worden war. Er hatte eine Glatze und erinnerte an einen buddhistischen Mönch, der immer so seelenruhig und bedächtig sprach, als ob er etwas geraucht hätte. (Irgendwann würde er in seiner kleinen Dachgeschosswohnung die Duftkerzen brennen lassen und in Seelenruhe einschlafen, während die Vorhänge Feuer fingen und ihn genauso seelenruhig verbrennen würden.)

»Wenden wir nun also die Regel an, die wir eben gelernt haben. Ein Rommé-Spiel besteht aus 110 Karten«, begann er mit sanfter Stimme, als würde er ein Gebet einleiten. »Dabei handelt es sich um 2 Spiele mit je 52 Karten plus 6 Joker. Haben das alle verstanden?«

Die Hälfte der Klasse schlief schon fast, aber einige nickten.

»Jetzt wollen wir berechnen, wie groß die Wahrscheinlichkeit ist, eine bestimmte Karte zu ziehen«, fuhr der Mönch fort. »Nehmen wir zum Beispiel die Herzdame. Sie kommt zweimal in dem Kartenspiel vor. Wie groß ist die Wahrscheinlichkeit, wenn man zwei Karten nimmt, beide Herzdamen zu ziehen?« Er machte eine kurze Pause und runzelte die Stirn. »Haben das alle verstanden?«

»Also, zwei Herzdamen habe ich noch nie gezogen«, murmelte der Kaugummityp, der offenbar gerade aufgewacht war.

»Dein Liebesleben in allen Ehren, Axel, aber die Wahrscheinlichkeiten für Beziehungen lassen sich nicht berechnen.«

»Doch, bei Axel schon – die Wahrscheinlichkeit, dass er eine abkriegt, ist gleich null«, schrie jemand dazwischen und einige lachten.

»Das ist nicht witzig«, meinte der Mathelehrer.

Ich wartete auf sein »Haben das alle verstanden?«, aber es kam nicht. In der letzten Mathestunde hatte es der Mönch genau dreiundzwanzig Mal gebracht, was bei einer Unterrichtstunde von 50 Minuten einer Frequenz von einem Sager alle 2,17 Minuten entsprach – aber das wollte ich ihm nicht vorrechnen. Genauso wenig wollte ich nach der Mathestunde ins neue Chemielabor gehen, um an der Seite meines kaugummikauenden Laborpartners Experimente durchzuführen (nicht mal an ihm).

KAPITEL 4

Beim Betreten des neuen Chemielabors, schlug mir als Erstes der Geruch nach Desinfektionsmittel entgegen. Viele weiße Arbeitstische waren in regelmäßigen Abständen vor einem riesigen, länglichen Lehrerpult aufgereiht – alles hier sah mehr nach einer Universität als nach einem Gymnasium aus. Eine weiße Tür führte in den Raum mit den Apparaturen und Chemikalien, und an der Wand thronte ein Regal, das wahrscheinlich allen Chemienerds der Welt feuchte Träume bescheren würde mit all den Phiolen und Schläuchen und Geräten, die ich nicht kannte, die aber sehr teuer aussahen.

Ich ignorierte Erik, der hinten rechts saß und auf seinem iPhone herumtippte, und setzte mich auf einen freien Arbeitsplatz in der Mitte des Raumes. Dabei hoffte ich inständig, dass der Kaugummityp mit dem grässlichen Zigarettenatem von dem neuen weißen Raum derart geblendet war, dass er mich nicht finden würde.

Pünktlich mit dem Gong kam die Chemielehrerin herein und atmete erst einmal tief ein, als sei der frische Geruch des Labors ein Anlass zu jubelnder Freude. Dass alle Blicke im Raum entweder auf ein Smartphone oder aus dem Fenster gerichtet waren, schien sie nicht weiter zu irritieren.

»Meine Damen und Herren, wir haben das Vergnügen, ab heute in diesem neuen Labor arbeiten zu dürfen und das ist keine Selbstverständlichkeit«, begrüßte sie uns. Sie war eine bleiche, unscheinbare Frau mit Augenringen, so unscheinbar, dass man zweimal hinsehen musste, um sie einmal zu bemerken.

»Der Herr Direktor hat mich ganz ausdrücklich gebeten, mehr Versuche zu machen, nachdem wir bei der letzten Chemieolympiade nicht optimal abgeschnitten haben.« Sie rückte ihren Laborkittel zurecht und sah uns an, als müssten wir vor lauter Scham im Boden versinken. »Aber seid mit den Chemikalien und Apparaturen bitte besonders vorsichtig, denn wir wollen jegliche Beschädigungen oder Kratzer tunlichst vermeiden – sowohl an der neuen Einrichtung, als auch an euch. Also, zieht eure Schutzbrillen über und findet euch mit euren Laborpartnern zusammen, sofern ihr es nicht schon getan habt.«

Ich sah mich im Chemiesaal um. Der Platz neben mir war noch immer leer und von dem Kaugummitypen fehlte jede Spur.

Ich spürte ein leichtes Lächeln auf meinen Lippen und hoffte inständig, dass ich heute allein arbeiten würde. Louisa tuschelte mit ihrer Freundin, sah in meine Richtung, tuschelte noch mehr und lachte. Es war ein Lachen, das wehtun sollte, einer von diesen Lachern, die mit Absicht gelacht werden, die gut eingesetzt kein Lachen, sondern ein schmerzhafter Sprengkörper sind, weshalb ich Louisa noch mehr hasste. (Sie würde sich beim heutigen Experiment selbst in die Luft jagen und dann würde *ich* lachen.)

Die Chemielehrerin kontrollierte währenddessen das Klassenbuch und ihre Projektliste.

»Ah, Erik, du bist wieder zurück von deiner Auszeit.« Sie räusperte sich und sah ihn an. »Du gehst zu Emi ins Team. Axel ist entschuldigt. Ihm war vorhin schlecht und er ist nach Hause gegangen.«

Was sie da sagte, konnte unmöglich wahr sein, sie musste in der Pause zu viele Chemikalien geschnüffelt haben und nun die Namen der Schüler vertauschen und eigentlich Erik und Louisa oder wen anderen meinen, aber sie meinte sicher nicht mich, denn ich wollte mir lieber Natrium in die Augen schütten als mit Erik zusammenzuarbeiten.

»Meine Damen und Herren, heute werden wir drei Experimente durchführen. Wir beginnen mit der sogenannten Pharaoschlange. Dafür findet ihr alle Utensilien auf euren Arbeitsplätzen. Ich möchte, dass ihr das Experiment beobachtet, beschreibt und nachher auswertet.« Die Chemielehrerin machte eine kurze Pause. »Erik, habe ich mich irgendwie missverständlich ausgedrückt?«

Erik saß noch immer auf seinem Platz und schien von der Idee, mit mir zusammenzuarbeiten, ebenso angetan zu sein wie ich. Ich konnte förmlich sehen, wie er innerlich in seinem Kopf Pest versus Cholera abwog (ich konnte mir bei ihm durchaus beides vorstellen) und sich überlegte, welches Übel wohl schwerwiegender war, mit mir ein Chemieexperiment durchzuführen oder am ersten Tag nach seiner Suspendierung gleich negativ aufzufallen. Sämtliche Schüleraugen waren auf ihn gerichtet und ich fühlte die Spannung in der Luft.

Erik nahm ruhig seinen Rucksack, stand auf, und für einen Moment war unklar, ob er zu mir oder geradewegs aus der Tür wollte. Schließlich setzte er sich auf den Stuhl neben mich, und ich wünschte, Axel würde auftauchen und seinen rechtmäßigen Platz an meiner Seite einnehmen. Das durfte nicht wahr sein, konnte der Tag denn noch beschissener werden? Alles in mir zog sich zusammen und ich richtete meinen Blick starr nach vorne.

Die Chemielehrerin hielt weiße Tabletten in die Höhe.

»Den ersten Versuch führen wir mit Emser Pastillen durch. Ihr findet sie in der Schale vor euch. Und folgt dabei ganz genau meinen Anweisungen. Wir arbeiten hier mit hoch explosivem Material.« Während unsere Chemielehrerin uns streng ansah, warf Louisa Erik und mir einige Seitenblicke zu. Es war nicht zu übersehen, wie sehr es sie nervte, dass Erik neben mir und nicht neben ihr saß. Liebend gerne hätte ich mit ihr getauscht.

»Reibt die Pastillen mit Holzasche ein und legt sie in die Schale. Danach träufelt ihr 5 – 10 Milliliter Brennspiritus auf die Pastillen und entzündet sie. Und danach«, sie machte eine kunstvolle Pause, »seht selbst. Falls ihr Fragen habt, komme ich zu euch. Mir ist wichtig, dass ihr dabei als Team zusammenarbeitet. Und denkt dran, seid bitte vorsichtig, denn ich möchte nicht, dass dem neuen Equipment etwas passiert.« Dann klatschte sie in die Hände und gab damit den Startschuss für das Experiment.

Erik und ich bewegten uns nicht, keiner von uns rührte auch nur einen Finger. Es war, als würde sich der Starr-Contest der ersten Stunde hier in einer neuen Disziplin fortführen. Wer den ersten Handgriff tat, hatte verloren. Auch wenn es mich unruhig machte, hatte ich nicht vor, hier als Einzige zu arbeiten und mich vom selbstgefälligen Platzhirsch Erik beobachten zu lassen.

Neben uns begannen die Leute herumzuwerkeln. Toni, die mit einem kleinen dicken Typen zusammenarbeitete, der viel schwitzte und gerade die feuchten Pastillen in Asche tauchte, lächelte mir aufmunternd zu (ihr Fenstersturz würde doch glimpflich ausgehen und sie würde gemeinsam mit ihrem Freund einen Drogenentzug machen, woraufhin ihr noch 50 glückliche Jahre ohne Angstzustände blieben. Aber nicht mit dem Typen neben ihr, sie würde einen Kerl mit geringerer Schweißproduktion abkriegen).

»Sehr schön, das sieht doch schon gut aus«, kommentierte unsere Chemielehrerin, die durch den Raum ging und die Arbeiten beobachtete, »achtet bitte auf die Dosierung. Zu viel Brennspiritus kann zu bösen Verletzungen führen.« Sie blieb vor unserem Tisch stehen. »Emi, habt ihr meine Anweisungen nicht verstanden?« Der genervte Ton war nicht zu überhören. Warum mäkelte sie nur an mir herum und nicht auch an Erik?

Ich schüttelte den Kopf, und weil ich noch weniger Lust hatte, vor der ganzen Klasse schon wieder wie ein Depp behandelt zu werden, nahm ich widerwillig die drei Pastillen und wälzte sie in der Asche. Währenddessen schnippte Erik die Flamme des Feuerzeugs an und aus. (Genauso würde er auch einmal in der Nacht den Tank seines Wagens kontrollieren. BOOM!)

»Mach dich wenigstens irgendwie nützlich«, murrte ich und deutete auf den Brennspiritus.

»Ich soll die Milliliter abmessen?«, fragte er gelangweilt und spielte weiterhin mit dem Feuerzeug.

»Nein, du sollst dich selbst anzünden.«

»Sehr witzig.«

Ich atmete tief ein. Diese Chemiestunde würde sehr, sehr lange werden, und wenn ich jetzt, genau jetzt sterben würde, dann wäre Erik das Letzte, was ich gesehen hätte. Ein gruseliger Gedanke.

Nachdem ich den Brennspiritus abgemessen hatte, widerstand ich dem Drang, die Flüssigkeit Richtung Erik zu schütten, und goss sie über den Aschebehälter mit den Pastillen. Neben uns hörte ich erstauntes Murmeln und Gelächter. Ein schneller Blick zum Nebentisch zeigte mir, dass es ausnahmsweise nicht mir galt, und ich wandte mich wieder Erik zu.

»Gib mir das Feuerzeug«, sagte ich.

Eriks Mundwinkel zuckte. »Du hast dein Badetuch nicht über das Feuerzeug gelegt, ich fürchte, du hast es nicht reserviert.« Mit diesen Worten entzündete der Arsch die Pastillen, was der lustigste Teil der Übung gewesen wäre. Der Spiritus verbrannte und die Tabletten blähten sich langsam auf. Aus ihnen entstand eine lockere schwarze Masse, die zu gekrümmten Wülsten anschwoll und über die Schale hinausragte. Das Ding sah wirklich aus wie eine Schlange. Ich hasste Schlangen.

»Der Pastillenzucker verbrennt unter der katalytischen Einwirkung von Holzasche und bildet Kohlenstoffdioxid, das die Reste des Zuckers aufbläht. So entsteht die lockere Masse, die an eine Schlange erinnert. Beeindruckend, nicht wahr?« Unsere Chemielehrerin verschränkte die Arme hinter dem Rücken und wanderte weiter durch das Labor. »Macht euch als Team Notizen. Ich möchte, dass ihr mir am Ende der Stunde den Versuchsablauf zu jedem Experiment erklären könnt.«

Ich schob Erik den Block hin, der nur langsam den Kopf schüttelte.

»Kannst du vergessen.«

»Weil du nicht schreiben kannst?«

Er betrachtete mich. »Bist du immer so oder nimmst du Drogen?«

»Heute noch nicht«, sagte ich abwesend und nahm den Block widerwillig an mich. »Aber neben dir könnte ich Drogen gut gebrauchen.«

Louisa, die an mir vorbeiwackelte und anscheinend auf dem Weg zur Toilette war, um ihren Eyeliner oder was auch immer zu kontrollieren, rempelte mich im Vorbeigehen an.

»Sorry«, murmelte sie und schenkte Erik einen inszenierten Augenaufschlag, »ich hab den Eindruck, bei euch beiden stimmt die Chemie nicht ganz.«

»Tut sie auch nicht«, sagte Erik schroff und Louisa lächelte. Diesmal war es ein echtes, freudiges Lächeln, das über ihre Lippen wanderte, und ich wartete einfach nur ab, denn es wurde irgendwann superpeinlich, dass sie nicht weiterging, und schließlich bemerkte sie es selbst und dackelte hüftschwingend nach draußen.

»Sehr schön, das hat bei allen gut funktioniert. Damit kommen wir nun zu unserem nächsten Experiment, meine Damen und Herren. Wir werden Blitze im Reagenzglas herstellen. Hört gut zu und befolgt meine Instruktionen genauestens.« Sie schritt zum Whiteboard und begann ihre Anweisungen aufzuzeichnen, während sie sprach.

Ich folgte ihren Vorgaben im Alleingang, da Erik nichts Besseres zu tun hatte, als mit dem Feuerzeug zu spielen. Nach ein paar Minuten kam Louisa von ihrem Toilettengang zurückgetänzelt und unsere Chemielehrerin warf ihr einen strafenden Blick zu. »Ich möchte euch auch bei diesem Experiment zusammenarbeiten sehen, eure Toilettengänge können in der Pause stattfinden.«

»Ich habe meine Tage«, erwiderte Louisa und setzte sich schulterzuckend auf ihren Platz. Dabei lächelte sie honigsüß und unsere Lehrerin schüttelte nur unmerklich den Kopf, um sich dann wieder dem Experiment zu widmen, aber wahrscheinlich bastelte sie innerlich gerade selbst an ihrer eigenen Todesfantasie für Louisa.

»Im nächsten Schritt werft ihr kleine Kaliumpermanganatkristalle in das Reagenzglas und beobachtet ein Absinken bis zur Schwefelsäureschicht, wo sie violette, grüne oder bräunliche Schlieren bilden …« Ich spürte, wie meine Aufmerksamkeit schwand. Chemie war einfach nicht mein Fach. »Bitte beachtet«, fuhr sie mit erhobener Stimme fort, und ich zwang mich, wieder zuzuhören, »dass die Zugabe der Kristalle vorsichtig erfolgen muss. Eine zu hohe Dosierung kann eine extrem heftige Reaktion auslösen.«

Ich nahm das Ethanol mit der Pipette auf und ließ es vorsichtig in das Reagenzglas tropfen, während Erik weiter gelangweilt in seinem weißen Sessel lehnte und mich mit dem Schnippen des Feuerzeugs nervte.

»Könntest du vielleicht deine Feuerzeugspiele woanders stattfinden lassen?«

Erik betrachtete mich abfällig. »Wo? Auf meinem rechtmäßigen Platz?«

»Du hast es wohl nicht so mit Veränderungen?«

»Ich habe es wohl nicht so mit nervigen Mitschülerinnen«, sagte er und ließ das Feuer knapp neben mir aufschnappen.

»Hast du sie noch alle?«, fauchte ich.

»Hast du etwa Angst?«

»Vor dir? Wieso? Weil du ein Pyromane bist? Oder weil du hier keinen Finger rührst?«

»Du willst, dass ich was tue?«, fragte er kalt und griff nach der Schale mit den Kaliumpermanganatkristallen und dann passierte alles ganz schnell. Ich griff auch nach der Schale, weil ich nicht mit Erik sterben wollte (das übertraf jede Todesfantasie in ihrer Grausamkeit), er zog, ich zog, wir stritten darum wie kleine Kinder um ein Kuscheltier und auf einmal sprangen jede Menge Kristalle in die Luft und ich sah, wie sie in Zeitlupe in das Reagenzglas fielen, und zwar nicht einer oder zwei, sondern ganz viele von ihnen.

Danach hörte ich nur noch ein ohrenbetäubendes Knallen und Louisas Schreie.

KAPITEL 5

Stunden später, als ich über den knirschenden Kiesweg zu unserem neuen Haus marschierte, schnupperte ich verhalten an meinen Haaren. Sie rochen noch immer ein wenig angekokelt, aber wenn ich Glück hatte, war ich für das gemeinsame Abendessen mit meinem Vater und Oliver sowieso schon zu spät dran und konnte mich gleich unter die Dusche flüchten.

Mein Herz klopfte etwas schneller, als ich an das Chemieexperiment zurückdachte und an die Folgen, die unser bescheuerter Streit um die Kristalle ausgelöst hatte.

Die gute Nachricht: Ich lebte noch.

Die schlechte Nachricht: Erik lebte auch noch.

Die Chemielehrerin (nach dem Knall so weiß wie die Wand) hatte uns einfach nur entsetzt angestarrt und ich hatte wahrscheinlich ähnlich entsetzt zurückgestarrt, bis Louisa geschrien hatte, dass Erik blutete.

In diesem Moment war mir durch den Kopf geschossen, dass die bleiche Chemielehrerin mit den tiefen Augenringen und blutleeren Lippen einen hervorragenden Vampir abgeben würde, und ich torkelte einen Schritt zurück, um nicht direkt neben Erik zu stehen, wenn sie sich auf ihn stürzte.

Dabei fiel mir auf, dass wir nicht mehr auf unseren Stühlen saßen (sie lagen umgeworfen hinter uns) und dass der Tisch einen rauchenden Brandfleck hatte und dass das Reagenzglas nicht mehr in seinem Ständer steckte, weil es offenbar explodiert war.

Erik fummelte in der Zwischenzeit mit den Fingern an einer Wunde auf seiner Stirn herum und ich sah, wie sich ein großer, dunkelroter Blutstropfen daraus löste und über die Schutzbrille lief, bevor er auf den Boden tropfte. Louisa kreischte irgendwas im Hintergrund, ich fühlte, wie mir die Knie ein bisschen weich wurden, und danach ging es ab ins Krankenzimmer.

Die Erste-Hilfe-Beauftragte zupfte mit einer Pinzette ein Glasstückchen aus Eriks Platzwunde, schimpfte mit mir, weil ich noch immer an der Tür stand, statt mich endlich hinzusetzen, und faselte davon, unsere Eltern zu benachrichtigen.

Ich dachte für einen Moment, dass sie maximal unsere Väter benachrichtigen konnte, da unsere Mütter nicht mehr da waren, und ärgerte mich über diese Gemeinsamkeit mit Erik.

Erik vermied jeden Blickkontakt und sah genauso angepisst aus, wie ich mich fühlte. (Noch eine Gemeinsamkeit. Noch ein Grund mehr, ihn zu hassen.)

Da uns körperlich gesehen nichts fehlte, durften wir dann doch zurück in den Unterricht, wo uns die Chemielehrerin flüsternd verbot, weitere Experimente durchzuführen, und uns auseinandersetzte, womit die Kristallexplosion doch noch als erfolgreich gewertet werden konnte. Sowohl die Lehrerin als auch ein paar Schüler sahen mich mehrmals ganz komisch an und irgendwie wurde ich das Gefühl nicht los, dass sie mir die Schuld gaben. Dafür hasste ich Erik gleich noch ein wenig mehr.

Nach der Schule war ich eine Weile ziellos durch Hamburg

gelaufen. Ich landete schließlich bei McDonald's, wo ich mir einen Chai Latte bestellte und Chemieunfälle googelte, die nicht so glimpflich ausgegangen waren.

Ich verpasste Erik jeden einzelnen dieser Tode, ohne mich dabei besser zu fühlen. Dann machte ich mich irgendwann auf den Weg nach Hause, obwohl ich am liebsten einfach in einen Zug nach Heidelberg gestiegen wäre.

Als ich den Schlüssel ins Schloss der Eingangstür steckte, hoffte ich, den Abend ohne weiteren menschlichen Kontakt hinter mich zu bringen. Doch obwohl ich absichtlich so spät heimgekommen war, um das gemeinsame Abendessen zu verpassen, bemerkte ich an der beschwingten Musik, die mich von drinnen empfing, dass es nicht spät genug war.

Oliver lümmelte auf dem Sofa, spielte Xbox und warf mir nur einen kurzen Blick zu, als ich ins Wohnzimmer trat.

»Emi ist da«, rief er in Richtung offene Küche, wo mein Vater stand und im Takt von *Blurred Lines* Chili in einen Topf schüttete. (Früher hatte mein Vater vernünftige Musik für alte Leute wie Bruce Springsteen oder die Oldies seiner Kindheit gehört, doch seit er diese Mara kannte, hatte sich sein musikalischer Horizont erweitert. Oliver fand es toll. Ich fand es einfach nur peinlich.)

»Hallo«, murmelte ich und setzte einen Fuß auf die unterste Treppenstufe, um gleich in meinem Zimmer zu verschwinden.

»Du kommst spät«, sagte mein Vater und drehte sich halb zu mir um, ohne mit dem Würzen aufzuhören. Er trug eine ultrapeinliche Kochschürze, die vorne einen Waschbrettbauch zeigte. »Wo warst du so lange?«

»Unterwegs«, erwiderte ich und starrte auf die Sixpack-Schürze. Das war eindeutig ein Geschenk dieser Frau – ob sie ihm damit etwas sagen wollte? (Mein Vater war groß und schlank, aber nicht besonders muskulös. Ich hatte mir schon oft gedacht, dass er wie Viggo Mortensen mit kurzen Haaren und wenig Muskeln aussah und in mir regte sich die Hoffnung, dass Mara so lange an ihm herummäkeln würde, bis sie nicht mehr die Neue, sondern die Ex war.)

Mein Vater stellte die Chilidose beiseite und wischte sich die Hände an der muskelbepackten Fake-Brust ab. Oliver nickte im Takt zu *Blurred Lines* mit dem Kopf und drückte dabei wie wild auf seinem Controller herum, damit seine Fußballmännchen das machten, was er wollte.

»Also ich war hier«, warf mein Bruder ein.

»Was ist wohl besser? Vor der Xbox sitzen oder sich an der frischen Luft bewegen und die Schönheit Hamburgs kennenlernen?«, fragte ich sarkastisch, und mein Vater fuhr sich seufzend durch die kurzen braunen Haare.

»Kinder brauchen Freiräume«, fügte ich schnell hinzu, bevor er mit einem seiner üblichen Vorträge anfing.

»Eltern brauchen Antworten«, konterte er und warf mir quer durch den Raum eine Packung Servietten zu. »Du kannst schon mal den Tisch decken. Wir essen gleich.«

Ich fing die Servietten und schnaubte. »Und Oliver darf weiter Xbox spielen?«

»Das ist kein profanes Spiel, das ist der Kampf um die Weltmeisterschaft«, ließ sich mein Bruder vom Sofa vernehmen.

»Oliver wird nachher abräumen. Und du kannst mir schon mal von deinem Tag erzählen.«

Ich spürte, wie mir heiß wurde. Über meinen Tag zu reden

war so ziemlich das Letzte, was ich wollte. Allerdings wusste ich, dass ich nicht drumrumkommen würde. Mein Vater war ein Offenheitsfanatiker und der festen Ansicht, dass totale Ehrlichkeit die Basis jedes gesunden Familiengefüges war. Deshalb erwartete er von uns, dass wir beim gemeinsamen Abendessen alles Gute und Schlechte, was uns an dem Tag bewegt hatte, auf den Tisch packten.

Irgendwann war mir aufgefallen, dass er gern die Rolle des Zuhörers übernahm und seinerseits – außer dem viel zu scharf gewürzten Essen – kaum etwas auf den Tisch packte. Darauf angesprochen, stimmte er mir zu und achtete seitdem darauf, uns genauso an seinem Leben teilhaben zu lassen. (Klassisches Eigentor. Vielleicht wäre mir Mara erspart geblieben, wenn ich ihm seine Therapeutenrolle widerspruchslos gelassen hätte.)

Aktuell sah er mich noch immer mit leicht gerunzelter Stirn an, und ich pfefferte lässig meinen Schulrucksack in die Ecke und schlurfte hinüber zum Tisch, um keine Aufmerksamkeit zu erregen.

»Mein Tag war genauso ätzend und frustrierend wie alle siebenundzwanzig Tage davor, seit wir in diese beschissene, nasskalte Stadt gezogen sind«, sagte ich, während ich meine Serviette zu einem Tipi faltete.

»Schön, dass du trotz der fürchterlichen Umstände dein sonniges Gemüt behalten hast«, erwiderte mein Vater und wandte sich wieder seinem Chili con Carne zu. Ich grinste kurz und ging an ihm vorbei zur Besteckladе, um die Löffel zu holen. Dabei bemerkte ich, wie er den Kopf drehte und in der Luft schnupperte. Ich spürte, wie mir das Blut in die Wangen schoss, und roch unauffällig an meinen Haaren. Mir schien es unmöglich, dass er bei dem starken Hackfleischgeruch die Spuren des verunglückten Chemieexperiments bemerkt hatte, dennoch wurde ich ein wenig unruhig, während mein Vater mir einen undefinierbaren Seitenblick zuwarf.

Als das Essen auf dem Tisch stand, pausierte Oliver sein Xbox-Spiel und setzte sich zu uns.

»Lasst es euch schmecken«, sagte mein Vater und begann, das Chili auf unsere Teller zu schöpfen.

»Für mich nur eine kleine Portion.« Oliver trank einen Schluck von seiner Cola light und rülpste. »Ich habe mich für den Elbe-Triathlon angemeldet, da muss ich auf meinen Ernährungsplan achten.«

»Den hattest du vermutlich vergessen, als du heute Morgen das letzte Glas Nutella leergemacht hast«, erwiderte ich bissig.

»Hey, was wäre das Leben ohne Genuss«, grinste Oliver mich an.

»Toller Spruch. Hast du den heute schon auf Facebook gepostet?«

»Nein, aber jetzt, wo du es sagst.« Oliver feixte und zog sein Handy aus der hinteren Hosentasche.

»Ich möchte keinen Streit und keine Handys am Tisch«, stellte mein Vater klar.

»Und ich möchte kein Chili con Carne auf dem Tisch«, murmelte ich und stocherte lustlos in dem dampfenden Bohneneintopf.

»Jetzt sei doch nicht immer so negativ. Paps hat aus dem letzten Chili-Attentat sicher was gelernt«, sagte Oliver, schob sich einen Löffel in den Mund und schnappte nach Luft.

»Ach, du Scheiße«, keuchte er. Ich sah, wie ihm die Tränen in die Augen stiegen, und musste gegen meinen Willen grinsen.

»Zu viel Chili?«, fragte mein Vater besorgt und kostete selbst. Er hustete, trank einen Schluck Wasser nach und nickte schließlich mit hochrotem Kopf.

»Okay, da habe ich es wohl zu gut gemeint. Umso besser, dass Mara am Sonntag zu uns kommt. Sie hat angeboten, für uns zu kochen, und ich habe mir gedacht, das ist eine gute Gelegenheit, damit ihr euch in Ruhe kennenlernen könnt.«

»Nicht dein Ernst«, entfuhr es mir.

Mein Blick schwenkte zu Oliver. Mein Bruder sah noch immer so aus, als würde er an dem Löffel Bohneneintopf draufgehen, und ich gönnte es ihm, da ich mir von ihm in dieser Sache wie immer keine Rückendeckung erwarten durfte.

Mein Vater faltete die Hände vor der Nase und sah mich einen Moment lang einfach nur stillschweigend an.

»Ich weiß, dass du kein Interesse daran hast, Mara kennenzulernen«, sagte er schließlich ruhig. »Aber das ändert nichts daran, dass sie mir viel bedeutet. Dreh es wie du willst, sie wird zwangsläufig eine Rolle in unserem Leben spielen. Du wirst nicht umhinkommen, dich mit den neuen Gegebenheiten auseinanderzusetzen.«

Da war es wieder, das beschissene Wort. Die »neuen« Gegebenheiten waren unverhandelbar, friss oder stirb, oder friss und stirb, denn das beschissene Chili con Carne war dank meines Vaters ebenso ungenießbar wie der Rest unseres Lebens.

Ich hatte das Gefühl, nichts darauf erwidern zu können, was auch nur ansatzweise meine Gefühle wiedergab, ohne ihn wüst zu beschimpfen, und verfiel in bitteres Schweigen.

»Hat Mara schon mal was für dich gekocht, Paps?«, fragte Oliver in dem Moment, der zwischenzeitlich sein ganzes Glas Cola hinuntergestürzt hatte.

Mein Vater wandte ihm mit einer gewissen Erleichterung seine Aufmerksamkeit zu und nickte. »Ja, ich war schon mal bei ihr zum Essen eingeladen.«

»Und kocht sie besser als du?«, fragte Oliver weiter und riss ein Stück Weißbrot ab, um ein mikroskopisch kleines Stückchen davon in das höllenscharfe Chili zu tunken.

Unser Vater zögerte einen winzigen Moment und ich sah ihm an, dass er nach den richtigen Worten suchte.

»Mara kocht *anders* als ich«, sagte er schließlich. »Sie mag es nicht so scharf, probiert aber gern neue Dinge aus. Letzte Woche hat sie sich ein veganes Kochbuch gekauft.«

Ich presste die Lippen aufeinander.

»Klingt schwierig, wenn dir ihr Essen nicht schmeckt«, sagte ich.

Er zog die Stirn kraus. »Ich habe nie gesagt, dass mir ihr Essen nicht schmeckt.«

»Manche Wahrheiten liegen zwischen den Zeilen verborgen«, erwiderte ich mit großer Ernsthaftigkeit und rührte in meinem ungenießbaren Bohneneintopf.

»Dann lasst uns mal zu euren verborgenen Wahrheiten kommen«, erwiderte mein Vater. »Was waren denn eure Höhepunkte des Tages?«

»Ich bin übernächstes Wochenende zu einem hammermäßigen Segeltrip eingeladen«, platzte Oliver heraus und seine blauen Augen leuchteten wie das Meer, auf dem er garantiert nicht segeln würde.

»Das hast du uns gestern schon erzählt«, knurrte ich.

»Na und? Es war eben nicht nur der Höhepunkt meines gestrigen, sondern auch meines heutigen Tages. Und es wird der Höhepunkt meiner ganzen kommenden Woche sein, wenn du an dem Wochenende zu Hause bleibst, Emi.« Er sah mich mit seinem berühmten Dackelblick an.

Ich schüttelte den Kopf. »Vergiss es. Vielleicht hast du ja Glück und der Mallorcatrip kommt nie zustande, weil Mara nicht verkraftet, dass Papa Fleisch ist. Weiß sie, dass du Steak liebst?«

Mein Vater richtete strafend den Blick auf mich, und bevor er mich ein zweites Mal nach meinem Tag fragen konnte, entschied ich mich zur Flucht nach vorne.

»Sorry, Papa, das hab ich nicht so gemeint. Erzähl uns doch von deinen Höhepunkten. Also den nicht-körperlichen«, schob ich schnell nach, da ich nicht ausschließen konnte, dass Mara, die »gern neue Dinge ausprobierte«, ihn zum Koitus in seiner hippen Gemeinschaftspraxis besuchte.

Mein Vater räusperte sich mit einem vielsagenden Blick. »Ich habe heute in einer Beratung einen Durchbruch erzielt. Außerdem habe ich einen neuen Patienten, der dringend meine Hilfe braucht«, erzählte er und versuchte es noch einmal mit seinem Chili.

»Aha. Was hat er denn? Burn-out, Depressionen, bipolare Störung, Borderline, Schizophrenie?«, ratterte ich hinunter.

»Ich habe noch keine endgültige Diagnose gestellt«, erwiderte mein Vater, nachdem er sich mit seiner Serviette den Mund abgetupft hatte, »aber ich kann jetzt schon sagen, dass der Betroffene in seinen Gedanken und Gefühlen sehr stark um sich selbst kreist.«

»So jemanden habe ich heute in der Schule auch kennengelernt«, murmelte ich.

»Apropos Schule, hast du gesehen, dass wir in einem YouTube-Video vorkommen?«, mischte sich Oliver ein und zückte sein Handy.

»Hey, keine Smartphones während des Essens«, sagte unser Vater.

»Komm Paps, das ist etwas, was wir gemeinsam tun und was uns alle angeht. Rutsch rüber und schau es dir auch an.« Oliver lächelte ihn offenherzig an und zog einladend den Stuhl zurück. Nach einem kurzen Moment des Zögerns folgte Papa seiner Aufforderung. Es war unfassbar, wie einfach mein Bruder die Leute um den Finger wickelte, allen voran unseren intelligenten, rationalen Therapeutenvater.

Erst als Olivers Daumen über die Tasten flog und sich ein kleines schwarzes Fenster auf dem Bildschirm öffnete, kapierte ich so richtig, was Oliver gerade gesagt hatte.

Wir kamen in einem Video vor?

Shit. Das war doch nicht von heute, oder?

Im nächsten Moment war schon Louisa zu sehen, die perfekt gestylt in einem perfekt aufgeräumten Zimmer mit weißen Wänden und perfekten rosa Kreisen darauf zu sehen war. Ihre Haare leuchteten wie flüssiges Gold, ihre Lippen glänzten wie feuchter Tau und ihre makellosen Nägel passten farblich zu ihrem Designeroutfit. Mir kam das Kotzen.

»Wann ist das Video denn hochgeladen worden?«, fragte ich beiläufig und spürte, wie mein Vater mir einen prüfenden Blick zuwarf.

»Keine Ahnung«, murmelte Oliver und ich fühlte mein

Herz bis zum Hals klopfen, als er den Wiedergabeknopf betätigte.

»*Halliballo, ihr Lieben, heute gibt es wieder Klatsch und Tratsch aus der angesagtesten Schule Hamburgs*«, ließ sich Louisas weichgespülte Stimme aus dem Handylautsprecher vernehmen. »*Zum einen ist Erik nach einem ziemlich üblen Streit mit einem älteren Typen für einen Monat suspendiert worden. Einen ganzen Monat, könnt ihr euch das vorstellen? – Nun, wahrscheinlich wird der andere Typ aber auch genauso lang im Krankenhaus bleiben müssen, denn ich habe ein Foto von ihm gesehen und ich kann euch sagen, er sieht echt übel aus.*

Aber zurück zu Erik. Ich fürchte, seine Abwesenheit wird für einigen Herzschmerz am Pausenhof führen, wenn die armen Mädels nicht wissen, wen sie die nächsten vier Wochen anschmachten sollen …« Louisa holte tief Luft und ich atmete auf. Der Beitrag war alt. Keine Gefahr, dass sie etwas über den Chemieunfall ausplauderte.

»*Aber keine Sorge, ihr Lieben, Beautylouisa hat auch hierfür eine Lösung – denn ab heute gibt es wieder Frischfleisch an unserer Schule! Die Neue geht mit mir in die Klasse und ist uninteressant, aber ihr Bruder ist so was von heiß.*« Louisa hob vielsagend die Augenbrauen und lächelte lasziv in die Kamera. »*Wie ich erfahren habe, ist sein Name Oliver und er scheint eine richtige Sportskanone zu sein. Mal sehen, vielleicht wird Oliver die Mädels von ihrem Kummer ablenken, solange Erik nicht unter uns weilt …*«

»Wow«, sagte ich, als Oliver auf Pause drückte. »Vielen Dank, dass du mir dieses Video gezeigt hast.«

»Gern geschehen«, grinste Oliver und seine Finger flogen schon wieder über den Touchscreen.

»Ich tippe bei Louisa auf krankhaften Narzissmus, was meinst du, Papa?«

Mein Vater lächelte. »Nicht jeder unsympathische Mensch hat eine Persönlichkeitsstörung, Emi.«

»Hey, sie hat heute noch ein Video hochgeladen«, sagte Oliver in dem Moment und ich entwand ihm mit einer schnellen Bewegung das Smartphone. »Das wollen wir jetzt aber nicht auch noch sehen«, schnappte ich und schloss das YouTube-Fenster.

»Warum so nervös?«, fragte mein Vater und zog eine Augenbraue hoch.

Ich zuckte mit den Schultern. »Ich bin nicht nervös.«

Seine Augen verengten sich zweifelnd. »Du hast uns noch gar nichts von deinem Tag erzählt.«

Oliver nickte. »Ja, Emi. Du hast uns noch gar nichts von deinem Tag erzählt.«

»Doch, das habe ich, aber ihr habt es wahrscheinlich für Sarkasmus gehalten, obwohl meine Schilderung des heutigen Tages mein bitterer Ernst war«, sagte ich und versuchte, möglichst genervt zu klingen. Der Chemieunfall war echt kein Thema, über das ich sprechen wollte, und ich spürte, wie unter dem Blick meines Vaters wieder die Hitze in meinen Körper zurückkehrte. Er war darauf geschult, zu erkennen, wann die Leute ihn anlogen, und ich war mir nie sicher, ob er es bei mir merkte. (Natürlich kannte ich die körpersprachlichen Gesten, die verraten, dass man lügt – ich hatte sie mit acht aus einer von Papas schlauen Zeitschriften auswendig gelernt, um schon mal gewappnet zu sein.)

Ich versuchte also, meine Hände weder zu verschränken, noch mit Fummeln zu beschäftigen, und lehnte mich auf meinem Stuhl nach vorne, um mich mit dem Höllenchili von meiner Nervosität abzulenken.

Dabei erwischte ich in meinem Eifer ein bisschen zu viel. Die Schärfe der Chilischoten explodierte auf meiner Zunge und ich schnappte mit tränenden Augen nach Luft. Mein Vater betrachtete mich noch immer mit zusammengekniffenen Augen und ließ körpersprachlich nicht den geringsten Hinweis auf elterliche Sorge wegen meiner Chili-Mund-Explosion erkennen. (Ich würde an einem anaphylaktischen Schock sterben und mein Vater würde sich schreckliche Vorwürfe machen, weil er mir tatenlos dabei zugesehen hatte. In den Wochen darauf würde er trotzdem arbeiten gehen, um sich von seinem Leid wenigstens ein bisschen abzulenken. Leider würde ihn das suizidale Geschwätz seiner Patienten so sehr deprimieren, dass er sich irgendwann aus dem fünften Stock seiner neuen, hippen Gemeinschaftspraxis stürzen und dabei Mara mit in den Tod reißen würde, die gerade im Begriff war, ihm eine vegane Köstlichkeit vorbeizubringen. Nach dem Tod unseres Vaters würde Oliver mit dem Geld aus der Lebensversicherung um die Welt reisen, Drogen nehmen und so lange ungeschützten Sex haben, bis er an irgendeiner exotischen Geschlechtskrankheit zugrunde ging. Und das alles nur, weil meine Familie sich entschlossen hatte, mich zu bedrängen, von meinem beschissenen Tag zu erzählen.)

Als ich wieder normal atmen konnte, hatte mein Vater sich auf seinem Stuhl zurückgelehnt und die Arme vor der Brust verschränkt. Mir fiel auf, dass er noch immer die peinliche Sixpack-Schürze trug, genauso wie er noch immer den kritischen Gesichtsausdruck trug.

»Als du vorhin sagtest, dein Tag sei genauso ätzend und

frustrierend gewesen wie die siebenundzwanzig Tage davor, die wir in dieser beschissenen, nasskalten Stadt verbracht haben, wolltest du damit sagen, dass heute nichts Besonderes vorgefallen ist?«

Ich ließ meine Hände, wo sie waren, lehnte mich nicht zurück und legte den Kopf leicht schief. »Na ja, ich habe den arrogantesten Arsch unserer Schule kennengelernt, ist das für dich etwas Besonderes?«

»Und das war alles?« Unser Vater zog beide Augenbrauen hoch und Oliver sah mich irritiert von der Seite an.

Ich spürte, dass ich auf einen Abgrund zuraste, fühlte mich aber wie in dem Film »Thelma & Louise«. Manchmal gab es einfach kein Zurück. »Das war alles«, sagte ich schulterzuckend.

»Und sonst war nichts?«, bohrte mein Vater nach.

Ich schüttelte den Kopf.

»Lass mich konkreter werden«, mein Vater beugte sich nach vorne und stützte seine Arme auf dem Tisch ab. »Ich meine etwas, das vielleicht RUMMS gemacht hat?«

Oliver stutzte und schaute mit neu erwachtem Interesse zwischen meinem Vater und mir hin und her. Ich spürte, wie meine blassen Wangen Farbe bekamen, legte meine Hände in den Schoß und sagte nichts mehr.

»Dein Direktor hat heute angerufen«, informierte mich mein Vater ruhig.

Oliver riss die Augen auf, klatschte in die Hände und lachte. »Echt jetzt? Oh Mann, das heißt Hausarrest, stimmt doch, oder? Yes! Segeltrip, ich komme!«

Unser Vater ignorierte ihn und sah mir kühl in die Augen. »Emi, ich habe morgen um halb acht einen Termin bei ihm. Und du kommst mit.«

KAPITEL 6

Ich gab mir Mühe, kein klassisches Mürrischer-Teenager-Gesicht zu machen, aber es fiel mir wirklich verdammt schwer. Einerseits wusste ich, dass es meine eigene Schuld war, um 7.27 Uhr an der Seite meines Vaters das Sekretariat der Schule betreten zu müssen, andererseits machte das die Sache auch nicht leichter.

Die Sekretärin, eine frustriert wirkende Mittdreißigerin mit Vogelnestfrisur, nickte meinem Vater zu, als wir durch die Tür kamen, und deutete auf zwei polsterbezogene Stühle an der Wand. Ich hätte ihr gern ein lautstarkes »Guten Morgen!« entgegengeschrien, einfach nur, damit sie mich ansah, schluckte diesen Anflug von Unvernunft aber hinunter und setzte mich.

Sie richtete den Blick wieder auf ihren Computerbildschirm und begann, im Takt eines Maschinengewehrs in die Tastatur zu hämmern. Die nächsten drei Minuten war das Trommelfeuer ihrer Tastenschläge das einzige Geräusch in dem Zimmer und ich musste an das alte Ehepaar denken, das sich zum Schutz vor Einbrechern eine Selbstschussanlage in seinem Ferienhaus installiert hatte. Eines Tages hatten sie vergessen, das Ding zu deaktivieren, und waren gemeinsam auf der Türmatte vor ihrem Haus von insgesamt acht Kugeln durchsiebt worden.

Ich hatte mir den Zeitungsbericht damals ausgedruckt und in mein schwarzes Buch geklebt, gleich neben den Artikel über unsere gehässige Nachbarin mit ihrem Reptilienzoo, die ihren Tod in gewisser Weise genauso verdient hatte wie das verrückte Ehepaar, das in Kauf nahm, spielende Kinder oder den Postboten zu erschießen, nur um mögliche Einbrecher fernzuhalten. Wenn das Leben schon so ungerecht war, sorgte wenigstens der Tod ab und zu für die ausgleichende Gerechtigkeit.

Die Vogelnestfrisur stand auf, um sich einen Kaffee zu holen, und streifte meinen Vater mit einem unverkennbar interessierten Blick, während sie mich weiterhin beharrlich ignorierte. (Sie würde in naher Zukunft dem Mann ihrer Träume begegnen, mit ihm in ein hübsches Reihenhaus ziehen, schwanger werden und von der Tochter des Typen aus erster Ehe bei einem gemeinsamen Wanderausflug von einer Klippe gestoßen werden. Tja, da hätte sie vielleicht mal besser hingesehen.)

Die Tür zum Zimmer des Direktors ging auf und Erik kam in Begleitung eines großen, gut aussehenden Mannes heraus. Ich schätzte, dass es sich dabei um seinen Vater handelte, denn der Mann hatte dieselben schwarzen Haare wie Erik, die an den Schläfen jedoch schon grau wurden. Außerdem trug er eine Brille, hatte einen kleinen Bauchansatz und wirkte insgesamt viel sanfter und freundlicher als sein Arsch von Sohn – was allerdings auch nicht schwer war.

Sofort musste ich an Toni denken, die gesagt hatte, dass Eriks Vater angeblich Eriks Mutter ermordet hatte, und konnte es mir nach einem Blick auf den ruhigen Mann beim besten Willen nicht vorstellen. Andererseits wusste ich von meinem Vater, dass Menschen in verzweifelten Situationen zu wirklich schlimmen Dingen in der Lage waren. Und zu einem Mord war ja angeblich sowieso jeder fähig.

Erik bedachte mich mit einem kurzen, verächtlichen Blick und verließ dann mit langen Schritten den Raum. Eriks Vater seufzte leise, lächelte uns entschuldigend an und folgte seinem Sohn.

»Sie können jetzt hineingehen«, sagte die Vogelnestfrisur an meinen Vater gewandt, und als er nickte und aufstand, blieb ich einfach sitzen. Er sah mich an, als wüsste er genau, was in mir vorging, und hob auffordernd die Augenbrauen.

»Sie hat doch nur mit dir gesprochen«, sagte ich mit süßer Stimme, aber der Gesichtsausdruck meines Vaters gab mir zu verstehen, dass er nicht zum Scherzen aufgelegt war. Also atmete ich tief durch und stand auf. Bei jedem Schritt Richtung Direktorzimmer schlug mein Herz lauter in meinem Brustkorb, und ich war meinem Vater unendlich dankbar, als er mir sanft eine Hand auf den Rücken legte. Dann drückte er die Klinke hinunter und schob mich vor sich in den Raum.

Direktor Mannstein blickte nicht auf, als wir hereinkamen, und diese fortgesetzte Ignoranz (zuerst das Vogelnest, dann Erik, jetzt der Typ hinter dem riesigen Schreibtisch) nervten mich derart, dass ich mein Herzklopfen ziemlich gut in den Griff bekam.

»Guten Tag«, sagte mein Vater und schloss die Tür leise hinter sich.

»Guten Tag, Herr Dr. Hoffmann«, erwiderte der Direktor nach einer merklichen Pause und schaute endlich von seinen Papieren hoch. Er blieb sitzen, als wir näherkamen, und wies mit der ausgestreckten Hand auf zwei Stühle vor dem wuchtigen Mahagonischreibtisch. »Nehmen Sie bitte Platz.« Seine Aufforderung klang mehr nach einem Befehl als nach einer Bitte und ich musste an einen Flottenkommandanten denken, der ein straffes Regiment führt.

Wir setzten uns und der Direktor lehnte sich in seinem Stuhl zurück, faltete die Hände über seiner Brust und sah mich erwartungsvoll an. Er trug Jeans und einen ergrauten Bürstenhaarschnitt, der kein einziges Haar aus der Reihe tanzen ließ. Mein Blick wanderte über seine polierte Schreibtischplatte und ich erwartete eine Tasse mit der Aufschrift »The World's Best Commander« vorzufinden, doch außer einer Schreibunterlage, einem glänzenden Kugelschreiber, einer Tischlampe und einer geschlossenen Akte (deren Längsseite in exakt dieselbe Richtung wie der Kugelschreiber wies) gab es nichts zu sehen.

Da der Direktor nichts sagte und mein Vater nichts sagte, sagte ich auch nichts. Die Sekunden vergingen und ich fühlte die Stille langsam zwischen uns niedersinken. Fast hatte es etwas Friedliches, hier zu sitzen und gemeinsam zu schweigen, bis der Direktor sich räusperte und mich direkt ansprach.

»Nun, Emilia, ich gehe davon aus, dass du weißt, warum du hier bist.«

Die hellblauen Augen unter dem Bürstenhaarschnitt durchbohrten mich mit einer Intensität, dass ich unwillkürlich schluckte. Langsam nickte ich.

»Wie ich deinem Vater bereits mitgeteilt habe, ist der gestrige Zwischenfall aus Sicht der Direktion nicht nur unerfreulich, sondern auch inakzeptabel. Es wurde viel Geld und Mühe in den Bau des neuen Schulgebäudes und des Chemiesaales gesteckt. Die Kollegin«, er nahm seinen Kugelschreiber und hielt ihn mit durchdringendem Blick auf mich gerichtet, »die den Unterricht führte, war leider nicht in der Lage, den Tathergang im Detail zu schildern.« Ohne hinzusehen, brachte der Direktor die Akte, die vor ihm lag, in eine noch ordentlichere Position, sodass ihre Unterkante parallel zur Tischkante verlief. »Herr Lang hat mir seine Version bereits geschildert. Nun erwarte ich eine ebenso präzise Wiedergabe der Ereignisse aus deiner Sicht, um mir ein abschließendes Bild des Vorfalls zu machen.«

Er machte eine Pause und mein Vater gab mir mit den Augen ein Zeichen, gefälligst damit anzufangen, meine Sicht des »Tathergangs« zu schildern.

Ich verschränkte die Hände ineinander und kam mir vor wie in einer Folge von »Navy CIS«. Der Direktor erinnerte mich sogar ein wenig an den dortigen Chefermittler – nur dass es hier nicht um einen Mordfall, sondern um ein blödes kleines Loch im Tisch ging.

»Erik und ich waren als Team eingeteilt«, erklärte ich unwillig. »Bei dem letzten Experiment haben wir gleichzeitig zu der Schale mit den Kristallen gegriffen, dabei sind die Kristalle in die Höhe gesprungen und in das Reagenzglas gefallen. Die chemische Reaktion hat dazu geführt, dass das Glas explodiert ist.«

Der Direktor blickte mich an und schwieg.

Mein Vater blickte mich an und schwieg auch, aber anders. In seinem Schweigen lag die Aufforderung, mich gefälligst dafür zu entschuldigen.

Ich blickte zwischen dem Direktor und meinem Vater hin und her und hatte keine Lust auf dieses dämliche Spiel.

Ich würde mich nicht entschuldigen, weil es verdammt noch mal nicht meine Schuld gewesen war. Erik hatte mit dem Feuerzeug vor meinem Gesicht herumgespielt und an der Schale gezerrt. Sollten sie mich doch von der Schule werfen, wenn sie wollten. Ich hatte nichts dagegen, wieder an meine alte Schule in Heidelberg zurückzukehren. Vielleicht war das sogar *die* Gelegenheit. Vielleicht musste ich einfach nur ich selbst sein, um aus dieser Stadt, dieser Situation, dem neuen Haus mit der neuen Freundin und dem neuen Leben ganz schnell wieder herauszukommen.

»Siehst du die Bilder?«, fragte Direktor Mannstein in diesem Moment und stand mit einer korrekten Bewegung von seinem Stuhl auf. Ich sah mir die Wände an, die voller gerahmter Fotos von Ärzten, Wissenschaftlern, Politikern und Piloten hingen.

»Ehemalige Schüler meines Gymnasiums«, erklärte der Direktor und schritt die Reihen der Fotos ab. Er hatte die Hände hinter dem Rücken verschränkt und hielt sich extrem aufrecht. »Sie alle haben etwas gemeinsam. Was glaubst du, ist es?«

Ich zuckte mit den Schultern. »Dass es nur Männer sind?«

Der Direktor hielt mitten in der Bewegung inne und bewegte seinen Kopf, als hätte er Nackenschmerzen.

»Korrekt beobachtet, aber nicht der entscheidende Punkt«, entgegnete er. »Sie alle haben an dieser Schule gelernt, Verantwortung für ihre Taten zu übernehmen. Wie schon Otto von Bismarck wusste: Die Scheu vor Verantwortung ist eine Krankheit unserer Zeit«, sagte er. »Verstehst du, was er damit sagen wollte?«

Ich musste mich sehr beherrschen, darauf nicht mit: »Ich

bin ja nicht blöd« zu antworten. Und ich musste mich noch mehr beherrschen, ihm ein eigenes Zitat (erster Impuls: Götz von Berlichingen) entgegenzuwerfen. Mein Vater erkannte offenbar die drohende Gefahr, denn er mischte sich zum ersten Mal ein.

»Ich finde es bemerkenswert, wie viele Ihrer ehemaligen Schüler zu derart angesehenen Mitgliedern der Gesellschaft herangewachsen sind«, stellte er mit seiner Therapeutenstimme fest. (Die setzte er gerne ein, wenn er beruhigend, sachlich und kompetent klingen wollte. Und es funktionierte. Sobald er anfing, so zu reden, fraßen ihm die Leute aus der Hand.) »Dieser beeindruckende Erfolg ist wahrscheinlich darauf zurückzuführen, dass Sie Ihren Schülern stets die Chance gegeben haben, ihren persönlichen Entwicklungs- und Reifeprozess durch die wichtige Konfrontation mit herausfordernden Erlebnissen voranzutreiben«, fügte mein Vater hinzu. (Verworrene Schachtelsätze. Wieder so ein Trick, um bei den Leuten Eindruck zu schinden.)

Der Direktor nickte und kehrte an seinen Platz zurück. »Gut erkannt. Ich bin ein Verfechter der Position, Verantwortung für seine Taten zu übernehmen. Nur, wer sich seinen Fehlern stellt, kann daraus etwas lernen.«

»Absolut«, nickte mein Vater. »Und im besten Fall erhält man so die Möglichkeit, gestärkt aus dieser Erfahrung hervorzugehen.«

»Es freut mich, dass wir uns verstehen, Herr Dr. Hoffmann.«

»Das freut mich auch, Herr Direktor.«

Ich warf meinem Vater einen ungläubigen Seitenblick zu. Sein Gesichtsausdruck war völlig ernst, doch mir konnte er nichts vormachen. Es machte ihm Spaß, den Direktor zu verarschen.

»Bezüglich des Chemieunfalls«, fuhr der Direktor fort, »gibt es zwei Themen, die getrennt voneinander betrachtet werden müssen. Zum einen wäre da die finanzielle Entschädigung der Schule. Natürlich muss der beschädigte Chemietisch ersetzt werden, und da der Tathergang nicht rekonstruiert werden kann und die Schilderungen der Verursacher auseinandergehen, wird die Summe zu gleichen Teilen von den Haftpflichtversicherungen der Eltern getragen. Das ist selbsterklärend.«

Mein Vater nickte und ich schnaubte leise. Warum konnte er mich nicht beim Namen nennen, statt mich als Verursacher zu bezeichnen? (Die freundliche Friseuse, die von Direktor Mannstein jahrelang über jede Unkorrektheit ihrer Schneidetechnik belehrt worden war, würde einmal unkorrekt mit der Schere abrutschen. Direkt in das nicht vorhandene Herz des Direktors.)

»Das zweite Thema betrifft die persönlichen Konsequenzen für dich als Schülerin an meinem Gymnasium«, sagte der Direktor in diesem Moment und richtete seine durchdringenden blauen Augen auf mich. »Wie du vielleicht schon gehört hast, bin ich ehrenamtlich in einem Komitee zur Verschönerung des Stadtteils tätig. Leider nimmt die Zahl der Graffitisprayer in Hamburg stetig zu, sodass öffentliche Gebäude, Unterführungen und Parkmauern immer häufiger von illegalen Sprühern verunstaltet werden.«

Ich hörte ihn reden und sah, wie sein Mund sich bewegte, hatte aber keine Ahnung, worauf er hinauswollte.

Wieso ging es jetzt plötzlich um Graffiti?

Ich warf meinem Vater einen kurzen Blick zu, aber der hörte nur zu und schien nicht im Geringsten beunruhigt zu sein.

»Um dieses Ärgernis mit den Graffitis in den Griff zu bekommen, haben wir nach Freiwilligen gesucht, die an einer achtwöchigen Initiative mit dem Motto »Schöner Leben im schönen Hamburg« teilnehmen möchten. Bislang«, der Direktor fuhr sich über seinen ergrauten Bürstenhaarschnitt, »hat sich bedauerlicherweise noch niemand gemeldet.« In der folgenden Kunstpause schlich sich ein Grinsen auf sein Gesicht, und es war das erste Mal, dass ich ihn lächeln sah. »Zum Glück hat sich das nun geändert.«

Ich kapierte noch immer nicht ganz, beobachtete aber mit wachsendem Unbehagen, wie er aufstand und auf eine schmale Tür hinter seinem Schreibtisch zusteuerte. Dort befand sich eine Besenkammer, aus der er einen Eimer zutage förderte.

»Für dich, Emilia«, sagte er und hielt mir den Eimer entgegen. Ich warf einen Blick hinein und entdeckte gelbe Gummihandschuhe, eine Atemschutzmaske, mehrere Scheuerbürsten und eine Flasche Graffiti-Entferner.

Und während ein paar wüste Todesszenarien durch meinen Kopf schossen, dachte ich voller Zorn daran, dass Erik das Direktorzimmer ohne Putzzeug verlassen hatte.

KAPITEL 7

Als ich an diesem Samstagmorgen aufwachte und das WhatsApp-Pling meines Handys hörte, das sich unter das Zwitschern der Vögel mischte, fühlte es sich für einen Moment so an, als wäre ich noch mitten in meinem alten Leben.

In Heidelberg hatte mich am Samstag oft das WhatsApp-Signal geweckt, weil Charlie eine notorische Frühaufsteherin war, die ihre erste Nachricht gern gegen sechs Uhr morgens versendete. Und obwohl ich noch immer sauer war, dass sie lieber mit Philip zur Goldenen Hochzeit seiner Großeltern ging als mit mir in die Kunstausstellung, griff ich nach meinem iPhone und sah nach, was sie geschrieben hatte.

»*Hey*«, stand da.

»*Selber hey*«, schrieb ich zurück und stand auf.

Darauf schickte sie mir ein Smiley und ich wusste, dass sie froh war, wieder etwas von mir zu hören.

Ich legte das Handy beiseite, da ich es noch nicht über mich brachte, zuzugeben, dass ich sowieso nicht nach Heidelberg hätte fahren können, weil ich die nächsten acht Wochen an jedem beschissenen Samstag Graffiti von den Wänden schrubben musste.

Ich ging ins Bad und putzte mir die Zähne. Danach zog ich eine schwarze zerrissene Jeans und ein altes T-Shirt an. Es war dasselbe, das ich am Tag der fatalen Begegnung mit der Schlange unserer Nachbarin getragen hatte, und irgendwie erschien mir das heute passend. Dann machte ich mich auf den Weg.

Als ich nach einer zwanzigminütigen Fahrt aus dem Bus stieg und zu der ersten Adresse auf dem Zettel marschierte, den mir die Vogelnestfrisur mit verkniffenem Gesicht in die Hand gedrückt hatte, dachte ich, mir würde der Apfel, den ich unterwegs gegessen hatte, wieder hochkommen.

Denn dort, direkt an der graffitibeschmierten Mauer einer Kita, lehnte Erik und tippte auf seinem iPhone herum. Ich hätte mit viel Fantasie vielleicht noch denken können, dass er rein zufällig an dieser Mauer lehnte – möglicherweise, weil er von der Vogelnestfrisur erfahren hatte, wo ich Putzdienst schieben musste (und es sich nicht nehmen lassen wollte, mir dabei zuzusehen und mich so lange zu verspotten, bis er über mein gestrecktes Bein stolpern und unter die Räder eines Bollerwagens geraten würde) – aber sein Putzeimer und die Flasche Graffitireiniger belehrten mich eines Besseren. Er war aus demselben Grund hier wie ich.

»Du bist zu spät«, sagte er, ohne von seinem Handy hochzusehen.

»Das kann nicht wahr sein«, erwiderte ich und stellte meine Putzutensilien mit einem Rumms auf den Boden neben seine. Er musste das Putzzeug nach der Schule vom Direktor geholt haben – wahrscheinlich weil er sich zu cool dafür war, mit einem Eimer in der Hand gesehen zu werden. (Lieber wäre es mir aber gewesen, wenn er sich nicht das Putzzeug, sondern eine weitere Suspendierung geholt hätte. Oder eine tödliche Krankheit.)

Er verstaute das Handy in seiner hinteren Hosentasche. »Du hast uns den ganzen Scheiß doch eingebrockt.«

»ICH hab uns den ganzen Scheiß eingebrockt?«, wiederholte ich ungläubig. »Darf ich dich erinnern, dass du es warst, der einen auf Pyromane gemacht hat?«

Er sah mich unbewegt an. »Und deswegen hast du einen auf Explosion gemacht?«

»Ich? Sag mal, hast du sie noch alle?«

Er ignorierte mich und widmete seine Aufmerksamkeit wieder seinem Handy. (Hirntumor durch massive Strahlenbelastung.) Nach einem Moment des Schweigens bückte ich mich zu dem Eimer, holte die Atemschutzmaske hervor und zog mir das Gummiband über den Kopf. Warum hatte ich mir im Zimmer des Direktors noch gewünscht, dass Erik auch zum beschissenen Putzdienst verdonnert worden wäre? Viel eher hätte ich mir wünschen sollen, dass er von der Schule geschmissen wurde.

Mit Todesverachtung stellte ich meinen Rucksack auf die Straße, zog mir die gelben Gummihandschuhe über und schüttete etwas von dem Graffitireinigungsmittel auf meine Scheuerbürste. Dann kniete ich mich auf den Asphalt und begann, die ersten Buchstaben des Schriftzugs »Life is a game« wegzuschrubben. Das Putzmittel verbreitete einen beißenden Geruch und ich schnaubte. Wenn das Leben ein Spiel war, dann eines von der sadistischen Sorte.

Erik stand noch immer neben mir und sah mir zu, wie ich allein unsere gemeinsame Arbeit verrichtete.

»Willst du weiter rumstehen und zuschauen?«, schnauzte ich ihn an und hoffte gleichzeitig, die giftigen Dämpfe des Reinigungsmittels würden ihn geradewegs ins Jenseits befördern.

Er tippte auf seinem Handy herum. »Sieht mehr nach deinem Job aus«, sagte er desinteressiert. Mit dem gleichen Desinteresse und der schmutzigen Scheuerbürste hätte ich ihm jetzt gerne die Fresse poliert.

Ich schob Erik seinen Eimer hin. Vielleicht schob ich nicht nur, vielleicht stieß ich ihn auch etwas.

»Lass das«, herrschte Erik mich an, den ich am Fuß getroffen hatte.

»Was denn?«, fragte ich betont gleichgültig.

»Deinen Hang zur Gewalt.«

»Dafür bist doch du bekannt«, erklärte ich und schrubbte an dem hartnäckigen L herum. »Ich habe noch niemanden ins Krankenhaus geprügelt.«

Von der Seite sah ich, wie sich Eriks Körper anspannte.

»Stimmt«, sagte er, »du gehst subtiler vor.«

»Wie bitte?« Ich warf ihm einen verständnislosen Blick zu.

»Du bist doch der Freak mit dem schwarzen Buch. Feierst du damit am Friedhof satanische Messen und stichst irgendwelche Puppen ab?«

Mir blieb für einen Moment der Mund offen stehen, was er unter der Atemschutzmaske zum Glück nicht sehen konnte. Was war los mit dem Typen? Wie kam er dazu, mein schwarzes Buch hier mit reinzubringen? Hatte er es auf dem Schulhof gesehen? Und was sollte der Scheiß mit den satanischen Messen? Voodoo? Also, bitte.

»Genau. Du hast mich durchschaut. Und die letzte Puppe sah dir verdammt ähnlich«, murmelte ich bissig.

»Witzig«, erwiderte er kalt und schielte auf meinen Rucksack. »Und? Hast du dein schwarzes Buch heute auch dabei? Traust du dich sonst nicht auf die Straße?«

Ich zuckte kurz zusammen und hoffte, er hatte es nicht bemerkt, denn ich hatte es tatsächlich dabei. Aber mein schwarzes Buch ging niemanden was an, schon gar nicht Superarschloch Erik, der sich noch immer an die Wand lehnte, anstatt endlich die Gummihandschuhe überzuziehen und mitzuhelfen. Ich musste das so schnell wie möglich hinter mich bringen, jeder Atemzug mit Erik war einer zu viel. Mit zusammengebissenen Zähnen starrte ich auf die graffitiverschmierten Ziegelsteine vor mir. Am Ende des Tages musste die Kita-Mauer sauber sein und das war, wie ich in den letzten Minuten gemerkt hatte, ein echter Knochenjob. Das Putzmittel biss trotz Atemschutzmaske in der Nase, die Farbe ließ sich nur schwer lösen und ich schwitzte nach der kurzen Zeit schon so sehr, dass mir das T-Shirt am Körper klebte.

»Da hast du übrigens noch was übersehen«, meinte er und nickte mit dem Kinn auf ein durchgestrichenes Hakenkreuz, unter dem der Schriftzug »Nazis raus« prangte.

»Stimmt«, erwiderte ich und spritzte mit dem Putzmittel in seine Richtung. Dann legte ich den Kopf schief. »Reinigt doch nicht so gut, wie auf der Flasche steht. Leider.« Ich musterte ihn abfällig. »Der verdammte Schmutz geht hier einfach nicht weg.«

Seelenruhig fuhr sich Erik über die Hose, die mit Reinigungsmittel nassgespritzt war. »Hang zur Gewalt, hab ich's doch gesagt.«

»Hast du jetzt etwa Angst vor mir?«, fragte ich spöttisch und dachte daran, wie gerne ich jetzt tatsächlich eine Voodoo-Puppe in der Hand gehabt hätte. Ich wüsste genau, wohin ich stechen würde. »Angst davor, dass ich dich in einer meiner schwarzen Messen dem Tod weihe?«

Erik lächelte überheblich. »Vor dir soll ich Angst haben? Sicher nicht. Du hast doch vom Tod keine Ahnung, daran ändert auch dein kindisches schwarzes Buch nichts. Versuchst wohl, einen auf Freak zu machen«, setzte er noch hinzu und wandte sich kopfschüttelnd ab.

Seine Worte trafen irgendeinen Nerv tief in mir drin, nicht nur den Todesnerv, auch den Freaknerv, der besonders empfindlich war, und bevor ich noch darüber nachdenken konnte, brach es schon aus mir heraus: »Ach, ich habe vom Tod keine Ahnung? Soll ich dir was sagen? Du bist nicht der Einzige mit einer toten Mutter!«

Darauf starrte er mich nur an und ich schwieg ebenfalls. Warum hatte ich mich zu so einem Blödsinn hinreißen lassen? Wütend auf mich selbst, weil ich so eine Scheiße von mir gegeben hatte, und wütend auf ihn, weil er auch irgendwie Schuld daran hatte, begann ich heftig an dem Graffiti vor mir herumzuschrubben.

Langsam setzte er sich die Atemschutzmaske auf und zog die Handschuhe über. Als er sich nach seinem Eimer bückte, fielen ihm die dunklen Haare über die Augen und ich fragte mich, ob ich zu weit gegangen war. Der Tod meiner Mutter lag immerhin schon vierzehn Jahre zurück und ich war noch ein Baby gewesen, als sie gestorben war. Weder konnte ich mich an ihr Gesicht erinnern noch an ihren Geruch oder ihre Stimme. So hart das vielleicht auch klingen mochte, die Wahrheit war: Ich vermisste sie nicht. Ich kannte sie ja nicht einmal und wie sollte man etwas vermissen, das nie dagewesen war? Auch Oliver hatte nur verschwommene Erinnerungen an sie, bei denen ich mir nicht sicher war, ob ich ihn darum beneidete.

Erik dagegen hatte seine Mutter laut Toni in den letzten Jahren verloren, was für ihn sicher nicht einfach gewesen war. Nichtsdestotrotz war es immer noch Erik. Und mit dem Superarschloch wollte ich kein Mitleid haben.

»Weißt du, was der Unterschied zwischen uns beiden ist?«, fragte er mich in diesem Moment, während er mit verbissenen Bewegungen einer pinkfarbenen Blume auf der Mauer den Garaus machte. Ohne eine Antwort abzuwarten, fuhr er fort: »Du kannst nicht mal so tun, als würdest du dazugehören. Wenn ich wollte, könnte ich jederzeit irgendwo aufgenommen werden, aber du, du bist so verkorkst und verdreht, du wirst nie irgendwo dazugehören. Du wirst immer ein Außenseiter sein.«

Ich merkte, dass er mir mit seinen Worten einfach nur wehtun wollte, und das Tragische daran war, dass es ihm – zumindest teilweise – gelang.

»Und wo sollte ich dazugehören wollen?«, stieß ich hervor, während meine Hand heftig über das verdammte Graffito schrubbte. »Etwa zu BeautyLouisa und ihrer tänzelnden Anhängerschaft?« Ich wartete keine Antwort ab. »Du glaubst also, ich könnte keine von ihnen werden, selbst wenn ich es wollte?«

»Was heißt glauben. Ich weiß es«, gab er selbstgefällig zurück.

Ich hielt mit dem Schrubben inne und wischte mir mit dem Unterarm den Schweiß von der Stirn. »Und was, wenn doch?«

Er grunzte kopfschüttelnd. »Das schaffst du nicht, da verwette ich meinen Strafdienst drauf.«

»Tatsächlich«, murmelte ich, während seine Worte bei mir einsickerten, bis sie klick machten. »Okay.«

Er sah mich an und runzelte die Stirn. »Was, okay?«

Ich ließ mich auf die Fersen zurücksinken und starrte ihn an. »Wir spielen um den Strafdienst.«

»Wie bitte?«

»Du hast doch gerade gesagt, du würdest deinen Strafdienst darauf verwetten.«

Er schwieg überrumpelt und ich sah, wie die Farbe der pinken Blume langsam über die Ziegelsteinmauer Richtung Boden floss. »Dein Ernst?«, fragte er nach.

Ich schmiss meine Scheuerbürste in den Eimer und zog mir die Atemschutzmaske herunter, um einen Schluck aus meiner Wasserflasche zu nehmen.

»Natürlich meine ich das ernst«, sagte ich, nachdem ich getrunken hatte. »Todernst.«

»Haha«, sagte Erik und schob sich mit dem Handrücken die Haare aus der Stirn. Dabei fiel mein Blick auf den Kratzer, den er von unserem Chemieunfall davongetragen hatte, und ich sah schnell woanders hin. Die Wunde gab ihm ein ziemlich draufgängerisches Aussehen, und das waren Gedanken, denen ich nun wirklich nicht nachgehen wollte.

»Und wie soll das aussehen?«, fragte er in meine Nicht-Gedanken hinein.

Ich kreuzte die Beine zu einem Schneidersitz und dachte nach. »Wir stellen einander Aufgaben«, sagte ich schließlich. »Der, der die Challenge des anderen als Erster versemmelt, hat verloren und muss alle restlichen Graffitis alleine wegputzen.«

»Du meinst alle Graffitis der nächsten sieben Wochen?«

Ich nickte. »Es geht um den kompletten Strafdienst.«

»Und was für Challenges schweben dir da vor?«, fragte

Erik und hob eine schwarze Augenbraue. »Sowas wie die Icebucket-Challenge?«

Ich hatte eindeutig sein Interesse geweckt und zuckte mit den Schultern. »Wieso nicht. Es müssen klar erfüllbare Aufgaben sein. Der andere muss also entweder dabei sein, wenn die Challenge erledigt wird, oder es muss ein Videobeweis vorgelegt werden.«

Erik grinste überheblich. »Sicher, dass du das willst? Mit Anlauf meinen Strafdienst übernehmen?«

Ich kniff die Augen zusammen und stellte mir vor, wie eine Horde Kleinkinder aus der Kita gestürmt kam, und sich brüllend auf Erik warf, um ihn mit ihren winzigen Milchzähnen zu Tode zu beißen, weil er statt des Graffitis ihre selbstgepinselte pinkfarbene Blume von der Mauer geschrubbt hatte. (Das hätte ich ihm natürlich sagen können, aber irgendwie fand ich die Vorstellung schön, dass er seine Kraft umsonst einsetzte.)

»Das heißt Deal?«, fragte ich.

Erik grinste. »Wie lange hat jeder Zeit, um seine Aufgabe zu erfüllen?«

Ich überlegte kurz. »Zwölf Stunden. Das finde ich angemessen, falls du auf die Idee kommst, mir mitten in der Nacht eine SMS zu schreiben.«

Er nickte zufrieden. »Okay. Du hast also zwölf Stunden, um deine Aufgabe zu erfüllen. Es gibt keinen Aufschub, es sei denn, du bist krank oder tot.«

»Und ich möchte niemandem meine Brüste zeigen müssen«, fügte ich schnell hinzu, weil er gar so siegessicher wirkte.

Eriks Blick rutschte für einen Moment tiefer, dann grinste er verschmitzt. »Ehrlich, wofür hältst du mich?«

»Für ein Arschloch«, sagte ich und stand auf, um meine Glieder zu strecken.

»Okay, mach dir mal nicht ins Hemd. Keine Brüste und nichts Illegales. Und?« Er kam ebenfalls auf die Beine. »Spielen wir jetzt Schere-Stein-Papier darum, wer anfängt?«

Ich sah ihn von der Seite an. »Aber die normale Variante und nicht Stein-Papier-Schere-Echse-Spock aus Big Bang, oder?«

»Schiss, dass ich dich reinlege?«, fragte Erik und zog amüsiert eine Augenbraue hoch.

»Ich hab keinen Schiss«, erwiderte ich. »Ich traue dir ganz einfach nicht.«

»Krankhaftes Misstrauen. Gibt's dafür auch einen Fachbegriff?«

»Keine Ahnung, du kannst ja meinen Vater fragen, der ist Therapeut«, schnappte ich. »Wahrscheinlich diagnostiziert er bei dir krankhafte Egomanie.«

»Damit kann ich leben. Was ist, spielen wir jetzt?«

Das taten wir und nach drei Unentschieden hatte ich Erik besiegt.

»Papier wickelt Stein ein.« Ich grinste schadenfroh.

Erik blickte mich mürrisch an. »Und? Was soll ich jetzt tun? Nur mit einer Unterhose bekleidet durch Hamburg fahren?«

Ich schüttelte den Kopf und bückte mich nach meiner Scheuerbürste, um das nächste Graffitimonster in Angriff zu nehmen. »Das tue ich den Leuten doch nicht an«, sagte ich gelassen, »aber keine Sorge, für dich überlege ich mir was ganz Besonderes.«

KAPITEL 8

Vierundzwanzig Stunden später hatte ich noch immer keinen blassen Dunst, was ich Erik antun sollte. Wir hatten vereinbart, dass wir mit den Challenges am Montag starten würden. Ich war am Zug, doch leider fehlte mir bisher die eine, ultimative Idee.

Über Skype hatte ich mit Charlie den ganzen Vormittag gegrübelt, wir waren die absurdesten Aufgaben durchgegangen, von denen mindestens zwei Drittel durchflogen, weil sie ein freies Körperteil beinhalteten (Charlies Vorschläge) oder rechtswidrig waren (meine Vorschläge). Was übrig blieb, war weniger, als ich erhofft hatte, und nachdem ich Jane Austen ausgelesen hatte und mich Anna Karenina mit ihren Problemen und komplizierten russischen Namen widmete, floss in meine Überlegungen für Erik auch russisches Roulette ein, was mich jedoch nicht wirklich weiterbrachte.

Irgendwann während der letzten Stunde hatte sich Charlie schließlich mit akuter Brainstorming-Depression verabschiedet und ich versuchte, mir ein paar Inspirationen auf diversen YouTube-Kanälen zu holen. (Nur nicht von BeautyLouisa. Obwohl sie als Queen der Niederträchtigkeiten vielleicht sogar eine gute Idee gehabt hätte.) Mein Zeigefinger fuhr über das Touchpad des Laptops und klickte das nächste Video an.

Es war von einem jungen Pärchen, das sich gegenseitig Challenges stellte und diese dann im Netz veröffentlichte.

Für einen kurzen Moment spürte ich Hoffnung in mir aufkeimen, dass die beiden mir eine Hilfe sein würden, doch als ich sah, wie unglaublich positiv sie in die Kamera strahlten, wie viel Spaß sie bei den Challenges hatten und wie lustig sie das alles fanden, war mir klar, dass ich weitersuchen musste. Mit einem entnervten Seufzen klappte ich den Laptop zu. Für Erik brauchte ich etwas anderes.

Etwas, wobei er garantiert keinen Spaß hatte.

In dem Moment bimmelte es unten an der Haustür. Es war ein scheußliches Geräusch, viel schriller als unsere Glocke in Heidelberg, und ich war mir sicher, dass die Frau, die draußen stand, mindestens genauso scheußlich sein würde. Außerdem war sie sieben Minuten zu früh dran. Ich konnte Menschen, die zu früh da waren, nicht leiden. Jetzt hörte ich die Schritte meines Vaters, hörte, wie er ihr die Tür öffnete, und als Nächstes ertönte eine atemlose Frauenstimme, gefolgt von seinem beruhigenden Therapeutenton.

Sie war also nervös. Eine kleine Welle der Befriedigung überkam mich. Ich rollte mich auf meinem Bett herum, bis ich auf dem Rücken lag, und starrte an die Zimmerdecke. Die Zeit bewegte sich unaufhörlich weiter, mit jedem Ticken meines Weckers verrannen die Sekunden, und erinnerten mich daran, dass ich jetzt langsam aufstehen und hinuntergehen sollte, während sie da unten ihren Begrüßungstanz aufführten.

Nun hörte ich, wie auch Oliver ins Vorzimmer kam und Hallo sagte, hörte, wie unglaublich freundlich das klang, und für einen Moment war ich sauer, dass er immer das unkomplizierte Kind war, das alle mochten, während ich hier oben lag und mich zurück nach Heidelberg wünschte. Offenbar machte es ihm wirklich nichts aus, diese Mara kennenzulernen, offenbar fand er es richtig super, einen neuen Menschen kennenzulernen, wie nett, wieder einer mehr im Oliver-Fanclub.

Ich schnaubte leise und lauschte dem Sekundenzeiger meines Weckers, lauschte dem nervösen Lachen der Fremden und dem Murmeln meines Vaters.

Sie klang genauso unsympathisch, wie ich es mir vorgestellt hatte, und bei dem Wort unsympathisch musste ich wieder an Erik denken. Bis morgen brauchte ich eine Idee, bis morgen musste ich mir etwas überlegen, was er nicht lustig fand, keine Ich-ziehe-einen-Wintermantel-im-Sommer-an-hahaha-Challenge. Ich brauchte etwas, das sich scheiße für ihn anfühlte –

»Emi! Mara ist da«, drang die Stimme meines Vaters aus dem Erdgeschoss an meiner angelehnten Zimmertür vorbei zu mir. Sein Tonfall war nüchtern, also war er wahrscheinlich angepisst, und das war mir nur recht. Warum sollte es ihm besser gehen als mir?

Ich blieb liegen und lauschte in die darauffolgende Stille. Wahrscheinlich lächelte diese Mara jetzt mit leichtem Unbehagen, und obwohl ich ihr Gesicht nicht kannte, sah ich es so plastisch vor mir, dass ich fand, das reichte für den Erstkontakt.

»Emi?«, rief mein Vater ein zweites Mal und ich spürte, dass er kurz davor stand, hochzukommen. Es war ihm peinlich vor seiner Neuen, dass ich nicht sofort reagierte. Und ich hasste mein Gehirn dafür, dass es sofort reagierte, nämlich mit dem Gedanken, dass Mara und mein Vater sicher schon Sex gehabt hatten, sonst hätte sie ihm diese peinliche Sixpack-Schürze nicht geschenkt.

Ich verdrängte die Bilder aus meinem Kopf und schwang langsam die Beine über die Bettkante. Es war kindisch, mich in meinem Zimmer zu verkriechen, und ich wusste das. Natürlich wusste ich es.

Als ich aufstand, dachte ich, dass ich für Erik unbedingt etwas brauchte, das ihn mit dem gleichen Widerwillen erfüllte, den ich gerade empfand.

Dann ging ich hinunter.

Mara, Oliver und Papa waren in der Küche. Sie stand mit dem Rücken zu mir und ich registrierte, dass sie sehr schlank war und hellblaue Jeans zu einem wild gemusterten Top von Desigual trug, das sich grausam mit ihren kupferblonden Haaren biss.

Ich sah außerdem, dass sie eine geflochtene Ökotasche mitgebracht hatte, aus der sie gerade eine Packung Dinkelspaghetti, eine Flasche Tomatensoße, ein Netz mit Zwiebeln, eine Packung Sojagranulat und drei frische Tomaten in einem solchen Tempo auf die Arbeitsfläche räumte, dass ich fand, sie könnte vor dem Kochen noch paar Runden um den Block laufen, um ihre überschüssige Energie abzubauen (Tod durch Überanstrengung). Dabei lächelte sie unentwegt, wie eine dieser Frauen aus der Zahnpastawerbung oder die Waschmitteltanten, die scheinbar nichts Schöneres kennen, als die dreckigen T-Shirts ihrer Kinder in die Waschmaschine zu stopfen, um sie dann strahlend vor Glück im Garten aufzuhängen. (Die Wäsche, nicht die Kinder.)

Ich blieb in einigem Abstand zu Mara, Oliver und meinem Vater stehen und versuchte, mich weniger als Außenseiter in meiner eigenen Familie zu fühlen.

»Ah, Emi«, sagte mein Vater und wandte sich mir zu. Seine Körpersprache und Stimme war unaufgeregt, aber erstens nahm ich ihm das nicht ab und zweitens hätten auch hundert souveräne Therapeutenväter nicht gereicht, um die nervöse Anspannung von Dinkelspaghetti-Mara zu kompensieren.

Schon ruckte ihr Kopf in meine Richtung. »Hallo, Emi«, begrüßte sie mich überschwänglich. »Es freut mich so, dich endlich kennenzulernen. Ich bin Mara.«

Sie kam auf mich zu und ich war mir einen irrwitzigen Moment lang sicher, dass sie jetzt versuchen würde, mich zu umarmen. (Was sollte ich dann tun? Es ertragen? Schreien? Wegrennen?) Doch stattdessen streckte sie mir ihre feingliedrige Hand hin und lächelte dabei unentwegt, als wäre es die Erfüllung ihrer sehnlichsten Träume, endlich Bekanntschaft mit einem schwarz gekleideten und schlecht gelaunten Teenager zu machen.

»Hallo«, murmelte ich und zog die Hand schnell wieder zurück.

»Hallo«, sagte sie noch einmal.

Ich verengte die Augen und schwieg. Obwohl es vielleicht interessant gewesen wäre, herauszufinden, wie oft sie noch »Hallo« gesagt hätte, wenn ich »Hallo« sagte.

Mara schwieg ebenfalls, Oliver war gerade mit seinem Handy beschäftigt und meinem Vater fiel schnell genug nichts ein und so schwiegen wir alle.

Merkwürdigerweise werten viele Menschen ein kurzes Innehalten als persönliches Versagen und Mara gehörte offensichtlich dazu. Ich sah, wie sie hektisch ihre Finger knetete, tief Luft holte und sich augenblicklich bemühte, die Pause mit sinnlosen Worten zu füllen.

»Ich habe mir gedacht, ich koche heute vegane Spaghetti Bolognese für uns, ich finde, sie schmecken fast wie richtige Spaghetti Bolognese, und Eddi meinte, Spaghetti mögt ihr. Du magst doch Spaghetti?«

Ich betrachtete einen Moment lang ihre aufgerissenen blauen Augen in dem ebenmäßigen Gesicht und musste mir eingestehen, dass sie hübsch war. Ihre Haare fielen ihr in weichen Wellen über die Schultern und mit einem anderen Outfit hätte sie eine super Elfe in den Hobbit-Filmen abgegeben. Sie hatte so etwas Zartes an sich, etwas Beschützenswertes, und es war mehr als seltsam, Papas Blick aufzufangen und das Gefühl zu haben, dass er Mara vor mir beschützen wollte und nicht mich vor der neuen Situation.

»Klar«, antwortete ich wenig enthusiastisch auf ihre Spaghetti-Frage und bemerkte das leichte Stirnrunzeln meines Vaters.

»Ich liebe Spaghetti. Vor allem Dinkelspaghetti, mmmhh«, fügte ich mit einem falschen Lächeln hinzu.

Maras Blick irrte von mir zu meinem Vater. »Das freut mich, ich hatte schon Sorge wegen des Dinkels, aber ich finde, man gewöhnt sich schnell daran. Und Weizen ist einfach so schädlich für den Organismus, seit ich ihn weglasse, habe ich viel mehr Energie.«

Das glaubte ich ihr aufs Wort.

»Dann sollte ich das auch mal probieren«, meldete sich Oliver zu Wort und steckte sein Handy in die hintere Hosentasche. »Ich bin nämlich nächstes Wochenende mit ein paar Freunden auf einem hammermäßigen Segeltrip und da möchte ich so wenig wie möglich verpassen, also, Energie klingt gut.«

Er grinste mich herausfordernd an und ich warf ihm quer durch die Küche einen giftigen Blick zu. (Er würde durch den Weizenentzug so wach sein, dass er die ganze Nacht mit seinen Freunden durchmachen und in den frühen Morgenstunden gähnend an der Reling stehen würde, wo ihm ein springender Fisch in den Mund schießen und er daran ersticken würde.)

»Ein Segeltrip … das klingt ja cool«, sagte Mara und jedes Wort aus ihrem Mund hörte sich falsch und aufgesetzt an. »Wir könnten an unserem Mallorca-Wochenende doch auch segeln gehen, was meinst du, Eddi?«, fragte sie meinen Vater und in mir krampfte sich alles zusammen, weil sie ihn schon zum zweiten Mal so genannt hatte.

Mein Vater hieß Eduard und wurde gemeinhin von seinen Freunden mit Ed und von uns mit Papa (bzw. von Oliver mit Paps) angesprochen. »Eddi« hatte ich noch niemanden sagen hören, und ich fand, das hatte einen guten Grund.

»Klar, wenn wir einen Bootsverleih finden, der Touristen aufs Meer lässt«, erwiderte mein Vater und zwinkerte ihr zu.

»Wenn wir es uns nur fest genug wünschen, dann sicher«, sagte Mara lächelnd und ich hatte die schreckliche Befürchtung, dass sie das nicht ironisch meinte. Sie wandte sich mir zu. »Und was machst du an dem Wochenende, Emi? Bist du auch mit Freunden unterwegs?«

Ich sah, wie sich alle Blicke auf mich richteten, und fühlte mein Unbehagen bei dem Gedanken an das kommende Wochenende rapide ansteigen.

»Das würde ich sehr gerne, allerdings möchte Oliver, dass ich zu Hause bleibe, um die Handwerker reinzulassen, die sich um die undichten Fenster in seinem Zimmer kümmern sollen«, erwiderte ich mit einem süßen Lächeln.

»Oh, das ist …«, begann Mara zu stammeln.

»Scheiße«, vollendete ich ihren Satz trocken.

»Emi!« Mein Vater warf mir einen warnenden Blick zu, während Mara rot wurde.

»Ach komm schon, Emi«, fiel mir Oliver gnadenlos in den Rücken. »Nach der Aktion in der Schule brauchst du nicht glauben, dass du –«

Nur seinen guten Reflexen war es zu verdanken, dass ihn die Serviettenpackung, die aus meiner Richtung angeflogen kam, nicht mitten auf die Stirn traf.

»Hört auf damit«, sagte unser Vater, während Mara irritiert zwischen uns hin und her blickte. Es war eine Wohltat, dass sie ihr Lächeln endlich einmal einstellte, denn mir taten vom Strahlen ihrer blendend weißen Zähne schon die Augen weh.

»Was hältst du davon, wenn ich dir beim Kochen helfe?«, fragte mein Vater in ihre Richtung und nahm dabei seine peinliche Sixpack-Schürze von dem Haken neben dem Kühlschrank.

»Oh mein Gott, von wem hast du die denn?«, entfuhr es Mara lachend und ich erkannte, dass ich mich neulich geirrt hatte. Offensichtlich war die Schürze doch nicht von ihr.

Ich legte den Kopf schief. »Die hab ich ihm zu Weihnachten geschenkt. Gefällt sie dir etwa nicht?«, fragte ich treuherzig, woraufhin sie knallrot anlief.

»Doch, ich finde – ich finde, sie ist total witzig«, beeilte sie sich zu sagen und ich beobachtete fasziniert, wie schnell die Gefühle zweier Menschen umschlagen konnten. Mir ging es sofort viel besser, ihr eher nicht.

Zu meiner Verteidigung: Ich hatte mich in dem Moment nicht wirklich unter Kontrolle. Mara zu verarschen war wie ein Reflex, es war lächerlich einfach und versorgte mich gleichzeitig mit einer Dosis purer, unverfälschter Schadenfreude.

»Das ist Emis Sinn für Humor«, mischte sich mein Vater ein. »Ich habe die Schürze von einer Patientin geschenkt bekommen, die sie eigentlich ihrem Lebensgefährten zum Namenstag geben wollte. Allerdings hat er die Beziehung beendet, bevor es dazu kam, und es war ihr ein Bedürfnis, alles loszuwerden, was sie an ihn erinnerte.«

»Ist es nicht unethisch, Geschenke von Patientinnen anzunehmen?«, fragte ich mit hochgezogenen Augenbrauen.

»Kommt wahrscheinlich darauf an, wie die Patientinnen aussehen«, erwiderte Oliver und ging zum Kühlschrank, um sich eine Cola light zu holen.

Mara stand zwischen uns wie eine Psychiatriepatientin kurz vor der Einweisung und ich hatte das Gefühl, noch ein flapsiger Kommentar und sie würde schreiend das Weite suchen.

Doch bevor es dazu kommen konnte, scheuchte uns mein Vater aus der Küche. »So, genug gequatscht. Lasst Mara und mich jetzt kochen, sonst bleibt keine Zeit für den Film heute Abend, und ich habe nicht vergessen, dass ich diesmal mit Aussuchen dran bin.«

»Aber nur, wenn du versprichst, Mara das Würzen zu überlassen«, grinste Oliver und schlenderte ins Wohnzimmer.

Ich folgte meinem Bruder in einer Mischung aus Erleichterung (der erste Teil des Abends war immerhin geschafft) und depressiver Verstimmung, weil ich genau wusste, dass die

Mara-Pause nur kurz sein würde und mir das gemeinsame Essen, Spielen und Fernsehen noch bevorstand.

Diesbezüglich hatte unser Vater strikte Vorstellungen.

Sonntag war erklärter Familientag, dabei wechselten sich aufregende Aktivitäten (wie spannende Wanderungen in der Lüneburger Heide) mit lustigen Spieleabenden (Monopoly, Activity oder Trivial Pursuit, wir hatten die Wahl) ab. Als ich noch jünger war, fand ich es klasse, so einen spielebegeisterten Vater zu haben, heute sah ich das ein bisschen anders. (In seiner Studienzeit war Papa scheinbar ein ganz passabler Leiter einer Rollenspielgruppe gewesen, der er noch heute nachtrauerte. Eine Zeitlang hatte er versucht, auch uns mit der Begeisterung für »Das Schwarze Auge« anzustecken, aber mir hatte sich nie erschlossen, welchen Reiz es haben soll, stundenlang herumzusitzen und darum zu würfeln, ob der Zwerg stark genug ist, mit seinem behelmten Schädel die verschlossene Tür in der Ogerfestung einzurennen.)

»Und, wie findest du sie?«, fragte mich Oliver verhältnismäßig leise, als er sich aufs Sofa plumpsen ließ.

Unwillkürlich warf ich einen Blick zurück in die Küche, obwohl ich noch genau wusste, wie sie aussah.

»Ich weiß nicht«, murmelte ich, während ich mich auf die Sofakante setzte. Mara und mein Vater waren gerade damit beschäftigt, den restlichen Inhalt der geflochtenen Öko-Tasche auszuräumen. Jetzt, wo wir weg waren, wirkte sie gleich viel entspannter, und ich war mir sicher, das hatte mehr mit meiner als mit Olivers Abwesenheit zu tun.

»Magst du sie etwa schon?«, schob ich geflüstert hinterher und Oliver zuckte mit den Schultern, während er sich die Stöpsel seines weißen iPods in die Ohren schob.

»Sie sieht ziemlich gut aus. Hätte nicht gedacht, dass Paps so eine heiße –«

»Du bist widerlich«, zischte ich. »Das ist doch überhaupt nicht der Punkt.«

Oliver scrollte sich durch seine Musiktitel. »Was ist denn der Punkt, Schwesterherz?«, fragte er unbeeindruckt. »Ihren Charakter kann ich ja schlecht beurteilen, nachdem du dafür gesorgt hast, dass sie sich nichts mehr zu sagen traut.«

Ich schnaubte leise, aber das hörte er nicht mehr, weil in diesem Moment schon die wummernden Bässe seiner Musik durch die Kopfhörer drangen.

Verärgert stand ich auf und verzog mich ans andere Ende des Wohnzimmers, wo ich mich in meinen Lieblingssessel verkrümelte, auf dem mein schwarzes Buch lag. Ich schlug es in der Mitte auf und las das Zitat von Marc Aurel, das ich irgendwann hineingeschrieben hatte: *Der Tod lächelt uns alle an, das Einzige, was man machen kann, ist zurücklächeln.*

Vielleicht musste ich den Tod als Metapher für Mara betrachten; Mara lächelte uns alle an und vielleicht musste ich einfach nur zurücklächeln.

Eine halbe Stunde später hatte ich die Nase voll von Marc Aurel und meiner blöden Idee des »Zurücklächelns«, hatte die Nase voll von veganen Dinkelspaghetti und der erzwungenen Unterhaltung mit einer Frau, die »mit Leib und Seele Kinderärztin« war, dreimal die Woche Yoga machte und Brottrunk zum Frühstück trank, weil der »eine unglaubliche Wirkung auf die Verdauung« hatte.

Ich hatte still dagesessen und versucht zu lächeln, hatte die Flut an sarkastischen Kommentaren unterdrückt, die mir ständig eingefallen waren, hatte höfliche – wenn auch kurze – Antworten gegeben, hatte gekaut, geschluckt und genickt, hatte für mich behalten, dass ich die dunkelbraunen Nudeln höchstens für einen faden Abklatsch richtiger Spaghetti hielt, und irgendwann erkannt, dass man dasselbe über das ganze Abendessen sagen konnte.

Klar, wir saßen zusammen an diesem Tisch, wir bewegten unsere Münder, und es kamen auch Wörter raus, aber nichts davon fühlte sich echt an. Es fühlte sich an, als würden wir auf einer Bühne sitzen und die perfekte Patchworkfamilie spielen, als wäre – abgesehen von Oliver – jeder in eine Rolle geschlüpft, um diesen Abend ohne größere Kollisionen zu überstehen, und ich merkte, wie es mich zunehmend anstrengte. (Oliver brauchte in keine Rolle zu schlüpfen, denn Oliver schienen selbst die stumpfsinnigsten und oberflächlichsten Unterhaltungen noch Spaß zu machen. Wenn er eine Superkraft hatte, dann war es die, dass er jedem Menschen das Gefühl geben konnte, ihn nett zu finden, während ich genau das Gegenteil bewirkte.)

»Ich habe gehört, du trainierst für den Elbe-Triathlon. Warst du schon immer so sportbegeistert?«, fragte Mara in diesem Moment und beugte sich nach vorn, um auch kein Wort meines begnadeten Bruders zu verpassen.

»Ja, irgendwie schon«, antwortete Oliver und fuhr sich mit den Fingern durch seine wuscheligen blonden Haare. »Ich finde es total cool, immer wieder was Neues auszuprobieren. Letztes Jahr habe ich beim Tough Mudder mitgemacht, das war auch ziemlich lässig.«

»Tough Mudder?«, wiederholte Mara stirnrunzelnd.

»Das ist ein etwa sechzehn Kilometer langer Hindernisparcours durch den Schlamm«, erklärte mein Vater.

»So wie du das sagst, klingt das total nach Kindergarten, Paps.« Oliver schüttelte vorwurfsvoll den Kopf. »Glaub mir, Mara, der Lauf ist wirklich hart. Gleich zu Beginn musste man durch ein Eiswasserbecken tauchen und dann durch ein Schlammfeld robben, das sich ›Electroshock Therapy‹ nennt. Ich hab einmal den Kopf zu hoch gehoben und von der darüberhängenden Stromleitung einen Schlag verpasst bekommen, an den ich heute noch denke.« Er grinste sie schief an. »Wenn du willst, zeig ich dir mal ein Video auf YouTube, zugucken ist nämlich definitiv lustiger als selbst zu versuchen, eine mit Schlamm und Öl eingeriebene Halfpipe hochzukommen.«

Mara nickte eifrig. »Ja, klar, das würde ich gern mal sehen«, erwiderte sie strahlend, und plötzlich war es hier genauso rutschig wie auf der soeben genannten Halfpipe.

»Und weißt du schon, was du später mal machen willst, also ich meine beruflich?«, fragte Mara weiter.

Oliver zuckte mit den Achseln. »Noch nicht genau. Erstmal würde ich gern ein Jahr ins Ausland gehen. Vielleicht nach Australien, dort gibt es echt coole Wellen. Für mich steht fest, dass ich irgendwas im sportlichen Bereich machen will.«

Mara nickte abermals verzückt und wandte ihr Gesicht mir zu. Oh, oh. Bitte nicht.

»Und du, Emi? Hast du auch schon Pläne für die Zukunft?«

Auf ihre Worte folgte eine lange Pause.

Ich malte mir aus, jetzt aufzustehen, aufs Klo zu gehen und die ekelhaften Spaghetti wieder auszukotzen. Vielleicht würde dann auch gleich was von der verlogenen Freundlichkeit mit rauskommen, mit der wir uns hier gegenseitig die ganze Zeit

Honig ums Maul kleisterten und so taten, als wären wir ernsthaft am Leben des anderen interessiert.

Nein, ich wusste noch nicht, was ich sein wollte, weil ich ja nicht einmal wusste, wer ich sein wollte, weil ich einfach nur ich war und niemand sonst, und es auch gar nicht so einfach war, ich zu sein, sondern ziemlich schwierig und die meiste Zeit auch ziemlich scheiße. Und deswegen hielt ich solche Fragen nach meiner Zukunft für unangebracht, weil ich verdammt noch mal nicht Oliver war und keinen Plan hatte, und mein beschissenes Glas nun einfach nicht halb voll war.

Sie wartete noch immer auf eine Antwort und ich starrte sie noch immer an.

»Ich bin …« Ich räusperte mich. »Keine Ahnung, was ich mal machen werde. Ich hab mir noch keine Gedanken darüber gemacht.«

Sie nickte zögerlich, während Oliver geräuschvoll prustete.

»Bullshit, Emi. Du machst dir ständig Gedanken. Mehr als jeder andere. Wenn auch nicht unbedingt über die gleichen Dinge.« Sein belustigter Blick schwenkte zu Mara und er fuhr fort: »Wusstest du, dass sie ein Todesbuch hat, das sie seit zwei Jahren jeden Tag mit sich herumschleppt? Seit dem Tod unserer Nachbarin, das muss man sich mal vorstellen.«

Ich funkelte ihn an und wünschte inbrünstig, der Stromschlag beim Tough Mudder wäre so stark gewesen, dass es ihm die Synapsen durchgebrannt hätte und er seitdem nicht mehr hätte reden können.

»Oliver«, sagte mein Vater bedeutsam und schüttelte nachdrücklich den Kopf.

»Oh … ein Todesbuch?«, stammelte Mara und wusste offenbar nicht, wen sie ansehen sollte. Die Mischung aus Unsicherheit und Schock in ihrer Stimme bescherte mir diesmal kein gutes Gefühl und ich wählte die Flucht nach vorne.

»Ja, mein Todesbuch«, wiederholte ich sachlich. »Ich sammle skurrile Tode, hat Papa das noch nicht erwähnt?«

Sie schüttelte halbherzig den Kopf. »Klingt … sehr interessant«, murmelte sie.

»Wusstet ihr, dass es einen Mann in Australien gibt, der seit Mitte der 80er Jahre seine Bauchnabelfussel sammelt?«, mischte sich mein Vater ein. »Drei große Gläser voll davon hat er für eine unbekannte Summe an ein Museum verkauft. Es gab dazu letztens einen Bericht im Fernsehen.«

Mara grinste, Oliver lachte laut los und selbst ich spürte meine Mundwinkel zucken. Kurz warf ich Papa über den Tisch hinweg einen dankbaren Blick zu.

»Von dem hab ich auch schon gehört«, grinste Oliver, »der steht sogar im Guinness-Buch der Rekorde.«

»Nun denn. Vielleicht komme ich ja auch ins Guinness-Buch der Rekorde, wenn ich es heute schaffe, euch wieder im Trivial Pursuit zu schlagen.«

»Nicht schon wieder, Paps«, stöhnte Oliver. »Lass uns lieber Activity spielen. Männer gegen Frauen, was meint ihr?«

Ich starrte meinen Bruder an und wusste nicht, ob er das mit Absicht machte, oder ob er sich wegen irgendeiner Sache an mir rächen wollte. Vielleicht machte es ihm aber auch einfach nur Spaß, mich leiden zu sehen.

»Das ist eine tolle Idee!«, erwiderte Mara mit so viel Enthusiasmus, wie ich nie im Leben zustande gebracht hätte. Wahrscheinlich wollte sie damit ihren entsetzten Blick, als sie von meinem schwarzen Buch erfahren hatte, wiedergutmachen.

Ich sagte nichts, während ich aufstand und meinen noch immer halb vollen Teller zur Spüle trug.

Als ich fünf Minuten später im Wohnzimmer aufkreuzte, saßen alle schon um den Tisch.

»Also, Mara, die Regeln sind ganz einfach«, begann Oliver, während er die Karten mischte. »Emi und du bilden ein Team. Wenn ihr dran seid, müsst ihr einen Begriff von der Karte entweder erklären, zeichnen oder pantomimisch darstellen. Wenn der andere das Wort errät, bekommt ihr dafür die Punkte, die auf der Karte stehen.«

Mara nickte. »Ich kann mich erinnern. Früher habe ich das ganz gern mit meiner Clique gespielt … also vor Urzeiten, als ich noch jung war.« Sie setzte sich neben mich auf die Couch und grinste mich verschwörerisch an, als ob wir jetzt Freundinnen wären, nur weil wir im selben Team spielten.

»Also, dann legen wir los«, sagte mein Vater mit erhobenen Augenbrauen und rieb sich erwartungsvoll die Hände. »Wer fängt an?«

»Immer der, der fragt«, murmelte ich und lehnte den Kopf auf dem Sofa zurück. Mittlerweile war es schon nach sieben und ich hatte immer noch keine Ahnung, welche Aufgabe ich Erik morgen stellen sollte. Was ziemlich blöd war, denn das war meine Chance, den dämlichen Strafdienst von Anfang an loszuwerden. Das Einzige, was ich brauchte, war eine Idee – eine richtig gute Idee für eine Aufgabe, die so schwer zu meistern war, dass das Spiel zu Ende war, bevor es überhaupt angefangen hatte.

»Ah, Zeichnen«, sagte mein Vater in diesem Moment und holte mich zu seinem Spiel zurück, auf das ich wirklich gern verzichtet hätte.

Oliver sah ausnahmsweise auch nicht sehr glücklich aus und ich wusste genau, warum. Während Papa mit Worten unglaublich eloquent umzugehen vermochte, hatte er im Gegensatz dazu beim Zeichnen und der Pantomime die nervtötende Angewohnheit, seinen Begriff auf genau EINE Art darzustellen. Wenn man ihn dann nicht erraten konnte, hatte man Pech gehabt.

»Okay, alles klar.« Mein Vater hatte sich seine Lesebrille aufgesetzt und studierte hochkonzentriert die Karte. »Für den Begriff gibt es vier Punkte, Oliver.« Er nickte bedeutsam, legte die Karte verdeckt auf den Tisch, drehte die Sanduhr um und griff nach dem Bleistift.

Mit aufkeimender Schadenfreude beobachtete ich, wie unser Vater sehr sorgfältig einen peniblen Kreis auf das Papier zeichnete und dann den Stift absetzte.

Oliver rutschte auf dem Sofa nach vorne und runzelte die Stirn. »Ein Planet?«

Papa schüttelte den Kopf und zeichnete ungefähr in die Mitte des großen Kreises einen kleineren Kreis.

»Ein Monsterauge!«, rief Oliver, »ein Suppenauge, ein Fettauge, eine Seifenblase, ein Ball, der Mond, ein Krater am Mond, eine Kastanie, eine sehr runde Kastanie …«

»Eine Eizelle!«, rief mein Vater, als die Zeit um war. »Das sieht man doch.«

»Mann, Paps«, stöhnte Oliver, »wieso hast du nicht einfach ein Ei von einem Huhn und daneben eine Gefängniszelle gemalt? Das hätte ich sofort erkannt.«

»Aber eine Eizelle sieht genau so aus«, widersprach mein Vater und beäugte stolz sein Kunstwerk. »Du kannst ja im Internet nachsehen, wenn du mir nicht glaubst.«

»Eine Eizelle sieht wirklich so aus«, bestätigte Mara und lachte. »Aber du hättest wenigstens ein paar Spermien drum herum zeichnen können, damit es einfacher wird. Oder eine Frau mit einem Pfeil zu ihren Eierstöcken, oder ...«

Nicht zu fassen. Jetzt musste ich ihnen auch noch zuhören, wenn sie über Eizellen und Spermien redeten. Ich erwog, mich mit vorgetäuschten Kopfschmerzen in mein Zimmer zu verziehen.

Mara blickte mich schon wieder auf diese verschwörerische Art an und beugte sich zu mir. »Ich habe eben unseren Sieg visualisiert«, raunte sie mir zu. »Wäre doch gelacht, wenn wir die Männer nicht schlagen könnten.«

Das war der Moment, an dem mir klar wurde, dass dies ein verdammt langer Abend werden würde.

Ein paar abgelaufene Sanduhren später war von Maras anfänglicher Zuversicht kaum noch etwas übrig und die Zeit verlief so quälend langsam, als hätte jemand den Finger auf meiner persönlichen Pausentaste abgelegt.

Ich ersehnte ein schnelles Ende herbei (sowohl vom Spiel, als auch von meiner Spielpartnerin). Hoffentlich verlief Eriks Abend genauso beschissen wie meiner, dachte ich, als ich die letzte Karte zog und erstarrte. Wenn es einen Gott gab, hatte er einen ziemlich schrägen Sinn für Humor.

»Pantomime, drei Punkte«, sagte ich an Mara gewandt, während sich meine Augen an dem Wort »Schlangenbiss« festsaugten.

Sie nickte und wirkte zu allem entschlossen.

Ich drehte mit einer heftigen Bewegung die Sanduhr um, machte eine schlängelnde Bewegung mit der Hand und zwickte mich selbst in die Wade.

»Echt jetzt?«, gluckste Oliver und klatschte ungläubig in die Hände. »Das ist so krass, und ich weiß es!«

»Schwimmen, Schwimmbewegung, Meer, Flosse, Fischschwanz?«, ratterte Mara herunter, während sie mit weit aufgerissenen Augen meiner Bewegung folgte.

»Meerjungfrau!«, rief sie, als ich mich zu meiner Wade hinunterbeugte.

Entschieden schüttelte ich den Kopf und wiederholte die Schlangenbewegung. Dann ließ ich meine Finger wie ein Maul zusammenschnappen.

»Zuschnappen, Hai, der weiße Hai!«, rief Mara aufgeregt und plötzlich reichte es mir.

»Schlangenbiss!«, schnauzte ich sie an, noch bevor die Sanduhr durchgelaufen war. Sie schaute pikiert und mein Vater erhob sich vom Sofa.

»Und damit ist das Spiel entschieden, Ladys. Eine Revanche gibt es vielleicht beim nächsten Mal, aber jetzt«, er machte eine bedeutsame Pause, »ist es Zeit für den Film, auf den ich mich schon die ganze Woche freue.«

»Ich bin schon gespannt«, erwiderte Mara betont munter, aber ich konnte ihr ansehen, dass sie unsere ruhmlose Niederlage noch nicht verkraftet hatte.

»Hoffentlich nicht der weiße Hai«, murmelte ich mürrisch und ließ mich wieder aufs Sofa plumpsen.

»Redest du mit mir?«, fragte mein Vater und bekam plötzlich eine ganz komische Stimme.

»Oh nein.« Seufzend ließ ich den Kopf nach hinten fallen.

»Du laberst mich an?«, fuhr er fort. »Du laberst MICH an?«

»Papa, bitte. Nicht schon wieder Taxi Driver, der Film ist uralt und erinnert nur daran, dass du ebenfalls uralt bist. Und außerdem klingst du kein bisschen wie Robert de Niro«, stöhnte ich.

»Kann es sein, dass du mich meinst? Du redest mit mir?«, fiel Oliver ein und seine Imitation von Robert de Niro war fast noch grottiger als die von unserem Vater.

Kopfschüttelnd beobachtete ich, wie sie sich gegenseitig die Sprüche aus dem Film zuwarfen, und während die Zeit wieder normal schnell lief, wusste ich plötzlich, was ich Erik morgen antun würde.

KAPITEL 9

Gestern hatte ich ja noch gedacht, Schadenfreude sei die schönste Freude, doch als ich nun auf dem Weg zur Schule war, musste ich mich korrigieren.

Vorfreude war die schönste Freude.

Der Bus war heute überraschend leer, die Hartplastikschale überraschend weich und ich überraschend entspannt. Wäre es nicht furchtbar peinlich gewesen, hätte ich vielleicht sogar die Melodie von Damien Rice' »Eskimo« gesummt. Oliver hatte verschlafen und ich hatte das leere Nutellaglas in den Schrank zurückgestellt, um das abrupte Ende seiner Vorfreude ebenfalls zu genießen (auch wenn ich sein Gesicht nicht sehen konnte, reichte mir die Vorstellung davon).

Beschwingt stieg ich aus dem Bus und genoss das Gefühl, nicht einfach nur mitzulaufen – ich fühlte mich leicht und war glücklich, anders zu sein, anders zu fühlen und anders zu denken, und während die Schüler dem Hauptweg zu den Gebäuden folgten, bog ich links auf den kleinen Kiesweg, der ebenfalls zu dem neuen Schulgebäude führte. Ich brauchte wahrscheinlich eine Minute länger, um in mein Klassenzimmer zu gelangen, aber diese Minute verschaffte mir in Wahrheit zwei Minuten wertvolle Lebenszeit. Eine Minute, die ich hier beinahe alleine unterwegs war und eine

Minute, die ich nicht bereits im Klassenzimmer verharren musste.

»Hey, Emi«, sagte eine Stimme hinter mir und ich wartete einen Moment – nicht darauf, dass sie verschwinden würde, das würde nicht passieren – ich wartete darauf, wie viele Wörter noch abgefeuert werden würden, und verabschiedete mich innerlich von meinen zwei Minuten wertvoller Lebenszeit.

Toni beschleunigte ihre Schritte und lächelte mich von der Seite an. »Kommst du eigentlich mit dem Bus oder mit der U-Bahn oder mit dem Fahrrad? Ich bin heute mal mit dem Rad unterwegs, dann komme ich über den Nebeneingang – was für ein Zufall, dich hier zu treffen, die meisten nehmen eigentlich den Weg über den Haupteingang, der ist kürzer.« Sie machte eine Pause und ich fragte mich, ob sie die Pause machte, um mich auf ihre Frage antworten zu lassen, oder einfach nur, um Luft zu holen, nachdem sie das bislang nicht getan hatte.

»Hast du deinen Stimmzettel für unseren Berlintrip dabei? Wir müssen ihn heute abgeben, die Einverständniserklärung unserer Eltern brauchen wir erst nächste Woche, ich habe sie aber schon mal mit«, fuhr sie fort und rückte sich die schwarze Brille zurecht.

»Welcher Berlintrip?«, wiederholte ich, während wir ein paar riesige Mülltonnen passierten und der Außenlautsprecher »Here comes the sun« von den Beatles spielte.

Toni sah mich irritiert an, als hätte ich sie gerade gefragt, in welchem Jahr wir uns befinden. »Na, der Zehnte-Klasse-Trip. Wir fahren in Geschichte einmal im Jahr ein Wochenende irgendwohin, letztes Jahr war es Lübeck, dieses Jahr ist es Berlin. Hast du die Mail nicht gelesen? Und wir dürfen abstimmen, was wir uns in Berlin ansehen, das ist super, oder? Also, die Berliner Mauer ist natürlich ein Muss, oder das, was davon noch steht, aber zur Auswahl stehen noch ganz viele andere Sachen, zum Beispiel das Pergamonmuseum, das Reichstagsgebäude, die Museumsinsel …«

Während Toni mit erschreckender Begeisterung sämtliche Sehenswürdigkeiten Berlins aufzählte, zog ich die Luft ein. Der Gedanke an ein Wochenende mit meinen Mitschülern und dem Fußballer rüttelte gewaltig an meinem Modell der Vorfreude. Darauf hatte ich echt keinen Bock. Die Stunden die ich in der Schule verbrachte, waren schon zu viele, jede einzelne von ihnen.

Eine Lehrerin mit wuschelig roten Haaren und gehetztem Gesichtsausdruck, die uns auf dem engen Kiesweg entgegenkam, drängte sich an uns vorbei und wirkte, als wäre ihr das alles hier auch zu viel. (Sie würde nach einem missglückten Casinoüberfall in Las Vegas mit ihrem Partner das Weite suchen, die mexikanische Grenze passieren und in Juárez im Drogenkrieg umkommen).

»Also, ich persönlich würde die Unterwelten total gerne sehen«, machte Toni ungebremst weiter, »ich habe am Wochenende gelesen, dass sie durch in Vergessenheit geratene Bunker und Verkehrsanlagen des Berliner Untergrunds führen, es gibt hier einige wirklich gruselige Geschichten darüber, Leute die verschwunden sind und so, ich liebe solche Gruselstorys, je unheimlicher, desto besser – ich mag Horrorgeschichten eigentlich schon, seit ich klein war.« (Da Toni nicht zu den Größten zählte, dachte ich ganz kurz darüber nach, wie viel kleiner ihr klein gewesen sein mochte.)

»Und, was hast du sonst noch am Wochenende getrieben?«, versuchte ich das Thema in eine andere Richtung zu steuern, weg von meiner persönlichen Horrorgeschichte, denn ein Wochenende mit dem Fußballer, zweiundzwanzig Mitschülern und Erik glich horrormäßig einer Kombination aus Scream, Blair Witch Project und Psycho.

Toni kicherte verlegen, weil es ihr anscheinend selbst ein wenig peinlich war. »Ich habe mir ein paar Modeblogs angesehen, um Inspirationen für Louisas Party zu bekommen. Ich muss doch noch shoppen gehen. Weißt du schon, was du anziehst?«

»Louisas Party?«, wiederholte ich.

»Also, Emi«, begann Toni leicht vorwurfsvoll und sah mich eindringlich an. »Liest du denn überhaupt keine Mails?«

Ich zuckte mit den Schultern. Bislang hatte ich die Schulmails alle in den Ordner Hamburg geschoben und den rührte ich nicht an, was mir zumindest ein wenig Entscheidungsfreiheit zurückgab, auch wenn ich mir damit nur selbst etwas vormachte.

»Die Party, die Louisa zu ihrem sechzehnten Geburtstag schmeißt. Das ist DIE Party des Jahres, und sie ist am Samstag«, sagte Toni mit einer Selbstverständlichkeit, als müsse sie mir das Einmaleins erklären.

»Du kannst sie doch nicht leiden«, erwiderte ich knapp.

»Ja, aber das ist egal.«

»Warum?«

Toni schnappte nach Luft. »Louisa hat unsere ganze Klasse eingeladen, verstehst du, die ganze Klasse – das ist das erste Mal, dass ich auch eingeladen bin. Vielleicht dreht sie auch für YouTube, nein, ganz sicher macht sie das, was bedeutet, dass mich vielleicht hunderttausend Leute sehen werden, hunderttausend Leute, Emi – auf Louisas Party.«

»Na und?«

»Na und?«, Toni war beinahe sprachlos und ich war beinahe etwas stolz auf mich.

»Das … das ist DIE Party überhaupt. Außer uns kommen nur die aus den oberen Klassen und sonst nur noch Louisas Best Friends. Und jetzt dürfen wir auch hin, das ist quasi so, als ob wir VIP-Karten für ein Cro-Konzert hätten.« Sie stockte kurz. »Nur dass Louisa eben keine Maske trägt.«

Da war ich mir nicht so sicher. Ich kannte diese Partys, auf denen alle rumstanden und so taten, als hätten sie Spaß, obwohl sie gar keinen hatten, und wo es irgendwann nur noch darum ging, wer am meisten Wodka vertrug.

Ich hatte keine Lust, betrunken auf dem Boden zu liegen und mit Filzstift angemalt zu werden. Ich hatte auch keine Lust auf Mädchen, die so taten, als wären sie betrunken, und Jungs, die so taten, als würden sie es nicht bemerken. Ich hatte einfach keine Lust auf diesen ganzen Scheiß.

Und ich glaubte nicht daran, dass Louisa von einem edlen Gefühl beseelt war, das sie uneigennützig ihren Freundeskreis neu sortieren ließ und zur Schulkommunistin mutierte, die Gleichheit unter allen Schülern propagierte. Nein, ich kannte Mädchen wie Louisa, ich kannte ihren perfekten Augenaufschlag und ihren perfekten Körper, ihre perfekten Freunde und ihre perfekte Kleidung (Toni trug heute schwarz-gelb gestreifte Socken, als hätte sie Biene Maja gehäutet und dann angezogen).

»Warum macht Louisa das?«, fragte ich.

»Die ganze Klasse einladen?«

Ich nickte.

Toni lächelte. »Wir hatten letztes Jahr eine Diskussion in Deutsch über die Flüchtlingsproblematik und dann über Ausgrenzung und Louisa tat so, als wäre sie eine Verfechterin der absoluten Toleranz, und dann hat Leo einen sarkastischen Kommentar über die Einladungsliste ihrer legendären Party abgegeben und ich glaube, Louisa wollte sich nicht bloßstellen lassen und hat deshalb verkündet, dass sie die ganze Klasse einlädt.«

»Wie großmütig von ihr.«

»Im Grunde ist es doch egal. Wir sind eingeladen! Danach reden immer alle darüber, wie super es war, und jetzt bekomme ich endlich mal selbst mit, wie super es ist.«

Ich sah Toni nachdenklich an. Sie gab sich der Illusion hin, für einen Abend dazuzugehören, für einen Abend die gelb-schwarzen Außenseiter-Socken abzustreifen und ein Teil der High Society zu werden. Aber so etwas passierte nur bei Cinderella oder im Fernsehen. (Toni war eigentlich intelligent genug, das zu erkennen, aber in manchen Situationen zerstört das Verlangen sämtliche Intelligenz.)

»Das wird sicher großartig dort, mit den ganzen heißen Jungs«, fügte sie noch hinzu.

»YouTube nicht zu vergessen.«

Toni fuhr sich durch die schwarzen Haare. »Emi, das wird echt klasse. Wir können auch vorher gemeinsam shoppen gehen. Was hältst du davon? Wir könnten uns in der Europapassage treffen.«

Ich wusste, dass sie es nett meinte, und ich wusste, dass es nett gewesen wäre, zuzusagen, aber ich wusste auch, dass ich weder auf Louisas Party noch auf irgendwelche Shoppingtouren gehen wollte. Eher würde ich Olivers Sportsocken waschen und bügeln.

»Ich geh nicht auf Louisas Party, Toni. Das ist nichts für mich«, sagte ich und war froh, als ich die Tür zu dem neuen Schulgebäude öffnete, das noch immer nach neu roch.

Falls Toni enttäuscht war, ließ sie es sich nicht anmerken (aber sie wechselte schnell das Thema, was mein Vater als leichten Abwehrmechanismus diagnostiziert hätte).

»Warst du eigentlich beim Direktor? Also, wegen der Sache mit dem … Chemielabor?«, fragte sie.

Die Sache mit dem Chemielabor. Ich dachte an das Treffen mit Direktor Mannstein, an das Treffen mit Erik und an meine Challenge, die er unmöglich schaffen würde, und das Gefühl der Vorfreude tanzte wieder durch meinen Bauch.

»Erik und ich wurden zum Putzdienst verdonnert.«

»Erik und du?«, wiederholte Toni, als wir gerade ins Klassenzimmer einbogen, und für einen Moment war es ganz still und ich war froh, dass noch nicht viele da waren, denn die, die da waren, starrten uns alle an. Ein Blick auf mein Handy verriet mir, dass ich heute richtig früh dran war (die Macht der Vorfreude), ein Blick in die Klasse verriet mir, dass Eriks Person immer auf Interesse stieß (die Macht des Arschlochs).

»Putzdienst, Toni. Ich muss Graffiti von den Mauern schrubben«, sagte ich etwas leiser und hoffte, ihre romantische Vorstellung gleich von Beginn an zu zerstören.

»Aber mit Erik«, flüsterte sie.

»Ja, als wäre der Putzdienst nicht schon schlimm genug«, sagte ich und legte meinen Rucksack auf den Tisch am Fenster.

»Und wie ist er so? Also, wenn du mit ihm putzt?«, fragte sie, und irgendwie klang das Wort putzen, so wie sie es sagte, total dreckig.

»Er ist derselbe Arsch wie sonst. Bitte tu nicht so, als dürfte ich mit einem Popstar Zeit verbringen.«

»Manche Mädchen würden sich ihre Haare abschneiden, um Erik so nah zu kommen.«

»Ich reiße mir die Haare aus, wenn ich Erik noch näher komme.«

»Ist er gefährlich?«

»Wie bitte?«

»Na, wegen der Sache mit seiner Mutter«, erklärte Toni und lehnte sich neben dem Fenster an die Wand. »Glaubst du, dass das mit seinem Vater stimmt?«

»Keine Ahnung«, sagte ich und setzte mich. »Und es ist mir auch egal. Wenn du willst, kannst du gerne mit mir tauschen.«

Toni rückte sich die Brille zurecht. »Nein, danke. Ich möchte ja noch weiterleben«, sagte sie und lächelte schwach. »Wusstest du, dass die Einzahl von Graffiti Graffito lautet? Wenn du also putzt, müsstest du sagen: »Ich wasche gerade ein Graffito von der Mauer« – komisch oder?«

Ich runzelte die Stirn. »Du bist eine Freundin des Themenwechsels, oder?«

Toni lächelte noch breiter. »Meine Mutter meint, ich springe oft, in meinem Kopf befinden sich einfach so viele Gedanken und … sorry, ist das eigenartig?«

Ich lächelte zurück. »Nein, was raus muss, muss raus«, sagte ich, und Toni nickte und ging zu ihrem Platz.

Mein Handy vibrierte. Ich zog es aus der Hosentasche, Charlie hatte gewhatsappt. *»Und?«*

»*Was und?*«, schrieb ich zurück, obwohl ich natürlich wusste, was sie meinte.

»*Wann ist es so weit? Kannst du dabei filmen? Ich möchte es zu gern sehen!!!*«

»*Dritte Stunde. Filmen wird schwer. Möchte da nicht mit reingezogen werden ☺.*«

»*Hoffentlich versaut er es. Vielleicht macht er es auch gar nicht.*«

»*Beides okay für mich.*«

»*Good luck!! Berichte!!*«, schrieb sie, und das Gefühl in meiner Magengegend wuchs noch weiter an.

Die nächsten zwei Stunden zogen sich unglaublich lange, und ich versuchte während der ganzen Zeit, nicht auf Eriks Platz zu schielen. Bevor er knapp vor Unterrichtsbeginn zu Elvis Presleys »In the Ghetto« den Klassenraum betreten hatte, war ich mir nicht einmal sicher gewesen, ob er überhaupt auftauchen würde. Ich hatte mit einer Ausrede, einem blöden Kommentar oder bösen Blicken gerechnet, aber Erik verhielt sich so wie immer. Er setzte sich auf seinen Platz unweit vom Kaugummitypen und verfolgte den Unterricht und seine Umgebung mit gewohntem Desinteresse, während Axel seinen Kaugummi wieder vorsorglich unter dem Tisch verstaute (ich musste meinen Vater fragen, wie dieses Verhalten zu interpretieren war und ob es auf die Psyche eines Serienkillers hinwies).

Als unser Mathelehrer dann endlich das Klassenzimmer betrat und lächelnd über den Laminatboden schwebte, spürte ich, wie fest mein Herz gegen meine Brust schlug.

»Einen wunderschönen Vormittag«, sagte der Mönch ruhig und blickte durch den Raum, als müsse er die Energie des

Zimmers in sich aufsaugen. »Heute beschäftigen wir uns mit dem Logarithmus, schlagt bitte Seite einundvierzig in euren Büchern auf.« Das Geraschel von Buchseiten folgte und mich beschlich ein dunkler Gedanke: Was würde passieren, wenn der Mönch es heute einfach nicht sagte? Nein, das würde nicht passieren. Meine Finger verkrampften sich, als ich die Seite aufschlug und einfach nur wartete.

»Das Wort Logarithmus kommt vom altgriechischen Wort lógos, was so viel wie »Verständnis, Lehre, Verhältnis« bedeutet und arithmós der »Zahl««, begann der Mönch zu rezitieren. »Indische Mathematiker des 2. Jahrhunderts vor Christus haben als Erste Logarithmen erwähnt. Als Logarithmus einer Zahl bezeichnet man den Exponenten ...«

Und so sprach er weiter und ich hörte die Worte, hörte nur ihren Klang, nicht aber ihren Inhalt, und die Worte, die ich hören wollte, kamen einfach nicht. Das durfte nicht wahr sein, so leicht konnte Erik doch nicht davonkommen. Hatte er vielleicht mit dem Mönch gesprochen? Hatte er etwas von Karma und Wiedergeburt geschwafelt und ihn so um den Finger gewickelt? Die Zeit zerrann zwischen uns und irgendwann waren es nur noch elf Minuten, die übrig blieben, nur noch elf Minuten, die über mich entschieden, nur noch verdammte elf Minuten, denen ich ausgeliefert war.

Der Mathelehrer stand an der Wand, kritzelte irgendwelche Zahlen an die Tafel, und dann, als ich schon dachte, dass es nie passieren würde, einfach deshalb, weil das Leben nicht gerecht war und weil nach unserem Umzug alles nur in die falsche Richtung zeigte, dann sagte er es: »Wir setzen also nun den gerundeten Wert 2,718 für das e in die Gleichung ein. *Haben das alle verstanden?*«

Die Worte gingen runter wie Öl, es war, als hätte man einem Ertrinkenden in der Wüste einen Schluck Wasser gewährt, und ich merkte, wie das Gefühl der Vorfreude wieder zurückkroch, wie es sich in mir ausbreitete und zur richtigen Freude wurde, und ich konnte nicht anders, als zu Erik hinzusehen und zu lächeln. Würde er es machen oder hatte er zu viel Schiss?

»Hier, lutsch mal dran«, sagte Erik, während er weiterhin auf sein Buch starte. Der Mathelehrer drehte sich um. »Hat jemand etwas gesagt?«, fragte er, und als niemand reagierte und die meisten Schüler konzentriert in ihre Hefte kritzelten und nur ein paar wenige Eriks Aussage mit einem leichten Stirnrunzeln begegneten, war ich enttäuscht.

Der Mathelehrer drehte sich wieder zur Tafel und machte weiter, als ob jemand geniest hätte. Das konnte es doch noch nicht gewesen sein!

»Alternativ verfügen viele Taschenrechner direkt über »e« um damit zu rechnen. Aber ich möchte, dass ihr auch ohne Taschenrechner in der Lage seid, es auszurechnen«, sagte er und machte eine kurze Pause, die mir Hoffnung schenkte. »Haben das alle verstanden?«

»Redest du mit mir? Du laberst mich an? *Du laberst mich an?* Kann das sein, dass du mich meinst? Du redest mit mir?«, fragte Erik mit tiefer Stimme. Es war kein Vergleich mit Robert de Niro, aber es war zugegebenermaßen gar nicht so schlecht. Der Mönch drehte sich um und fuhr sich über seine Glatze, als müsse er eine angemessene Reaktion daraus herausstreichen.

»Erik? Ja, ich rede mit dir. Ich rede mit der ganzen Klasse«, sagte er langsam und sanft. »Ich möchte dich bitten, deinen

Umgangston unter Kontrolle zu halten. Und wie du weißt, pflegen wir an unserer Schule gewisse Formen des Anstands, ich möchte dich also bitten, beim Sie zu bleiben, wenn du mich ansprichst.« Dann lächelte er einmal aufmunternd und wandte sich wieder seiner Gleichung zu. Die anderen schauten Erik an wie einen Verkehrsunfall, der soeben passiert war, sie wussten nicht, war er kaputt oder konnte er noch weiterfahren, und Erik sandte mir einen Blick zu, der mich wohl umbringen sollte.

Ich hatte mich schon lange nicht mehr so gut gefühlt.

Ich schielte auf mein Handy, es blieben noch vier Minuten und die Hoffnung, dass Erik noch einmal zum Zug kam.

Zwei Minuten vergingen und er sagte es einfach nicht, er sagte es einfach nicht (unser Mathelehrer würde von dem eifersüchtigen Freund seiner Nachbarin bedroht werden, und weil er einfach nichts zu den Vorwürfen sagte, würde ihn der eifersüchtige Freund die Treppe runterstoßen. Der Genickbruch würde wortlos erfolgen.) Erbarmungslos tickte die Zeit einfach weiter.

»Hat man hingegen die Basis 10, führt dies zum dekadischen Logarithmus oder auch Zehnerlogarithmus. Die Form: y = log10r. Auch hier existiert eine Abkürzung: lg r, haben das alle verstanden?«

Mein Herz klopfte wie wild.

»Hört zu, ihr Wichser, ihr Scheißköpfe. Hier ist ein Mann, der sich nicht mehr alles gefallen lässt. Ein Mann, der sich gegen den Abschaum, die Nutten, die miesen Schweine, den Dreck und die Scheiße wehrt … hier ist jemand, der sich wehrt«, sagte Erik mit einer Selbstverständlichkeit, als würde er über das Wetter sprechen.

Der Mathelehrer ging in die Bauchatmung. »Erik, wir sind hier nicht im Deutschunterricht. Deine Zitate aus »Taxi Driver«, sind sehr interessant, aber nicht angebracht. Du kannst sie vielleicht bei einem Deutschreferat einsetzen, aber das findet hier und heute nicht statt. Ich möchte dich also bitten, deine Rezitation zu unterlassen, sonst muss ich einen Eintrag vornehmen.« Während seiner ganzen Ansprache lächelte der Lehrer sanft und die anderen starrten Erik an. Ein paar kicherten, und Eriks Miene war unverändert, er wirkte regelrecht gelassen. Noch gelassener wirkte er, als die Schulglocke ertönte und der Mathelehrer seine Sachen zusammenpackte. Und als sich zum Klang von Harpos »Movie Star« aus den Schullautsprechern für einen kurzen Moment unsere Augen trafen, Eriks dunkle und meine nicht ganz so dunklen, da lächelte er triumphierend.

KAPITEL 10

Meinen ersten und bisher einzigen Kater werde ich nie vergessen. Ich hatte ihn mit Charlie gehabt. Wir hatten uns von einer dieser Partys verabschiedet, weil Charlies Schwarm sich mit einer dieser haarewerfenden Tussis vergnügte und ihre Münder so aussahen, als würden sie sich gleich gegenseitig auffressen. Charlie hatte eine Flasche Wodka mitgehen lassen. Unter ihrem T-Shirt zeichnete sich die bauchige Silhouette der Flasche ab und wirkte, als hätte Charlie eine dritte Brust, die aus ihrem Bauch wuchs.

Als wir uns auf die Schaukeln des Kinderspielplatzes setzten, kicherten wir und reichten uns die Flasche und nach und nach verschwamm alles um mich herum, der Sandkasten, die Wippe, das Klettergerüst – sie waren plötzlich ohne Kontur, genau wie meine Gedanken, die sich um sich selbst drehten und schlagartig alle witzig waren. Aus dem Kichern wurde ein Lachen, aus dem Lachen ein glucksendes Geschwafel und während wir so dahinschaukelten und über Gott und die Welt und den knutschenden Typen sprachen, fühlte ich mich frei und leicht. Alles, was immer so schwer auf mir gelastet hatte, die blöden Bemerkungen der Jungs, die ihnen so leicht über die Lippen gingen, das Getuschel der Mädchen, das so verletzend war, lösten sich in Luft auf und verloren ihre Bedeutung.

Ihr ganzes Gewicht, ihre ganze Kraft erlosch für einen Augenblick, und als ich von der Schaukel auf den Boden kippte, und meine Arme und Beine auf dem sandigen Untergrund ausstreckte, so wie die Kinder, die einen Schneeengel machten, da fühlte ich mich unendlich glücklich.

Dieses Glück war jedoch nur von kurzer Dauer, es war ein künstliches Glück, eines, das Schwung nimmt und mit Anlauf gegen die Wand knallt, eine Wand die aus Kopfdröhnen, Übelkeit und dem Mief der Betrunkenen bestand.

Und jetzt, nachdem Erik seine Challenge geschafft hatte und so viel glimpflicher davongekommen war, als ich es erwartet hatte, war ich auch gegen eine Wand gedonnert. Die Vorfreude, die mich wenige Stunden zuvor noch beflügelt hatte, war weg und hinterließ nur noch den Geschmack der Enttäuschung in meinem Mund, inklusive einer gewissen Sorge. Was zum Teufel hatte sich Erik für mich überlegt? Nachdem ich ihm die Liste an »Taxi Driver«-Zitaten über WhatsApp geschickt hatte, mit dem Hinweis, dass er zu jedem »haben das alle verstanden« ein anderes Zitat bringen musste, war ich mir sicher, dass das, was jetzt auf mich zukam, ziemlich übel werden würde.

Ich lehnte mich gegen die Bank und beobachtete das Treiben auf dem Schulhof, das ebenso unspektakulär ablief wie die Tage zuvor. In meinem Kopf hingegen segelten die wildesten Phantasien herum, und ich hoffte, dass Eriks Kreativität unterentwickelt war. Denn seine Boshaftigkeit war sicher nicht zu verachten. Würde er nach meiner Robert-de-Niro-Challenge vielleicht sogar noch eins drauflegen? Hatte ich taktisch schlecht agiert und hätte mit einer leichteren Challenge starten müssen, um Erik in Sicherheit zu wiegen und ihn dann, wenn er es nicht erwartete, kalt zu erwischen und ihm die megaunmöglich-zu-schaffende Challenge um die Ohren zu hauen?

»Das in der Mathestunde vorhin, das war irgendwie strange«, sagte Toni, die sich neben mir auf die Bank fallen ließ und von ihrem Sandwich abbiss. Da sie kaute, folgten keine weiteren Wörter mehr, während die letzten Töne von den Doors liefen (»Light my Fire«).

»Was genau?«, fragte ich, obwohl ich natürlich wusste, was sie meinte. Aber es gab mir eine süße Genugtuung, es noch einmal zu hören. Außerdem lenkte es mich von meinem Bammel ab, was jetzt von Erik noch folgen würde.

»Na, Erik. Der sagt doch sonst kaum was«, erklärte Toni und schluckte hinunter. »Dass der dann plötzlich irgendwelche Filmzitate von sich gibt, das ist doch wirklich seltsam. Wahrscheinlich hat sein Vater seine Mutter wirklich ermordet, wahrscheinlich liegt der Wahnsinn einfach in der Familie. Sicher hat es bei seinem Vater auch so angefangen, zuerst ein paar harmlose Aussetzer, ab und an mal ein Wort zu viel, und dann kryptische Botschaften und Gelalle und dann BAMM«, ihre Augen weiteten sich, »… eine tote Frau.«

»Kommt das aus deinen Horrorgeschichten oder ist es einfach dein Naturell?«, fragte ich und musste mir ein Lächeln verkneifen. In Tonis Kopf befanden sich ganz schön heftige Fantasien. Aber wenn jetzt alle Mitschüler dachten, Erik würde wahnsinnig werden, dann war meine Challenge doch nicht so schlecht platziert gewesen. Toni zuckte mit den Schultern. »Wäre zumindest eine plausible Erklärung, oder? Die anderen finden es aber einfach nur cool und glauben, dass er den Kranich einfach verarschen wollte. Ich wette, dass es nicht lange dauern wird, bis irgendwer dem nächsten Lehrer Filmzitate an den Kopf schmeißt, weil es ja so superlustig ist. Also ich finde es nicht wirklich lustig, aber es gibt bestimmt ein paar, die es nachmachen wollen.« Sie schob sich ein Stück Sandwich in den Mund und ein paar Krümel blieben auf ihrer Wange hängen.

Erik als Trendsetter? Ich schluckte den Gedanken schnell hinunter und biss von meinem Apfel ab. Während die Beatles »Hey Jude« trällerten und Toni und ich nebeneinander kauten und meine Gedanken wieder zu der bevorstehenden Challenge zurückkehrten, trudelte eine WhatsApp ein. Das Pling klang anders als die normalen Plings, es war dumpfer und unfreundlicher und konnte nicht von Charlie kommen, da Charlie vorhin schon geschrieben hatte, und als meine Finger in meine Hosentasche fuhren und mein iPhone herauszogen, merkte ich, dass sie leicht zitterten. Ich sah mich auf dem Schulhof um, wo die anderen standen und sich unterhielten, und ich hatte das Gefühl, dass Erik mich beobachtete. Aber ich konnte ihn nirgends entdecken. Wieder und wieder sah ich mich um, während ich die WhatsApp öffnete. Sie war von Erik. Und sie war verdammt lang.

Eines Tages wird ein schwerer Regen kommen und den ganzen Dreck von den Straßen spülen. Die Spinner, die Freaks, die Gangster, die einem einfachen ehrlichen Mann das Leben zur Hölle machen.

Auch diese Schule hier ist voller Dreck und Abschaum, ich kriege Kopfschmerzen, wenn ich die abgekauten Kaugummis sehen muss, die Kaugummis, die unter Axels Tischplatte kleben, aber darum wirst du dich kümmern.

Du wirst den verdammten Klumpen zu dir nehmen, wirst ihn pflegen und hegen, denn der Dreck und Abschaum muss weg. Und ich will Fotos, ich will Beweise und ich will sehen, dass du mit dem Klumpen an die frische Luft gehst, mit ihm isst, mit ihm Hausaufgaben machst und nachts neben ihm einschläfst. Und du stellst ihn jemandem als deinen neuen Freund vor, schließlich hast du sonst niemanden.

Ich hatte noch immer Robert de Niros Stimme im Kopf, als ich die WhatsApp das zweite und das dritte Mal las. Erik hatte meine Zitat-Challenge getoppt. Um Längen. Er hatte sich etwas derart Widerwärtiges ausgedacht, dass mir ganz schlecht wurde. Axels Kaugummiklumpen von der Tischplatte zu kratzen und wie mein persönliches Schmusetier zu behandeln, der Gedanke, den Klumpen auch nur irgendwie zu berühren, war einfach nur ekelhaft.

»Was ist denn los? Was hast du denn?«, wollte Toni wissen.

»Gar nichts«, gab ich knapp zur Antwort und atmete tief durch. Ich musste mich schnell wieder beruhigen, wenn Erik mich jetzt sah, durfte er mir meine Fassungslosigkeit nicht ansehen. Ich würde ihm nicht die Genugtuung geben, dass mich seine Challenge aus der Bahn warf – selbst wenn mir der Gedanke, den Putzdienst die nächsten Wochen alleine zu bestreiten, nicht mehr ganz so schlimm vorkam.

Aber nein.

Ich würde ihn nicht mit dem Sieg davonkommen lassen, nicht diesen verdammten Arsch (er würde wegen irgendwelcher Gemeinheiten von der Schule fliegen, einen Job als Taxifahrer annehmen und die Nachtfahrten übernehmen, und irgendwann würde er aus Frust und Wahn seine Fahrgäste beschimpfen, bis ihn ein anderer Psychopath entführen und qualvoll foltern würde, um ihn dann mit einem gehärteten überdimensionalen Kaugummiklumpen zu erschlagen).

Ich atmete tief durch. Eins musste ich zerknirscht eingestehen: Erik war kreativer gewesen, als ich ihm zugetraut hätte. Ich musste also meine Strategie ändern, ich musste noch kreativer werden und deshalb musste ich mehr über ihn, über den Feind erfahren.

»Emi, ist wirklich alles okay? Du hast so einen eigenartigen Blick«, sagte Toni und wischte sich ihre Sandwichkrümel von der Wange.

»Alles bestens«, sage ich. »Wie lange kennst du Erik eigentlich schon?«, fragte ich so beiläufig wie möglich und biss von meinem Hamburger Apfel ab.

»Also, kennen ist zu viel gesagt, wir gehen schon ein paar Jahre miteinander in die Klasse, ich weiß, wo er wohnt, das wissen hier alle Mädels, wie seine Schwester heißt und halt die ganzen Gerüchte. Aber ich hätte nie gedacht, dass er weiß, wie ich heiße«, sagte sie und zuckte mit den Schultern. Die Schulglocke läutete und wir standen auf.

»Vielleicht sollten wir doch zusammen shoppen gehen, dann können wir uns noch ein bisschen unterhalten«, sagte ich und fühlte mich ein wenig so, als wäre ich gerade in eine Folge von »CSI – den Tätern auf der Spur« eingestiegen.

Als ich mich bückte, um mein Geschichtsbuch aus dem Rucksack zu ziehen, hatte ich freie Sicht auf den grau, leicht bräunlich gefärbten Kaugummiklumpen, der sich unter Axels

Tischplatte angesammelt hatte. Obwohl wir noch nicht lange in dem neuen Klassenzimmer waren, schätzte ich, dass mindestens einundzwanzig Stück zu einer homogenen Masse zusammengefunden hatten, deren Speichelanteil bei ca. 20% liegen musste. Ein kalter Schauer rann mir über den Rücken, als ich mir vorstellte, diesen Klumpen von der Unterkante des Tisches zu kratzen, und ich überlegte, ob es vielleicht Lösungsmittel gäbe, die den Kontakt zwischen mir und dem Klumpen reduzieren könnten. Gleichzeitig wusste ich jedoch, dass ich nicht viel Zeit hatte, um die beste Lösung – im zweifachen Sinn – zu finden. Charlies Entsetzen und ihre Vorschläge (*»schnapp dir doch einfach den ganzen Tisch«*) waren auch nicht besonders hilfreich. Und während der Fußballer über den Trip nach Berlin faselte und die Stimmzettel einsammeln ließ (da ich nicht vorhatte, mitzufahren, hatte ich einfach das angekreuzt, was Toni sehen wollte, also alles), versuchte ich, nicht dauernd an das gewölbte Kaugummi-Etwas unter Axels Tischplatte zu denken, denn je öfter ich es anstarrte, desto größer schien es zu werden.

»So wie es auf den ersten Blick aussieht, werden wir auf alle Fälle die Berliner Unterwelten besuchen«, sagte der Fußballer und blätterte durch die Stimmzettel. Ich sah, wie Toni breit grinste.

Mir fiel auf, dass Erik ab und zu bemüht unauffällig in meine Richtung schielte, also senkte ich meinen Kopf, konzentrierte mich auf mein Geschichtsbuch und das Ende des zweiten Weltkrieges, während mein Krieg soeben erst begonnen hatte. Bildete ich es mir nur ein, oder hatte Erik tatsächlich Kaugummi gekaut? Was für ein Sadist. (Erik würde vom Fußballer aufgerufen werden und dabei so erschrecken, dass er seinen Kaugummi verschlucken und jämmerlich daran ersticken würde.)

Zum ersten Mal ging der Geschichtsunterricht für meinen Geschmack zu früh zu Ende (irgendetwas über die japanische Kapitulation, Gründung Vereinter Nationen, Kalter Krieg). Das Klassenzimmer würde nach der nächsten Stunde abgesperrt werden, was bedeutete, mir blieb nur noch die zehnminütige Pause, die genau jetzt stattfand. Ich versuchte, recht entspannt zu wirken, was mir nicht wirklich gelang, und wartete darauf, dass alle anderen rausgingen. Erik warf mir beim Verlassen des Zimmers einen überheblichen Seitenblick zu, als hätte ich bereits kapituliert. Doch das war keine Option für mich.

Nur Axel bewegte sich leider nicht von der Stelle. Wie sollte ich den Kaugummibrocken an mich nehmen, während Axel an seinem Platz saß? Das Ticken der Uhr, aber keinen Plan in meinem Kopf, stand ich auf, steckte ein Papiertaschentuch in meine Hosentasche und steuerte auf Axel zu während Sonny & Cher »I Got You, Babe« trällerten.

»Hey«, sagte ich, als ich mich zu Axel an den Tisch lehnte.

»Hi«, erwiderte er und schob sich einen Kaugummi in den Mund. Axel roch nach abgestandenem Zigarettenrauch. Da mir nichts Besseres einfiel, sagte ich: »Du riechst nach Zigaretten.« Das war wahrscheinlich die dümmste Konversation, die auf dem Schulgelände jemals geführt worden war (in einem französischen Film würde sie sich vielleicht dennoch gut machen).

Axel gähnte. »Siehst gar nicht aus wie eine von den militanten Nichtrauchern«, erwiderte er lakonisch und ein Schwall Nikotingeruch traf mich.

Ich gähnte zurück und bedauerte, dass ich mir die Zähne geputzt hatte. »Bin ich auch nicht. Wenn du Bock auf Lungenkrebs hast, nur zu, ich halte dich nicht auf.«

»Aha.« Axel fuhr sich durch seine roten Haare und erst jetzt erkannte ich, dass er ein paar Sommersprossen um die Nase trug.

»Gehst du gar nicht raus?«, versuchte ich es.

»Nö.« Ein Ausbund an Gesprächigkeit.

»Sind das Nikotinkaugummis?«, fragte ich, als ich die Packung Nicorette in seinem Rucksack sah.

»Mmmh.«

»Mmmh im Sinne von Ja oder im Sinne von schmeckt gut?«

Axel lehnte sich ein wenig zurück und ich lehnte mich auch ein wenig zurück. (Das Verhalten des Gegenübers zu spiegeln, ist die komplementäre Handlung zum aktiven Zuhören und gehört zu den wichtigsten Gesprächstechniken, weiß ich von meinem Vater. Außerdem macht es sympathisch.) Ich lehnte mich nicht nur zurück, um Axel, der anscheinend nicht vorhatte, den Raum zu verlassen, in ein Gespräch zu verwickeln, sondern auch, um mein Taschentuch unauffällig aus meiner Hose zu ziehen und mit meinen vermummten Fingern (es war gar nicht so einfach, das Taschentuch mit einer Hand und ohne Augenkontakt zu entfalten) den Kaugummiklumpen zu ertasten. Dabei dachte ich daran, wie ein Pathologe sich fühlen musste, der zum ersten Mal eine Leiche berührte.

»Sind ganz okay«, sagte Axel schließlich irgendwann und betrachtete mich ausdruckslos.

»Du willst also aufhören?«, fragte ich und stieß auf den Ekelbrocken (ach du Scheiße, war das widerlich). Der Klumpen war schon richtig hart geworden und ich wünschte mir sehnlichst ein Messer herbei (1. um den Kaugummi zu entfernen, 2. um meinen Ärger über Erik abzuladen und einfach etwas kaputtzumachen, zum Beispiel sein iPhone).

»Vielleicht«, gab Axel langsam von sich. »Ist nicht so leicht, das mit dem Aufhören.«

»Wie lange rauchst du denn schon?«, fragte ich und kam mir vor, wie eine von diesen Erziehungstanten, die sich mit sanfter Stimme ihren Betreuungsfällen widmen und dabei immer verzerrt lächeln.

Axel zuckte mit den Schultern und ich versuchte mit meinem Fingernagel, durch das Taschentuch hindurch die Kaugummimasse abzukratzen. Was sich als Schwerstarbeit herausstellte. Mein Nagel, der nicht besonders lang und kräftig war, drohte definitiv einzureißen.

»Weiß nicht. Seit ein paar Jahren«, meinte Axel und wirkte, als würde er nicht nur Zigaretten rauchen.

Ich nickte und bohrte zwei weitere Fingernägel in die Ränder des Klumpens. Nach und nach begann sich etwas Masse zu lösen, aber leider nicht nur die Masse. Auch das Papiertaschentuch rieb sich unter den Kratzbewegungen langsam auf und ich musste die Konsequenzen verdrängen, um weitermachen zu können.

»Seit ein paar Jahren? Dann hast du also mit zehn, elf angefangen?«, versuchte ich die Konversation am Leben zu halten, mit der Therapeutenstimme meines Vaters im Ohr.

»Kann sein.«

»Interessant.«

In meinem Gesicht bildete sich so etwas wie ein Lächeln, als die Masse in Bewegung geriet. Stück für Stück kratzte ich sie mit meinem Fingernagel und einer dünnen oder nichtexistenten Papiertaschentuchlage (nicht daran denken, nur nicht daran denken) ab.

»Warum willst du aufhören?«, fragte ich und zog an dem harten Stück unter mir, das ich unter die Fingerkuppen bekam.

Axel starrte mich nur an und ich dachte mir, dass sein Gesicht gut zur Hypnose von Menschen eingesetzt werden könnte. In seiner Trostlosigkeit zwang es mich zur Ruhe und ließ keine andere Emotion zu.

»Ist tödlich«, sagte Axel und richtete seinen Blick aus dem Fenster.

»Das Leben auch«, entgegnete ich.

Axel nickte und ich spürte, wie sich der Klumpen von der Tischplatte löste und in meine Hand plumpste. Mit einer Mischung aus Freude und Ekel klammerte ich meine Finger darum und überlegte, wo ich das abscheuliche Ding hinpacken sollte. Die Stundenglocke ertönte und ich nickte Axel einmal peinlich zu, der wahrscheinlich jetzt glaubte, dass ich auf ihn stand, und schlenderte mit meiner Beute zu meinem Platz zurück. Dabei begegnete mir Erik und unsere Augen trafen sich für einen kurzen Moment, und während er arrogant und siegessicher wie immer aussah, lächelte ich leicht.

Die handtellergroße Masse umwickelte ich mit einer Menge Taschentücher und stopfte sie dann in den Rucksack. Bis ich nach der letzten Stunde meine Finger endlich auf der Mädchentoilette fünf Minuten lang mit einer großen Portion Flüssigseife gereinigt hatte, betrachtete ich meine Hand als Fremdkörper. Meine Gedanken, die um die Kaugummis,

Essensreste und Axels Speichel kreisten, versuchte ich einfach wegzuschieben, genauso wie das, was noch auf mich zukam.

Ich hatte nie ein Tamagotchi oder eine Tamagotchi-App besessen, die ich wie mein Baby behandeln sollte. Ich konnte nicht nachvollziehen, woher das Bedürfnis kam, sich um jemand anderen kümmern zu wollen. Ich fand es schon schwer genug, mein eigenes Leben irgendwie auf die Reihe zu bekommen.

Als ich in den Park ging, um den graubraunen Kaugummiklumpen samt Taschentuch neben mir auf einer Holzbank zu platzieren, ein Selfie von »uns« zu machen und es an Erik zu schicken, war ich überraschend gut gelaunt. Es war ein schöner Nachmittag, die Sonne blinzelte durch das grüne Blätterwerk und warf interessante Schatten auf den Gehweg. Für einen Augenblick saß ich einfach nur da, atmete die kühle Luft ein, beobachtete die sich im Wind bewegenden Schatten der Äste und dachte an Heidelberg. Ich dachte an unser altes Haus, die vielen Erinnerungen, die ich damit verband, und das Zuhause, das ich nun verloren hatte. Irgendwie fühlte ich mich mit den Bäumen im Park verbunden, die auch einfach aus der Erde herausgerissen und an eine andere Stelle gepflanzt worden waren, weil sich irgendjemand einbildete, dass sie hier stehen sollten. Eine leise Wut stieg in mir hoch, getragen vom Wind, und ich dachte an meinen Vater, der sich hier seinen schönen Park eingerichtet hatte, in dem ich nicht mehr als ein blöder Baum war.

Eine Mutter mit zwei laut schreienden Kindern ging an mir vorbei (Selbstmord), eine ältere Frau mit Hund (simpler Nachbarschaftsstreit mit Todesfolge) und ein hustender, dünner Mann zwischen vierzig und sechzig, der wahrscheinlich an der Schweinegrippe sterben würde. Ich lauschte den Geräuschen des Parks, dem Gebell der Hunde und dem Geschrei der Kinder, die mit romantischer Parkidylle nicht viel zu tun hatten.

Vielleicht saß ich auch nur so lange da, weil ich erwartet hatte, einen bösen Kommentar von Erik zu erhalten, aber da kein Pling kam und nur mein Magen seltsame Geräusche von sich gab, stand ich irgendwann auf und ging nach Hause, um »uns« etwas zu essen zu machen.

Oliver war schon zu Hause gewesen. Sein Rucksack lag neben der Couch, aber das Haus war still. Er musste beim Sport sein, denn die typische Oliver-Geräusche (Xbox, Stereoanlage, YouTube) fehlten. Wahrscheinlich trainierte er für den bescheuerten Triathlon. In Olivers Zimmer gab es unzählige Trophäen, die ungeordnet herumstanden, als ob sie ihm nichts bedeuten würden. Aber für Oliver zählte jede einzelne von ihnen (mehr als die Mädels, mit denen er etwas gehabt hatte).

Ich zog mir die Schuhe aus, wusch mir drei Minuten lang die Hände, obwohl ich den Ekelkaugummihaufen im Park gar nicht mehr berührt hatte (ich hatte ihn auf dem Heimweg Klein Erik getauft). Dann ging ich in die Küche, sah in den trostlos leeren Kühlschrank und beschloss, mir nach dem gestrigen Abend und Maras braunen Dinkelnudeln heute richtige Spaghetti zu kochen. Ich schnitt Zwiebel und Tomaten, setzte das Wasser auf und schüttete etwas Öl für die Soße in die Pfanne. (Vor drei Jahren hatten wir unseren Urlaub in der Toskana verbracht, bei einer italienischen Familie, deren Mama uns ihr Rezept für Spaghetti Pomodoro verriet. Das Gute daran: Die Soße war so simpel, dass selbst ich sie problemlos kochen konnte. Das Schlechte daran: Mein Vater versuchte, die Soße mit seinen Gewürzen zu verfeinern. Als er als Abschiedsgeschenk für die italienische Familie kochte, dachte ich, die asthmakranke Tochter würde an seinem viel zu scharfem Essen zugrunde gehen.)

Während das Wasser und die Soße kochten, stellte ich Damien Rice' »Hallelujah« an und genoss es, das Haus für mich alleine zu haben. Es war ein Neubau im Bauhausstil, und wenn man so etwas mochte, konnte man es sogar schön finden. Auf jeden Fall war es das einzige weiße Gebäude im Umkreis von einem Kilometer voller Rotklinker und schrie somit jedem, der vorbeikam, direkt ins Gesicht, dass die, die hier wohnten, auch anders sein mussten, zumindest eine von ihnen.

Mein Vater betonte immer wieder, was für ein Schnäppchen uns (ihm) damit geglückt war, und objektiv betrachtet hatte er damit sogar recht.

Die ehemaligen Eigentümer hatten sich noch in der Bauphase scheiden lassen, und da keiner den anderen ausbezahlen konnte, wollten sie das Ding so schnell wie möglich loswerden. Weshalb sie mit dem Preis immer weiter runtergingen, bis mein Vater kam. Und der fackelte nicht lange und wandte (was er natürlich nie zugegeben hätte) seine psychologischen Kenntnisse an, um einen noch besseren Preis zu erzielen, damit wir von Heidelberg in eine nasskalte Stadt ziehen konnten, in der außer ihm und Oliver niemand aus unserer Familie leben wollte.

Das Knallen der Haustür riss mich aus meinen Gedanken. Ich schöpfte die Nudeln ab, verpasste der Soße ihren letzten Schliff (etwas Salz und Oregano, keine scharfen Gewürze), holte noch den Parmesan aus dem Kühlschrank und setzte mich an den Esstisch, um dort den kleinen Erik neben mir zu platzieren und noch ein Selfie zu schießen.

»Du fotografierst dich beim Spaghettiessen?«, fragte Oliver, der verschwitzt und in seinen Laufklamotten durch die Tür kam und gleich zum Kühlschrank steuerte, um aus einer gekühlten Wasserflasche zu trinken.

»Du stinkst bis hierher«, gab ich zurück und schickte das Essensfoto an Groß Erik.

»Das ist der Schweiß des Erfolgs«, sagte Oliver, fuhr sich mit dem Handrücken über den Mund und schielte in den Kochtopf.

Ich schüttelte nur den Kopf und rieb mir Parmesan über meine Mahlzeit. Eine WhatsApp ging ein. Sie war von Erik.

Mann, bist du egoistisch. Der Kleine bekommt nichts zu essen?

Die Vorstellung, einen kleinen Teller mit einer kleinen Portion und eine kleine Gabel neben Klein Erik zu platzieren war absurd, und ich war froh, dass Erik das nicht früher eingefallen war. Jetzt war es zu spät.

Oliver nahm sich einen Teller und begann, Nudeln und Soße daraufzupappen.

»Die hab ich gekocht«, sagte ich und sah ihn an.

»Hast du sie vergiftet?«, fragte er und schaufelte sich ungerührt weiter eine riesige Portion auf den Teller.

»Leider nicht«, murrte ich. »Kannst du dir nicht selbst was zu essen machen?«

»Spaghetti sind genau das Richtige für mich. Im Training

brauche ich jetzt Kohlenhydrate«, erklärte er und fuhr sich durch seine schweißnassen blonden Locken.

»Und nach dem Training brauchst du eine Dusche«, sagte ich. »Der Schweißgeruch wird mit der Zeit nicht besser.«

»Aber die Nudeln werden kalt«, antwortete er und grinste frech. »Wir müssen auch noch über mein Wochenende sprechen.«

Ich rollte mir ein paar Spaghetti auf. »Dein Wochenende? Dein Wochenende mit den Handwerkern?«

»Hey, Emi, du musst an dem Wochenende doch sowieso Graffiti putzen«, begann Oliver und ließ sich auf den Stuhl neben mir fallen. Ich versuchte, nicht zu tief einzuatmen.

»Na und? Danach bleibt noch genug Zeit für meine Fahrt nach Heidelberg«, konterte ich. »Du stinkst übrigens immer noch.«

»Yep. Ich rieche es selber.«

»Duschen. Oliver. Die Lösung lautet duschen.«

»Aber ich habe Hunger. Einen Mordshunger. Ich muss jetzt sofort essen, sonst sterbe ich«, erklärte mir Oliver und begann, sich hemmungslos Parmesan über seine (meine) Nudeln zu reiben.

»Auch nicht das Schlechteste«, sagte ich und trank einen Schluck Wasser.

»Wäre zumindescht etwasch für dein schwarzes Buch, oder?«, fragte Oliver kauend.

»Nein, zu unspektakulär.«

»Wenn ich in einer wohlhabenden Stadt wie Hamburg vor Hunger sterbe, ist dir das zu unspektakulär?«

»Ja.«

»Du hast einen Knall.«

»Fundierte Analyse. Unser Vater wäre stolz auf dich«, antwortete ich und schnappte mir den Parmesan, bevor Oliver alles auf seine Nudeln rieseln lassen konnte.

»Wasch ist das?«, fragte er kauend und zeigte auf Klein Erik.

»Kannst du bitte nicht mit vollem Mund reden?«

»Wieso? Und wieso lenkst du ab?«

Vielleicht sollte ich einfach den Moment nutzen, dachte ich mir und griff nach meinem iPhone. Eigentlich hatte ich geplant, jemand Wildfremden auf der Straße anzusprechen, der mich für verrückt halten und schnell abhauen würde. Da mich Oliver aber sowieso schon für verrückt hielt, war es schon egal. Während Oliver kaute, als würde es kein Morgen geben, postierte ich das Handy so, dass es uns beide aufnahm.

»Machscht du jetzt ein Video?«, fragte Oliver.

»Ja. Ich möchte dir jemanden vorstellen.«

»Hä?«

Ich deutete auf Klein Erik, der platt auf dem Papiertaschentuch lag.

»Das ist Klein Erik, mein neuer Freund«, sagte ich. Oliver sah mich mit großen Augen an. »Dein neuer Freund?«, wiederholte er langsam.

»Ja, genau.«

Oliver legte die Gabel zur Seite, trank einen Schluck direkt aus der Wasserflasche und lehnte sich dann auf seinem Stuhl zurück. »Du musst unbedingt mal mit Papa sprechen. Er sollte wissen, dass du mit so einem alten Kaugummiteil einen auf große Liebe machst«, erklärte er belustigt. Ich drückte auf

Stopp und war froh, dass ich den Teil der Challenge nun auch hinter mich gebracht hatte.

»Immerhin hast du jetzt zumindest *einen* Freund«, fügte Oliver hinzu, grinste und widmete sich wieder seinen Nudeln (eine Nudel wäre nicht durchgekocht worden, sie würde in seinem Hals steckenbleiben und Oliver würde würgend und prustend – und ungeduscht – ersticken).

»Übrigens muss ich nächstes Wochenende nicht zu Hause bleiben«, sagte ich.

Oliver hielt inne. »Nur weil Papa ein schlechtes Gewissen wegen dem Umzug hat«, sagte er und grinste, als ihm ein Gedanke kam. »Hey Emi, du könntest doch mit deinem Kaugummifreund am Wochenende einen draufmachen. Und zwar hier. Ihr wärt ganz allein und du könntest jede Menge wilde Sachen mit ihm treiben. Ich verspreche dir, ich sage auch Paps nichts davon.«

»Ha, ha.«

»Wirklich, denk mal drüber nach.«

»Hast du den Jungs schon abgesagt?«

Oliver rieb sich den Nacken. »Hey, was willst du für das Wochenende? Ich muss da wirklich hin, Emi.«

Natürlich hätte das ein geeigneter Moment sein können, um Oliver zu sagen, dass ich gar nicht nach Heidelberg fuhr, weil Charlie mit ihrem bescheuerten Freund auf die bescheuerte Feier der bescheuerten Oma ging, aber das hätte nur meine Verhandlungsbasis geschwächt. Also ließ ich ihn lieber noch ein bisschen zappeln.

»Ich würde mich sogar um deinen kleinen Freund kümmern, wenn du das möchtest«, sagte er und sah mich mit einem schiefen Grinsen an. »Ich könnte ihn mit an Bord nehmen, ihn in die salzige Seeluft halten und ihm die Schönheit der Nordsee zeigen.«

Ich stand auf, räumte mein Geschirr ab und stellte es in den Geschirrspüler. »Nein danke, mein neuer Freund möchte lieber Heidelberg sehen.«

In meinem Zimmer sah ich mir das Vorstellungsvideo von Klein Erik an, schnitt es noch kurz zurecht und schickte es an Groß Erik. Dann setzte ich mich an meinen weißen Schreibtisch, den Papa noch bei IKEA geholt hatte, nachdem mein alter dunkler Holztisch beim Umzug ruiniert worden war, und machte mich an meine Hausaufgaben. Ich widmete mich der Funktion pflanzlicher Zellorganellen, schrieb einen kurzen Aufsatz über Paris auf Französisch und löste eine Seite mathematischer Gleichungen, bevor ich Klein Erik wieder neben mich und den Stapel an erledigten Unterlagen setzte und ein Foto machte. Jetzt blieb mir nur noch das Gute-Nacht-Bild und dann hatte ich meine Challenge erledigt und konnte mich des kleinen Eriks entledigen.

Danach las ich mit Charlie in Anna Karenina. Wir waren gerade bei der Szene, in der Anna und Wronskij sich am Bahnsteig treffen und ineinander verlieben.

»*Das gibt Ärger mit ihrem Alexej Alexandrowitch*«, meinte Charlie. Ich musste lächeln und fragte mich, was Alexej wohl zu einer englischen Hexe im Namen sagen würde.

»*Alexandrowshit?*«, schrieb ich zurück.

»*WTF? Okay, Alexandrowitsch. Aber: Diese Namen. Machen. Mich. Verrückt. Wie kann man sich denn das merken? Ich werde nie einen Russen heiraten.*«

»*Wirklich, Frau Charleen Christianovna Dostojewski?*« Vor

Anna hatte ich nicht gewusst, dass es in Russland üblich war, die Endung des Nachnamens dem Geschlecht anzupassen und den Namen des Vaters als Mittelnamen zu tragen.

»*Schon irgendwie cool. Stell dir mal die Durchsage beim Arzt vor. Die verhaspeln sich garantiert ☺!! Und? Hat sich Erik schon gemeldet?*«

»*Welcher? Der kleine Erikowitsch oder der große Erikoshit?*«

»*Beim ersten würde ich mir echt Sorgen machen ☺*«

»*Nö. Aber von dem Arsch will ich sowieso nix hören*«, schrieb ich und war froh, dass wir uns geeinigt hatten, dass sämtliches Beweismaterial nicht im Internet oder sonst wo verbreitet werden durfte. Ich wollte mir nicht vorstellen, welche Blicke mir meine Klassenkameraden zuwerfen würden, wenn sie das Video von der »Dieser Kaugummiklumpen ist jetzt mein Freund«-Vorstellung auf YouTube sehen würden. Das würde garantiert keiner kopieren oder zu toppen versuchen. Und ich konnte noch froh sein, dass Erik – er hätte sich dabei regelkonform verhalten – mir nicht die Aufgabe zugeschanzt hatte, den Kaugummibrocken wieder zum Leben zu erwecken. Sprich, ihn noch einmal durchzukauen. Es schüttelte mich, und mir war klar, dass ich aufpassen musste. Denn je schlimmer meine Challenges wurden, desto schlimmer würde auch Erik an die Sache rangehen. Daher musste ich klug agieren und ihn mit einer Challenge vernichten. Da aber Erik die nächsten fünf Wochen genauso ungern putzen gehen wollte wie ich (und für einen allein würde mit dem Schrubben nicht nur der Samstag ins Wasser fallen, sondern auch noch der Sonntag), hatte er natürlich auch nicht vor, zu verlieren. Außerdem konnte sein überdimensionales Ego eine Niederlage wahrscheinlich kaum verkraften.

Nach einem gemeinsamen Abendessen mit meinem Vater, bei dem Oliver von meiner kleinen Kaugummi-Vorstellung berichtete, die mein Vater nach ein paar klärenden Fragen als teenagerhafte Rebellion gegen meinen Bruder verstand, duschte ich, putzte mir die Zähne und legte mich ins Bett. Davor schoss ich noch das letzte Beweisfoto mit Klein Erik und danach verschwand Klein Erik genau dort, wo er hingehörte: im Mülleimer.

KAPITEL 11

Wenn du in Hamburg wohnst, brauchst du nur Kleidung für den Herbst – und einen Regenmantel. Diese Stadt ist das Regenloch der Nation, es regnet die ganze Zeit, es regnet in dicken Tropfen und feinen Fäden; es regnet an genauso vielen Tagen wie in München, aber trotzdem ist es anders, denn der Regen in Hamburg ist ausdauernder, der macht nicht nach ein paar Stunden schlapp. Der Regen in Hamburg hält durch.

Da ich mich weigerte, einen Regenschirm zum Standardrepertoire meines Rucksacks hinzuzufügen, wurde ich auf dem Weg von der U-Bahn bis zur Europapassage klitschnass, während mir die Hamburger in ihren schicken Regenjacken und unter leuchtenden Schirmen entgegenkamen und mich mitleidig ansahen. Selbst diese Leute begriffen, dass ich einfach nicht hierhergehörte.

Ich überquerte den Zebrastreifen und meine Haare tropften auf meine schwarze Kapuzenjacke, meine Kapuzenjacke tropfte auf meine Jeans und meine Sneakers, und meinen Sneakers war das egal, weil die sowieso schon ganz nass waren. Ich hasste diese Stadt. Ich hasste diesen kalten Regen. Ich hasste Schietwetter, Schrippen und schnacken, ich hasste das »Moin Moin«, das ich nicht aussprechen konnte und ich hasste es, jetzt vollkommen durchgeweicht in einem überfüllten Einkaufszentrum shoppen zu gehen.

Nachdem ich mich mit unbekannten Leuten durch die Drehtür geschoben hatte, fand ich Toni neben dem Starbucks. Sie schlürfte aus einem Pappbecher und hielt in dem Moment inne, als sie mich sah. »Mann, du bist ja klatschnass«, sagte sie. »Hast du keinen Schirm?«

»Kennt diese Stadt keine Sonne?«, fragte ich zurück und versuchte, netter zu klingen, als mir zumute war.

Sie zuckte mit den Schultern. »So schlimm ist es nicht, du gewöhnst dich schon noch dran, dafür sind die Winter nicht so kalt. Aber du brauchst einen Regenschirm. Du brauchst definitiv einen Regenschirm. Ich habe immer einen bei mir, man kann nie wissen, wann es wieder anfängt.«

Ich nickte, weil es keine Überraschung war, dass Toni einen Schirm besaß, und sie deutete auf das knallgelbe Ding in ihrer Hand, das auf den Boden tropfte. (Ich tropfte auch auf den Boden, aber ich war wenigstens nicht knallgelb.)

»Also? Wo willst du hin?«, fragte ich und schob mir eine tropfende Haarsträhne aus dem Gesicht.

»Ich würde ja am liebsten zuerst bei H&M und bei Zara schauen, aber die sind draußen auf der Mönckebergstraße, da wirst du noch nässer und du bist ja schon verdammt nass und du willst natürlich nicht krank werden, wo doch am Samstag Louisas Party ist, ich meine wie schlimm wäre das denn, totaler Fail.«

»Ich kann nicht nässer als nass werden, Toni.«

Sie lächelte mich an. »Okay, wir gehen auf der anderen Seite raus, dann sind wir schneller. Außerdem kannst du ja auch unter meinen Schirm. Weißt du schon, was du anziehen willst?«

Ich tat so, als müsse ich kurz überlegen, obwohl ich natürlich nicht überlegte, da ich keinen Moment vorgehabt hatte, tatsächlich auf die Party zu gehen. Selbst wenn ich dieses Wochenende nicht nach Heidelberg fuhr, würde ich mir eher Tonis knallgelben Schirm in den Rachen stecken und ihn aufspannen.

»Also, ich habe mir meinen Look schon ausgesucht«, plapperte Toni drauflos, während wir die Geschäfte des Einkaufszentrums und all die Leute passierten, die mit großen Tüten herumflanierten. »Ich will so ein knielanges Kleid, vielleicht ein blaues, aus besticktem Tüll, mit Spaghettiträgern und vielleicht fransigen Abschlüssen oder eine Jeans und ein hübsches Top, ich habe auf so einem Blog ein ganz toll besticktes buntes Oberteil gesehen, aber ich kann mich nicht mehr genau daran erinnern, wo es war, ich hab schon den gesamten Verlauf durchgescrollt, aber ich hab es nicht mehr gefunden …«

»Wir werden schon was finden«, sagte ich und versuchte, etwas beruhigend zu wirken, denn ich hatte keine Lust, stundenlang irgendein ganz bestimmtes Top zu suchen.

»Also, weißt du schon, was du anziehst?«

Ich schüttelte den Kopf. »Nö, vielleicht ein schwarzes Oberteil«, sagte ich, um irgendetwas zu sagen.

»So eines, wie du jetzt trägst?« Das Zögern in ihrer Stimme war verdächtig.

»So ungefähr«, antwortete ich.

Toni machte eine ungewöhnliche Pause. »Ich will dir ja nicht zu nahe treten, Emi, aber willst du nicht vielleicht mal was Neues ausprobieren?«

»Ich habs nicht so mit neu«, sagte ich.

»Ach, lass uns einfach mal gucken, immerhin haben wir ja

genug Zeit und auf der Mönckeberger gibt es eine Menge Geschäfte, da finden wir auch was für dich«, erklärte Toni und hakte sich bei mir ein, während wir ein paar Stufen hinaufgingen. Das Einkaufszentrum verlief über mehrere Etagen und der Ausgang der anderen Seite lag eine Ebene höher.

»Gehst du immer hier shoppen?«, fragte ich und blickte nach oben Richtung Decke, um mir die offene Architektur der Einkaufspassage näher anzusehen. Dicke, graue Stahlstreben trafen sich bogenförmig in der fünften Etage und durch die gewölbte Glasdecke drückte Hamburgs grauer Himmel.

»Ja, ganz viele aus unserer Schule gehen hier shoppen, also, überhaupt gehen hier ganz viele Leute shoppen, vor allem Touristen, denn die gehen natürlich sowieso zum Jungfernstieg und dann auch ins Alsterhaus und schau«, sie machte eine kurze Pause, »hey, die Blonde, da drüben, siehst du die? Die jetzt gerade bei Benetton reingeht?« Tonis Stimme wurde etwas leiser.

»Ja, was ist mit der?«, fragte ich zurück und sah ein sportliches Mädchen, etwas älter als wir, mit einer super Figur und blonden glatten Haaren, die ihr bis über den Po reichten. »Ist das auch eine YouTuberin?«

»Nein, das ist Eriks Schwester Isabella«, erklärte Toni.

»Das ist Eriks Schwester?«, wiederholte ich. »Die sieht dafür aber ganz … nett aus.«

Das Mädchen ging in den Laden und einen kurzen Moment lang überlegte ich, ihr zu folgen. Was natürlich Blödsinn war, ich war zwar auf einer Mission, aber das wäre doch zu abgefahren.

»Sie ist wohl auch sehr nett«, erklärte Toni eifrig und ich hatte das Gefühl, sie freute sich über das ehrliche Interesse in meiner Stimme. »Allerdings habe ich das nur gehört, sie geht nämlich nicht auf unsere Schule, sondern auf irgendein Sportgymnasium. Ich habe sie einmal auf so einem Schulfest mit Erik und seinem Vater und seiner Mutter gesehen – also, als es die noch gab – und dann irgendwann mal in der Stadt. Aber ich weiß von Tom, der ist eine Stufe unter uns und seine Schwester kennt Isabella vom Tennis, dass Erik und Isabella sich nicht besonders gut verstehen.«

Wir gingen weiter durch die Passage Richtung Ausgang und ich dachte, dass mich das nicht sehr wunderte, denn wer verstand sich schon mit Erik.

»Warum nicht?«, hakte ich nach, um noch mehr über den Feind zu erfahren.

»Keine Ahnung, sie reden auf alle Fälle kein Wort miteinander, kein einziges. Tom hat die beiden mal zusammen gesehen und sie haben sich total ignoriert. Kannst du dir das vorstellen? Da lebst du mit jemandem in einem Haus und sprichst dann nicht mit ihm? Wie soll denn das funktionieren?« Sie sah mich kopfschüttelnd von der Seite an. »Okay, Isabella hat sowieso nur ihren Sport im Kopf, sie soll megaehrgeizig sein, die macht Leistungsturnen und Hockey und was weiß ich alles. Sie ist auch in der Jugendmannschaft und Tom hat mir erzählt, dass sie sogar mit ihrem Freund Schluss gemacht hat, weil er sie zu sehr vom Sport abgelenkt hat. Sie postet ständig Fotos von irgendwelchen Medaillen auf Facebook, während man bei Erik nur ein graues Profilbild findet.«

»Ein graues Profilbild?«

»Ja, einfach nur den Platzhalter für ein Foto. Man sieht gar nichts auf seinem Account, ich meine, die meistens Jungs posten von jeder Party, aber Erik postet … nichts. Isabella dagegen schreibt von ihren Wettkämpfen und macht Bilder von ihrem Essen, ist schon krass, dass die beiden so unterschiedlich sind.«

Unwillkürlich dachte ich an Oliver. Oliver und ich wirkten auch nicht unbedingt wie Geschwister, und als Kind hatte er mir öfters erklärt, dass ich wohl adoptiert sein müsse, denn er und mein Vater hatten mehr gemein als ich mit irgendjemandem. Vielleicht hatte ich Gemeinsamkeiten mit meiner Mutter, aber ähnlich sah ich ihr nicht. Die Fotos, die in unserem Haus standen, zeigten eine Frau mit hellen Haaren und einem gewinnenden Lächeln, das mich viel mehr an Oliver erinnerte als an mich.

»Vielleicht vertragen sie sich deswegen nicht«, sagte ich mehr zu mir selbst als zu Toni, »weil sie so verschieden sind.«

»Ja, oder vielleicht hat es auch mit dem Verschwinden von ihrer Mutter zu tun. Ich meine, das sieht man doch dauernd in irgendwelchen Filmen, dass sich die Familien dann einfach auseinanderleben, dass es sie zerreißt, wenn so eine Tragödie passiert.« Sie schob sich die Brille auf der Nase nach oben. »Mit dem Mörder seiner eigenen Mutter unter einem Dach zu leben, ich meine stell dir das mal vor, das ist so gruselig, und wenn der Wahnsinn in der Familie liegt und du nie weißt, ob du morgens noch aufwachst …«

Ich lachte. »Toni, glaubst du wirklich, dass Eriks Vater seine Mutter ermordet hat? Müsste ihn die Polizei dann nicht schon längst festgenommen haben?«

Toni öffnete die Glastür und wir verließen das Einkaufszentrum, um auf die nasse Einkaufsstraße zu treten.

»Vielleicht haben sie einfach nicht genug Beweise gefunden, das kommt viel öfter vor, als man glaubt«, sagte Toni und spannte ihren knallgelben Regenschirm auf. Für einen kurzen Moment überlegte ich, ob ich nicht doch lieber den Regen auf meiner Kleidung als den Schirm über mir spüren wollte, lief aber dann aus Anstand neben Toni her.

»Was für ein Typ war denn Eriks Mutter? War sie mehr wie Isabella oder mehr wie Erik?«

Toni hielt den Schirm über uns beide und linste angestrengt in die Schaufenster, während sie mir antwortete. »Eriks Mutter sah eher wie Isabella aus. Sie war eine Autorin und hat Romane geschrieben. Meine Mutter hatte mal einen von ihr auf dem Nachttisch, ich glaube, er hieß »Nachtstunden«, und ich habe darin geblättert, ziemlich abgehobenes Zeug und irgendwie langweilig. Aber sie hat anscheinend gut Kohle damit verdient. Und dann ist sie von einem Tag auf den anderen verschwunden.« Toni blickte mich mit großen Augen an. »Einfach so, Emi. Ohne irgendeine Nachricht zu hinterlassen, keine Notiz, kein Abschiedsbrief, keine SMS oder Mail – nichts. Also, wer verlässt denn bitteschön seine zwei Kinder und seinen Mann, außer er wird entführt oder ermordet?«

»Ständig verlassen Menschen ihre Familie, Toni.« So gern ich Erik auch das Mördergen zugestanden hätte, so wenig glaubte ich diese Geschichten. »Stand was davon in der Zeitung?«

Toni schüttelte den Kopf. »Nein, es wurde alles totgeschwiegen. Aber nach und nach kamen Informationen raus, ein Junge aus der Schule hat die Polizei bei Erik gesehen, und seit der Zeit ist auch nie wieder ein Roman von Eriks Mutter erschienen … ich meine, das ist doch verdächtig.«

»Verdächtig wäre es, wenn sie aus dem Jenseits schreiben würde.«

Toni kicherte. »Gruselig wäre das.«

»Du magst es doch gruselig«, entgegnete ich.

»Ja, im Film«, schnaubte sie, »aber die Story mit Erik ist echt heftig, also pass lieber ein bisschen auf, wenn du mit ihm Graffitis schrubbst. Manche erzählen auch, dass Eriks Vater in Untersuchungshaft war, aber wegen fehlender Beweise nie angeklagt wurde. Ich glaube ja, dass das, was wir bei Bones und so sehen, im wahren Leben nicht passiert. Ich meine, kannst du dir vorstellen, dass die stundenlang an so einem Fundort herumsuchen und alles fein säuberlich aufzeichnen und abpinseln? Haben die überhaupt die Zeit dafür, bei all den Personalkürzungen?« Sie beschleunigte ihren Schritt und redete gleichzeitig immer schneller. »Und du musst bedenken, Polizisten sind auch nur Menschen, es würde mich nicht wundern, wenn die einfach Fehler machen, und vielleicht mit den Gedanken woanders sind, bei ihrer Familie, ihren Hobbys … da werden doch sicher Fehler gemacht. Und vielleicht war Eriks Vater auch besonders geschickt, er soll sehr klug sein, und die klugen Menschen sind doch meistens die gefährlichsten.«

Toni schielte in ein paar Auslagen. »Wahrscheinlich hat sie einen Liebhaber gehabt.«

»Eriks Mutter?«

»Ja. Das ist doch immer so.« Sie blickte mich verschwörerisch an. »Was wäre, wenn Eriks Mutter einen anderen Mann hatte? Wenn Eriks Vater es nicht ertragen konnte, dass ihm ein anderer die Frau wegschnappt? Vielleicht war es auch jemand aus seinem Büro?«

Ich runzelte die Stirn angesichts dieser gewagten These, aber Toni plapperte schon weiter.

»Zum Glück setzen ja die wenigsten ihre Mordfantasien in die Realität um, aber was passiert, wenn das Gehirn dann doch aussetzt? Erik ist ja schließlich auch nicht gerade ein Gegner der Gewalt, so wie er den anderen Typen zusammengeschlagen hat«, gab sie zu bedenken, als wir zu H&M reingingen und mit der Rolltreppe in den ersten Stock fuhren.

Ich zuckte mit den Schultern. »Mein Vater meint, dass der Mörder in uns allen steckt und dass die wenigstens Mörder einen Hirnschaden haben, sondern dass solche Dinge wie Erziehung, familiäres Umfeld, Milieu und Freundeskreis den Ausschlag geben – und natürlich die Fähigkeit zur Empathie. Außerdem stammen wir laut Bibel von Kain ab – und der erschlug Abel, also stammen wir alle von einem Mörder ab.«

»Das ist aber ein hässlicher Gedanke – was ist mit dem?«, fragte Toni und hielt mir ein pinkfarbenes Oberteil mit gelben Punkten entgegen.

»Dagegen ist ja selbst der Gedanke mit den Mördern noch hübsch«, sagte ich und ließ meinen Blick über die anderen Oberteile schweifen.

»Okay, zu auffällig, du hast recht, lieber etwas Schlichteres«, sagte sie und griff zu einem quietschgrünen Top. Ich hob eine Augenbraue hoch und wir mussten beide lachen.

Ich weiß nicht, wie viel Zeit wir bei H&M verbrachten, aber es war lange. Toni probierte gefühlt jedes Teil im Laden an und ich bekam Mitleid mit den Männern, die ihre Frauen beim Shopping begleiten mussten. Als wir dann irgendwann endlich an der Kasse standen und Toni fünf Oberteile und zwei Kleider über den Tresen schob, hatte ich ein einfaches schwarzes Top in der Hand, das so aussah, wie die, die ich schon hatte, und mir deswegen umso besser gefiel.

Die Verkäuferin mit den pink gefärbten Haaren unterhielt sich mit einer anderen Verkäuferin, während ihre tätowierten Arme (brennendes Herz, Sensenmann, Spinnennetz) routiniert die Diebstahlsicherung entfernten (sie würde sich nach dem Besuch der »Tattoo und Piercing Convention« in Dortmund mit ein paar Freunden betrinken, dann ein Tattoostudio aufsuchen, um sich mit einer Hepatitis-C-infizierten Tattoonadel stechen zu lassen und bald dem richtigen Sensenmann zu begegnen).

Mein Handy vibrierte und ich zog es aus der Hosentasche. Oliver hatte eine WhatsApp geschickt.

»Hey, Emi, nur noch drei Tage. Was willst du?«

Während Toni bezahlte, tippte ich meine Antwort

»In Ruhe gelassen werden.«

»Wollen wir noch zu Zara?«, fragte Toni.

»Du hast dein Outfit doch schon. Oder sollte ich lieber sagen: deine Outfits?«

Toni lächelte. »Ich weiß noch nicht. Ich meine, die Tops sehen klasse aus und die Kleider auch, aber ich denke, es ist besser, wenn ich ein bisschen Auswahl habe, manchmal stehe ich zu Hause vor dem Spiegel und dann gefällt es mir auf einmal nicht mehr. Da ist es am besten, wenn ich noch was auf Vorrat habe. Komm, lass uns noch weitergehen«, sagte sie und zog so enthusiastisch an meinem Ärmel, dass ich einfach mitgehen musste. Wir liefen gemeinsam über die verregnete Straße und Toni erzählte von ihrem geplanten Make-up, während Oliver sich schon wieder meldete.

»Emi, das ultimative Angebot: Ich werde den nächsten Monat, den ganzen nächsten *Monat, dein Zimmer aufräumen. Na, jetzt bist du dabei, oder?«*

Ich schüttelte instinktiv den Kopf, als ich die WhatsApp las und wir Zara betraten.

»Dein Freund?«, fragte Toni, die mich beobachtet hatte.

»Nein, mein Bruder.«

»Der ist heiß.«

»Mein Bruder?«

»Ja, der sieht auch so nett aus.«

»Mein Bruder ist nur nett, wenn er etwas will«, erklärte ich und tippte meine Antwort.

»Ich will nicht, dass du mein Zimmer betrittst. Und dein Wochenende fällt wohl ins Wasser, so wie die ganze beschissene Stadt hier.«

Vielleicht wäre jetzt der Zeitpunkt gewesen, mit Oliver einen Deal abzuschließen und ihm sein verdammtes Wochenende zu lassen, aber das sah ich nicht ein. Nachdem Oliver meinem Vater immer erklärt hatte, dass er der Flexiblere von uns beiden war, da ER kein Problem hatte, umzuziehen und in einer neuen Stadt Freunde zu finden, denn ER fand ja prinzipiell schnell Anschluss, da sollte er jetzt mal seine beschissene Flexibilität zeigen und sich mit seinem Nicht-Segel-Wochenende abfinden.

»Kommt er auch auf die Party?«, fragte Toni auffällig unauffällig, während sie einen rosa Rock inspizierte.

»Wer, Oliver?«

»Ja, ich meine es kommen immer auch die Jungs aus den höheren Stufen.«

»Oliver will segeln gehen.«

»Cool.«

Ich nickte und dachte daran, wie cool es war, dass er jetzt zappelte. Ich wusste, dass Oliver gerade irgendwo saß und grübelte, wie er mich doch noch rumkriegen könnte. Ich atmete tief durch und ließ das Gefühl der Macht durch meine Adern fließen. Es fühlte sich verdammt gut an, und ich konnte nachvollziehen, wie Lord Voldemort, Darth Vader und Sauron sich fühlten, wenn sie den Helden ihrer Geschichte mal kurz in der Mangel hatten.

Als mein Handy erneut vibrierte entschied ich, erst mal nicht zu antworten – das würde Oliver wahnsinnig und mich glücklich machen. Ich steckte mein iPhone in meinen Rucksack, gleich neben mein schwarzes Buch.

»Ist das eigentlich eine Art Tagebuch?«, fragte Toni, die nun einen schwarzen Jumpsuit in Händen hielt und auf mein Buch schielte. »Du kannst es mir ruhig sagen, ich finde das total cool und gar nicht schräg, wenn jemand heute noch Tagebuch schreibt, und noch dazu in einem richtigen Buch, ich meine, das ist sowas von old school. Ich schreibe eine Art Tagebuch auf dem Computer, zwar nicht regelmäßig, aber immer mal wieder, und wenn ich total alt bin, finde ich es wahrscheinlich lustig, und meine Kinder und Enkelkinder hoffentlich auch, denn ich würde total gerne ein Tagebuch meiner Großmutter lesen …«

»Es ist kein Tagebuch«, unterbrach ich Toni, bevor sie sich noch mehr in ihre romantischen Vorstellungen hineinsteigerte. »Ich sammle Zeitungsartikel.«

»Zeitungsartikel? Was für Zeitungsartikel?« Sie hängte den Jumpsuit zurück, ohne den Blick von mir zu nehmen.

Ich atmete einmal kurz ein. »Zeitungsartikel zu skurrilen Toden.«

Toni sah mich intensiv an, aber es war kein Entsetzen in ihrem Gesicht zu sehen, keine Verwunderung über das verrückte dunkle Mädchen, das ihr gegenüberstand, nein, in ihrem Gesicht war etwas wie Interesse abzulesen.

»Cool. Das ist mal was anderes«, sagte sie, »was sind das für Tode? Und wann hast du damit angefangen? Und warum?«

Ich zuckte mit den Schultern und ging ein paar Schritte zu einem silberfarbenen Tisch mit Pullovern. »Es hat angefangen, als unsere Nachbarin verunglückt ist. Sie war keine nette Frau. Manchmal hat sie auf uns aufgepasst, aber sie war nie besonders freundlich zu uns. Alles musste immer so ablaufen, wie sie es wollte. Sie hat nie mit uns gespielt und sie hat sich auch ständig über irgendwelche Dinge aufgeregt, wenn der Fußball oder die Frisbeescheibe zu ihr in den Garten geflogen kam, wenn wir zu laut waren, egal was, sie hat immer einen Grund gefunden, um sich aufzuregen. Nur bei sich selbst war sie tolerant.«

»Warum hat dein Vater sie dann als Babysitterin beschäftigt?«

»Das hat er nur in Notfällen getan. Sie mochte das Geld, das sie bekam, definitiv lieber als uns. Das ganze Geld hat sie für ihre Reptilien ausgegeben, die keiner von uns anfassen durfte.«

»Für Reptilien? Wie krass ist das denn? Hatte sie echte Schlangen?«

Ich nickte. »Ja, sie hatte Schlangen, Chamäleons, Fische – ihre ganze Wohnung war vollgestellt mit irgendwelchen legalen und wahrscheinlich auch illegalen Terrarien und Aquarien. Eine von ihren Schlangen hat mich sogar mal gebissen.«

Toni schlug sich die Hand vor den Mund. »Ihhh … wie furchtbar, ist was passiert?«

Ich schüttelte den Kopf.

»Und wie ist deine Nachbarin dann gestorben, ist sie auch von einer Schlange gebissen worden?«

Ich lächelte. »Sie ist auf der Schildkröte ausgerutscht.«

»Und hat sich das Genick gebrochen?«

»Nein, neben ihr auf dem Boden stand ein großes Aquarium. Sie ist mit dem Kopf auf die Kante des Aquariums geknallt, ins Wasser gerutscht und dann darin ertrunken.«

Toni bekam kugelrunde Augen. »Nein, echt jetzt?«

»Ja, echt jetzt«, sagte ich. »Stand zumindest so in der Zeitung.«

»Das ist ja krass«, sagte Toni und widmete dann ihre Aufmerksamkeit wieder einem glitzernden Oberteil, während meine Aufmerksamkeit zu meinem Handy wechselte, das im Dauermodus vibrierte. Schließlich konnte ich nicht länger widerstehen und sah nach, was Oliver geschrieben hatte.

»Emi, komm schon. Was willst du?«

»Es ist wirklich wichtig. Komm, lass mich nicht hängen. Sag, was du willst.«

»Hey, die Jungs zählen auf mich, du kannst mich nicht im Stich lassen, Emi, melde dich oder ich mache WhatsApp-Terror.«

»Emi! Emi! Emi! Emi! Emi! Ich geh gleich in dein Zimmer und entführ deinen Kaugummifreund, dann hab ich eine Geisel!«

Und während ich die noch folgenden neunzehn nervigen Nachrichten las, dachte ich an meine letzte Challenge und an Erik und wusste auf einmal, dass ich bislang einfach in die falsche Richtung gedacht hatte.

KAPITEL 12

Normalerweise macht die Gerechtigkeit einen weiten Bogen um mich, normalerweise schüttelt sie Oliver die Hand, dreht bei mir den Kopf weg und geht einfach weiter, aber heute, heute hatte sie sich zu mir verirrt. Ich weiß nicht wieso, wahrscheinlich war sie einmal falsch abgebogen und selbst überrascht, bei mir zu landen. Ich lächelte bei dem Gedanken daran, lehnte mich gemütlich auf der Couch zurück und zappte durch das öde Freitagnachmittagsprogramm.

Während ich mich fragte, wie lange diese Sender neben den Streamingdiensten noch überleben würden, knallte Oliver seine Schüssel mit Müsli auf den Esstisch und goss sich mit einer energischen Bewegung Milch ein.

»Unser Deal ist damit gestorben«, sagte er.

»Deal ist Deal«, sagte ich und spürte, wie weich und angenehm das Sofa war.

»Das Wochenende ist dahin, also ist auch unser Deal dahin«, motzte Oliver und schob sich einen Löffel voller Ballaststoffe in den Mund.

»Deal ist Deal«, wiederholte ich und grinste. Nach meinem Shoppingtrip mit Toni vor zwei Tagen (sie hatte sich noch drei weitere Tops, ein Kleid und eine Jeans gekauft), hatte ich mit Oliver gnädigerweise einen Deal geschlossen: Er übernahm für die nächsten drei Monate den Geschirrspüler (ein- und ausräumen), dafür blieb ich das Wochenende zu Hause, um die Handwerker zu beaufsichtigen. Dumm nur, dass vor einer halben Stunde sein Segeltrip-Freund angerufen hatte, um ihm mitzuteilen, dass er sich beim Skateboarden den Arm gebrochen hatte und das Wochenende nun abgesagt werden musste.

»Mein Wochenende ist im Arsch«, maulte Oliver.

»Das ist doch kein Weltuntergang«, sagte mein Vater, als er das Wohnzimmer betrat und Oliver auf die Schulter klopfte. »Ihr könnt doch zusammen das Wochenende genießen.«

Ich drehte mich zu ihm um und zog eine Augenbraue hoch. Oliver warf meinem Vater ebenfalls einen bezeichnenden Blick zu.

»Oder ihr könnt das ganze Wochenende zu Hause sitzen und der verpassten Gelegenheit hinterhertrauern. Aber wie ihr wisst, ist es für eure Psyche besser, sich mit den neuen Gegebenheiten anzufreunden«, erklärte mein Vater.

»Ich trauere doch gar nicht«, sagte ich. »Auch wenn ich natürlich gerne nach Heidelberg gefahren wäre. Charlie hat jetzt natürlich schon was anderes vor. Sie war sehr traurig, dass ich nicht nach Heidelberg komme, geht jetzt aber auf die Goldene Hochzeit ihres Freundes.« Im Grunde war das bis auf ein, zwei Details auch nicht gelogen.

»So alt ist ihr Freund?«, feixte mein Vater.

»Ja, ungefähr in deinem Alter«, erwiderte ich.

»Pass nur auf, junge Dame, du kannst froh sein, dass du so einen agilen Vater hast und ihn nicht pflegen musst. Noch nicht«, sagte er und hob ein paar Briefe und Unterlagen hoch, die auf einem kleinen Tischchen im Wohnzimmer lagen. »Habt ihr vielleicht meinen Schlüssel gesehen?«

»Sind das schon die ersten Zeichen von Demenz?«, fragte ich und zappte in irgendeine Sendung, in der sich Nachbarn stritten und wüst beschimpften.

Mein Vater schmunzelte. »Ich gehe einmal davon aus, dass deine gute Laune nicht daher kommt, dass Olivers Wochenende ins Wasser fällt, oder? Willst du uns etwas erzählen, Emi?« Ich schüttelte den Kopf und beobachtete, wie er dazu überging, irgendwelche Schränke zu öffnen, und dabei immer wieder auf die Uhr blickte. Sein Flug ging bald und Mara würde in Kürze hier sein, um ihn abzuholen. Aber selbst das konnte mir nicht die Laune verderben und ich schielte auf mein Handy, um zu sehen, wie viel Zeit Erik noch blieb. Noch genau dreiundfünfzig Minuten und dann würde er seine neue Challenge verloren haben, die ultimative Challenge, die ihm sein arrogantes Genick brach. Ich sah zu Oliver, der grummelnd sein Müsli in sich hineinstopfte, und war ihm dankbar, dass er mir eine Möglichkeit bot, mich bei Erik für das Kaugummi-Sitting zu revanchieren.

In der Schule hatte mich Erik heute vollends ignoriert und ich deutete das als eine Form des typischen Überspielens. Denn meine WhatsApp vor elf Stunden hatte er gelesen:

»Nachdem die Straßen nun vom Dreck und Abschaum befreit wurden, ist es an dir, wieder Liebe in die Stadt zu bringen und die Einsamkeit zu vertreiben – fang bei deiner Schwester an. Sie soll sich für diesen Samstag mit meinem Bruder verabreden, viel Spaß!«

Jedes Mal, wenn ich die Nachricht las, musste ich grinsen. Denn es konnte nur gut für mich ausgehen: Sollte Erik die Challenge nicht schaffen (wonach es aussah), wäre ich vom bescheuerten Putzdienst befreit, sollte er die Challenge jedoch wider Erwarten schaffen, wäre ich von meinem Bruder befreit und hätte den Samstagabend für mich allein. Wobei ich natürlich damit rechnete, dass Erik es versaute. Wenn er wirklich nicht mit seiner Schwester sprach, würde er wegen eines bescheuerten Strafdienstes doch nicht sein Schweigen brechen, dafür war er viel zu stolz. Und Isabella schien Oliver nicht kontaktiert zu haben, zumindest bis jetzt noch nicht. Ich hatte mich unauffällig in seiner Nähe aufgehalten, hatte auf sein Handy gespickt und jedes Mal gespürt, wie die Aufregung in mir pulsierte.

»Ah, da ist er ja!«, freute sich mein Vater, als er den Schlüssel unter der Wohnzimmerkommode fand. Ich konnte nicht umhin, den Blick zu bemerken, den er mir danach zuwarf. Dachte er tatsächlich, ich hätte die Schlüssel absichtlich versteckt, um ihm das Wochenende mit seiner Mara zu verderben? Dachte er wirklich, ich wäre so kindisch? (Nein, ich stellte mir viel lieber vor, dass Mara sich auf Mallorca in einen Surflehrer verlieben würde, mit dem sie einen Bootstrip unternahm – ein verirrter Wal würde beim Auftauchen gegen das Liebesboot donnern und Mara mit dem Kopf gegen die Bootskante und danach ins Wasser fallen. Der Surflehrer würde den Schmerz schnell überwinden.)

»Ich muss noch meinen Pass von oben holen und die letzten Sachen packen, macht ihr Mara bitte auf, wenn sie klingelt?«

Oliver nickte und ich tat so, als hätte ich es nicht gehört, und schaltete auf eine neue Sendung um, in der eine Sozialarbeiterin die Wohnung einer Hartz-IV-Familie betrat.

In dem Augenblick klingelte es auch bei uns an der Tür und ich hoffte, dass es die Sozialarbeiterin aus dem Fernsehen war. Oliver sah mich an. »Es klingelt.«

»Na und?«

»Papa hat gesagt, du sollst aufmachen.«

»Hat er nicht«, sagte ich. »Außerdem findest du sie doch so toll, dann kannst du ihr auch die Tür aufmachen.«

Es klingelte noch mal und ich fragte mich, wie ungeduldig Mara einem Wochenende mit meinem Vater entgegenfiebern musste.

Oliver stand widerwillig auf und ging zur Tür. Wenig später erschien er mit Mara. Sie hatte sich ihre rotblonden Haare zusammengebunden und trug eine Tunika mit floralem Muster.

»Hallo Emi«, sagte sie und lächelte ihr schneeweißes Lächeln.

»Hi«, sagte ich dumpf, weil es zu unhöflich gewesen wäre, nichts zu sagen, und weil sie es sicher meinem Vater erzählt hätte, der mir dann nach seinem Liebeswochenende einen Vortrag über Respekt gehalten hätte.

»Und wie sehen nun eure Pläne für das Wochenende aus?«, versuchte Mara eine Konversation zu starten.

»Wir lassen die Handwerker herein«, sagte ich, ohne vom Fernseher aufzusehen.

»Ach ja? Das ist aber nett von euch«, sagte sie, und ich fragte mich, ob sie überhaupt nachdachte, bevor sie etwas sagte.

»Mein Segeltrip wurde abgesagt«, erklärte Oliver missmutig.

»Oh, das ist aber schade«, murmelte Mara mit einem nervösen Seitenblick zur Treppe, bot jedoch nicht an, Oliver nach Mallorca mitzunehmen. Dort konnte man sicher auch gut segeln. Vielleicht sollte ich es vorschlagen?

»Aber so ein Wochenende zu Hause kann ja auch sehr schön sein«, sagte Mara enthusiastisch, und ich überlegte, warum sie mit meinem Vater nach Mallorca musste, wenn doch das Wochenende zu Hause auch so schön sein konnte.

»Ihr könnt ins Kino gehen oder euch Hamburg ansehen. Immerhin seid ihr noch nicht so lange da und es gibt einiges zu sehen. Wir können auch gerne mal zusammen losziehen, was sagt ihr dazu? Wir könnten morgens zur Fischauktionshalle gehen und danach in die Stadt, ich kenne da ein paar tolle Läden …«

Den Rest von Maras Familienfindungsprogramm hörte ich nicht, denn Erik hatte sich gemeldet und mir meine nächste Challenge verpasst. Hatte der sie noch alle?!

Mir wurde schlagartig schlecht. Erik musste sich auch über mich informiert haben, und zwar sehr genau. Aber wie konnte er mir den Scheiß schicken, wenn er noch gar nicht dran war?

In dem Moment machte Olivers Handy Pling.

»Hey, eine Isabella will mit mir ausgehen«, grinste mein Bruder, »bei dem Profilbild sage ich doch nicht Nein.« Er tippte etwas in sein Handy und ein schwerer Klumpen landete in meinem Magen.

Scheiße. Wenn Erik seine Challenge geschafft hatte, dann musste ich mich auch seiner stellen, und meine erste Reaktion war, sofort alles hinzuschmeißen. Aber ich gönnte ihm den Sieg nicht und jetzt ging es nicht mehr um einen bescheuerten Strafdienst, jetzt ging es um mehr. Jetzt ging es darum, dass er eine Grenze überschritten hatte und ich biss die Zähne zusammen. Er wusste, wie er mich treffen konnte, aber ich würde zurückschlagen.

Im Hintergrund hörte ich meinen Vater rufen, dass er

gleich kommen würde, ich hörte, wie Oliver und Mara über Hamburg und seine Vorzüge plauderten, und ich hörte eine Stimme in meinem Kopf, die sagte, dass ich es einfach tun musste, und zwar jetzt sofort. Denn wenn Mara mit meinem Vater ins Auto stieg und zum Flughafen fuhr, war es zu spät, dann konnte ich alles vergessen, dann hätte ich den widerlichen Kaugummibrocken umsonst gesittet. Ich sammelte all meine Kräfte und versuchte, meinen Blick vom Display loszureißen, während ich Erik wie in Taxidriver sagen hörte:

»Du hast vollkommen recht. Es gibt zu wenig Liebe in der Stadt, und auch dich soll Liebe ereilen. Lass die Liebe aus deinem Herzen raus und frag deine Stiefmutter, ob du sie »Mama« nennen darfst.

»PS: Oder gib lieber gleich auf.«

Aufgeben ist keine Option, aufgeben ist keine Option, schoss es durch meinen Kopf und mein Blick wanderte zu Mara, die sich im Gespräch mit Oliver durchs Haar fuhr und einen Schritt Richtung Haustür machte, und ich hörte schon, wie mein Vater die Treppe herunterkam, und da ich mir nicht auch noch die Blöße vor ihm geben wollte, weil das, was jetzt gleich passieren würde, ohnehin schon viel zu viel war, schaltete ich die Videoaufnahme meines iPhones an, stand wie ferngesteuert auf und ging zu Mara rüber.

»Einen schönen Urlaub«, sagte ich schnell und dann noch schneller: »Ach, und, kann ich dich Mama nennen?«

Ich hörte meine Stimme, die sich fremd und eigenartig anhörte, und achtete darauf, dass mein iPhone alles aufzeichnete, denn ich würde diesen Scheiß hier nur einmal abziehen, und in dem Moment schwor ich mir, dass ich es Erik so richtig heimzahlen würde, und während Mara mich noch mit großen Augen ansah, beendete ich die Videoaufzeichnung.

»Das war bloß ein Scherz«, murmelte ich und zuckte mit den Schultern. Ich fühlte, wie mein Gesicht rot und heiß wurde, denn ich schämte mich entsetzlich, und bevor Mara und Oliver, die mich wie einen Totalcrash betrachteten, noch irgendetwas sagen konnten, lief ich nach oben.

»Jetzt habe ich alles«, sagte mein Vater, der mir mit seiner braunen Reisetasche entgegenkam.

»Tschüss«, sagte ich, drückte ihm schnell einen Kuss auf die Wange und war froh, dass er mein fliehendes Verhalten als kindlichen Trotz und Ablehnung gegenüber Mara deuten konnte, und erst als ich in meinem Zimmer war, atmete ich mehrmals tief durch.

Wenig später klopfte es an der Tür.

»Sie sind weg«, sagte Oliver, der die Tür öffnete und seinen Kopf durch den Spalt schob.

»Warum klopfst du, wenn du nicht auf ein »Herein« wartest?«, fragte ich.

»Was war das vorhin für ein krasser Scheiß?«, fragte er und betrat mein Zimmer.

»Gar nichts.«

»Gar nichts?«, wiederholte er mit der Stimme meines Vaters. »Das hörte sich aber gar nicht nach gar nichts an. Zuerst hast du einen alten Kaugummiklumpen als Freund und dann fragst du Mara, ob du sie Mama nennen kannst. Du hast das auch noch aufgenommen, sag mal tauschst du dein komisches, schwarzes Buch jetzt gegen irgendwelche abgefahrenen Videos, die du dann auf YouTube stellst?«

»Ich stelle gar nichts auf YouTube«, sagte ich.

»Und wer ist dann Erik?«

»Wie bitte?«, fragte ich.

Er zog sein Handy aus der hinteren Hosentasche. »Ich habe eine WhatsApp von seiner Schwester bekommen. Am Samstag treff ich mich mit ihr, die sieht heiß aus.«

»Isabella ist in Wirklichkeit potthässlich«, sagte ich schnell.

»Aber nicht auf ihrem Facebook-Profil.«

»Die Fotos sind retuschiert«, antwortete ich trotzig.

»Glaubst du selbst nicht«, sagte Oliver und grinste. »Und du gehst mit ihrem Bruder in die Klasse?«

Ich fühlte, wie jede Wärme aus meinem Körper wich.

»Ja und?«, fragte ich und streckte meine Beine auf dem Bett aus.

»Hat der Typ was mit deinen Videos zu tun?«

»Bitte?«

»Also doch.« Oliver lehnte sich mit verschränkten Armen und zufriedenem Gesichtsausdruck gegen den Türrahmen.

»Was hast du Isabella genau geantwortet?«, fragte ich, weil mir sein Lächeln nicht gefiel.

»Dass wir uns freuen.«

»Wir?«, hauchte ich kraftlos.

»Ja, liebe Emi«, sagte Oliver und grinste nun so breit über das ganze Gesicht, dass es mir Angst machte, »ganz egal, welchen kranken Scheiß ihr da abzieht, ich bin neugierig geworden. Also haben wir morgen ein Date. Ein Doppeldate.«

KAPITEL 13

Ich fühlte mich besiegt, als ich an diesem Samstag zum Putzen kam. Besiegt und vom Schicksal gedemütigt, so wie das alte Ehepaar, das von seiner eigenen Schnellschussanlage durchlöchert worden war, mit der sie eigentlich die bösen Einbrecher erwischen wollten. Auch *mein* genialer Plan war nach hinten losgegangen, war wie eine verirrte Kugel ein paar Mal an den Wänden abgeprallt und durch die Luft geschossen, um mich dann völlig unvorbereitet in den Bauch zu treffen.

Mit dem Song »Ironic« von Alanis Morissette im Ohr kam ich zu der zweiten Adresse auf Mannsteins Zettel.

Erik war diesmal nicht vor mir da und für einen Moment keimte Hoffnung in mir auf, dass er sich einen üblen Magen-Darm-Virus oder eine Salmonellenvergiftung eingefangen hatte, die ihn nun davon abhielt, heute Abend mit Oliver, Isabella und mir zu dem Doppeldate zu kommen.

Ich musste hingehen, das hatte Oliver klargestellt, sonst würde er über den seelischen Schmerz, den er empfand, weil ich ihn wie ein Objekt behandelt und für irgendwelche bescheuerten Wetten missbraucht hatte, eventuell mit unserem Vater sprechen müssen.

Vor Mara.

Und vielleicht würde das nicht reichen, damit er sich wieder besser fühlte. Vielleicht würde er dann auch noch das Video mit Klein Erik und das mit dem Mama-Sager thematisieren müssen, um die Dimensionen meines Fehlverhaltens zu veranschaulichen, und eventuell würde mir das noch weniger gefallen als ein Abend zu viert.

Mein Bruder hatte mich also in der Hand und meine Hoffnungen, dass Erik vielleicht Brechdurchfall hatte, zerplatzten wie eine Seifenblase, als ich ihn auf seinem dunkelgrauen Fahrrad heranbrausen sah.

Er fuhr so schnell, dass ich dachte, er würde gleich durch eine der großen Pfützen brettern, um mich von oben bis unten nasszuspritzen, aber da bremste er gerade noch rechtzeitig mit quietschenden Reifen ab und sprang auf die Straße.

Sein Gesicht war genauso verschlossen, wie ich es aus der Schule kannte, und in seinen dunklen Augen lag eine Kälte, auf die ich mit derselben Frostigkeit reagierte. Einen Moment lang funkelten wir uns gegenseitig an, dann packte er sein Fahrrad und hob es mit einer ruckartigen Bewegung auf den Bürgersteig, wo er es gegen die nächste Hecke lehnte.

Ich sagte kein Wort und er sagte auch kein Wort und so standen wir beide wortlos vor dem ehemals weißen Garagentor einer Wohnhausanlage, das mit Schmierereien übersät war, und ignorierten uns gegenseitig.

Und obwohl ich Erik für seine Mama-Challenge hasste und absolut keinen Bock darauf hatte, noch mehr Zeit mit ihm zu verbringen, ließ seine angepisste Stimmung immerhin darauf schließen, dass das Doppeldate für ihn ebenso unausweichlich war wie für mich, und wenn mein Samstagabend schon im Arsch war, dann seiner wenigstens auch.

»Bist du jetzt eigentlich zufrieden?«, fragte er, ohne mich

anzusehen, als ich mich zu meinem Putzeimer hinunterbückte.

»Redest du mit mir?«, entgegnete ich kühl, während ich die Atemschutzmaske und die Gummihandschuhe hervorholte.

»Witzig.«

»Du laberst mich an?«, fuhr ich mit einem sarkastischen Lächeln fort, während ich mir die weißen Bänder der Schutzmaske über die Ohren zog.

»Wirklich total witzig.« Er verengte die Augen. »Um eins klarzustellen: Ich steh nicht auf Freaks. Schon gar nicht auf solche, die Zeitungsausschnitte von bizarren Toden in ein vergammeltes schwarzes Buch kleben. Solltest du also deinen Bruder instruiert haben, meine Schwester um ein Viererdate zu bitten, kann ich dir garantieren, dass es nicht funktionieren wird.« Er deutete arrogant mit dem Finger zwischen sich und mir hin und her. »Du und ich. Das wird nichts.«

Einen Moment lang starrte ich ihn nur fassungslos an, während meine Gedanken wie beim Pingpong hin und her sprangen. Was bildete sich dieser Typ eigentlich ein? Glaubte er allen Ernstes, ich würde Oliver dazu benutzen, um *ihn* rumzukriegen? Und woher wusste er von meinen Zeitungsausschnitten? Hatte Oliver Isabella etwas davon erzählt? Oder war es Toni gewesen, die es nicht geschafft hatte, ihren Mund zu halten? Hatte er von ihr auch die Info über Mara gehabt?

Erik beachtete mich nicht weiter und bückte sich zu seinem Eimer, was mir bewusst machte, dass ich mit den Fingern noch immer nur halb im zweiten Gummihandschuh steckte. Seine Arroganz war so unglaublich, dass ich vergessen hatte, ihn fertig anzuziehen.

Erik war inzwischen schon in die Handschuhe geschlüpft und schob sich einen Kaugummi in den Mund. (Diesen würde er in den Hals bekommen, was zu einem tödlichen Erstickungsanfall führen würde. Erik würde röchelnd die Hand nach mir ausstrecken und ich würde ihm dabei zusehen, wie er zuerst lila und dann blau anlief, bevor er zuckend auf der Straße zusammenbrach. Ein zufällig vorbeikommender Arzt würde ihm mit einer herumliegenden Glasscherbe ohne Narkose einen Luftröhrenschnitt setzen und damit das jämmerliche Leben retten. Im Krankenhaus würde sich nach der schmerzhaften Erstversorgung herausstellen, dass er sich von der dreckigen Scherbe eine schwere Blutvergiftung zugezogen hatte, an der er dann qualvoll verenden würde.)

»Wieso starrst du mich so an?« Er hatte sich die Maske aufgesetzt und schüttete nun etwas von dem Putzmittel über seine Scheuerbürste.

»Ich habe mir überlegt, wie du sterben wirst«, sagte ich ruhig, weil ich keine Lust hatte, mich vor Erik weiter zu verstellen. Sollte er doch von mir denken, was er wollte.

»Und, wie sterbe ich?«

»Grausam«, murmelte ich.

»Sagte ich doch, dass du ein Freak bist.«

Ich lächelte knapp, während ich gleichzeitig energisch an einem Spruch vor meiner Nase herumschrubbte (Life is a bitch, a sexy one).

»Wahrscheinlich hast du Freak auch schon deine eigene Todesanzeige aufgegeben, oder zumindest eine für andere«, sagte Erik zynisch, während er sich einem mit rotem Edding geschriebenen Geständnis zuwendete (Marco, ich liebe dich! Florian).

Ich schüttelte den Kopf und entschied, mich einfach nicht mehr mit Erik zu unterhalten.

»Was ist los? Sag bloß, ich hab einen wunden Punkt getroffen.«

»Das kannst du nicht«, sagte ich kühl, »denn dazu müsste es mich interessieren, welche Meinung du von mir hast – und glaub mir, Erik, das tut es nicht im Geringsten.«

Er war einen Moment lang still und ich genoss die Ruhe, in der nur das Geräusch unserer Scheuerbürsten auf der Kunststoffoberfläche des Garagentors zu hören war.

»Das kauf ich dir nicht ab«, sagte er schließlich. »Wenn dir die Meinung der anderen so egal wäre, hättest du kein Riesengeheimnis um dein Friedhofsbuch gemacht. Hat doch auch gedauert, bis du Toni ins Vertrauen gezogen hast.«

Also war es doch nicht Oliver, sondern Toni gewesen, die ihre Klappe nicht gehalten hatte.

»Großartig. Bist du jetzt stolz auf dich, weil du ein Mädchen um den Finger gewickelt hast, das sowieso keine Freunde hat?«, fragte ich und merkte selbst, wie gemein das klang, weil in dem Satz nicht nur mein Ärger über sie, sondern auch über mich selbst mitschwang. Ich hätte wissen müssen, dass Toni Erik sofort alles über mich erzählen würde, sobald er sie ansprach.

Erik wandte sich einem neuen Spruch (Männer sind wie Kokosnüsse: außen hart und innen hohl!) zu und zuckte mit den Schultern.

»Verdammt stolz. Toni hat es mir gleich erzählt – und da heißt es, dass Mädchen ein Geheimnis durchschnittlich zwei Tage für sich behalten können.«

»Liegt vielleicht darin, dass es gar kein Geheimnis war«,

knurrte ich, während ich darüber nachdachte, was ich Toni noch alles über mich erzählt hatte, und ob Erik das für seine Zwecke nutzen konnte.

Er schrubbte noch einmal über den Kokosnusssatz und schob sich dann mit dem Handrücken die verschwitzten Haare aus der Stirn. »Warum so still, überlegst du dir jetzt auch für Toni einen grausamen Tod?«

»Dafür, dass du mich für einen Freak hältst, redest du ganz schön viel mit mir.«

Erik lächelte bitter. »Vielleicht weil du es genauso hasst wie ich.«

»Hauptsache, mir geht's schlecht, egal wie schlecht es dir dabei geht, oder?«

Er nickte. »Du hast meine Schwester ins Spiel gebracht. Du zwingst mich zu einem Doppeldate mit dir … und ihr.«

»Und du hast mich auf meine … die Freundin meines Vaters angesetzt.«

»Das kannst du nicht vergleichen«, meinte Erik kalt.

Ich blickte ihn verstohlen von der Seite an. Er schüttete mit einer heftigen Bewegung Wasser aus seinem Kanister über die Stelle.

Anscheinend hatte *ich* hier unabsichtlich einen wunden Punkt getroffen, und ich fragte mich, was Erik seiner Schwester hatte versprechen müssen, um sie dazu zu bringen, Oliver um eine Verabredung zu bitten.

Während ich mich dem nächsten Spruch auf dem Tor (Wenn das die Lösung ist, hätte ich gern mein Problem zurück!) zuwandte, hatte ich eine Eingebung.

Isabella war vielleicht der Schlüssel. Wenn sie ihn so sehr hasste wie ich, hatten wir zumindest schon mal eine Gemeinsamkeit. Und das war meine Chance, Erik endlich in die Knie zu zwingen. Nicht umsonst hieß es: Nichts eint so sehr, wie ein gemeinsamer Feind.

»Weißt du, je länger ich darüber nachdenke, desto mehr freue ich mich auf den heutigen Abend«, sagte ich süß.

Er nickte. »Freu dich bloß nicht zu früh.«

»Den Mutigen gehört die Welt«, las ich emotionslos einen Spruch von der Wand vor.

»Aha«, murmelte Erik. »Hier steht: »Manche Leute sind leichter zu ertragen, wenn man sie als mutige Laune der Natur akzeptiert.« Er sah mich an. »Dem kann ich nicht folgen.«

Ich ließ meine Augen über das Garagentor gleiten. »Wenn du tot bist«, las ich vor, »weißt du nicht, dass du tot bist. Es ist nur schwer für die anderen. Genauso ist es, wenn du blöd bist.« Dabei betrachtete ich Erik kurz und schmunzelte. »Vielleicht kannst du dem Spruch deswegen nicht folgen.«

»Willst du etwa sagen, dass ich blöd bin?«, fragte er gelassen.

Ich zuckte mit den Schultern und fand einen passenden Spruch. »Du bist nicht dumm, du hast einfach nur Pech beim Denken.«

Er kniff die Augen zusammen und ich hatte das Gefühl, es nervte ihn, dass ich so schnell eine Antwort parat gehabt hatte. Mit einer ruckartigen Bewegung wandte er sich zur Wand. »Gott gab dem Mensch Intelligenz. Ausnahmen haben die Regel.«

»Der war noch nie witzig«, sagte ich.

»Doch.« Erik warf mir einen kurzen Seitenblick zu. »War mir schon klar, dass du keinen Spaß verstehst.«

Ich sah ihn ausdruckslos an. »War mir schon klar, dass du auf frauenverachtende Witze stehst.«

Ein amüsiertes Funkeln blitzte in seinen Augen auf. »Ja, und die erzähl ich besonders gerne bei Tisch.«

»Ach ja?«, fragte ich, »da bin ich ja schon gespannt.«

»Isa ist auch schon ganz aufgeregt«, sagte er trocken.

Mein Mundwinkel zuckte und irgendetwas in mir freute sich ein wenig darauf, Erik und Isa aufeinanderprallen zu sehen.

»Und weißt du, was ich auch noch gerne mache?« Das amüsierte Funkeln in seinen Augen begann mich zu beunruhigen. »Mir vor dem Essen einen runterzuholen und dann nicht die Hände zu waschen.«

»Lecker«, sagte ich und versuchte, die Bilder aus meinem Kopf zu vertreiben.

Er grinste, ich musste anscheinend ziemlich angewidert dreingesehen haben. »Ich hoffe, du denkst genau daran, wenn wir heute Abend zusammen essen gehen.« Er sprühte Putzmittel auf die Wand und sah mich an. »Vor allem«, sagte er und grinste noch breiter, »wenn ich dir dein Besteck reiche.«

KAPITEL 14

»Bist du jetzt endlich fertig, Emi?« Oliver klopfte an meine Zimmertür und steckte im nächsten Moment den Kopf herein.

»Sag mal, wird das jetzt zur Gewohnheit?«, fauchte ich ihn an. »Schon mal was von Privatsphäre gehört?«

»Was machst du da?«, fragte er zurück.

»Ich schreibe mit Charlie, wonach sieht es denn aus?«

»Es sieht so aus, als würdest du auf deinem Bett rumlümmeln, statt dich auf unser Doppeldate vorzubereiten.«

»Welche Art Vorbereitung schwebt dir denn vor?«, fragte ich, während ich eine WhatsApp an Charlie abschickte, obwohl sie seit Stunden offline war. »Soll ich mir jetzt schon die Kante geben, damit ich nachher weniger trinken muss, um diese Scheißidee von dir zu ertragen?«

»Nein, aber du könntest dir zumindest mal was anziehen.«

»Ich bin angezogen.«

Oliver kam zum Bett und nahm mir mit einer schnellen Bewegung das Handy weg.

»Hey!«, rief ich und schnappte danach, doch er hielt es einfach in die Höhe und brachte es damit in eine Zone außerhalb meiner Reichweite.

»So willst du gehen?«, fragte er und runzelte die Stirn. »Ist das nicht dieselbe ausgewaschene Jeans und das mottenzerfressene T-Shirt, mit dem du heute schon putzen warst?«

»Mutierst du jetzt zum Modepapst?«

Er lächelte mich an. »Emi, Emi, Emi. Weißt du, was ich jetzt, in diesem Moment, tun könnte, wenn das Schicksal nicht so ungerecht wäre? Ich könnte auf den mondbeschienenen Wellen der Nordsee schaukeln und bei einer Flasche Bier mit meinen Kumpels das Leben genießen. Stattdessen habe ich den ganzen Tag den Handwerkerlärm ertragen und verbringe den Abend mit meiner fatalistischen Schwester, ihrem Erzfeind und einem Mädchen, das dazu gezwungen wurde, mich um ein Date zu bitten. Und deswegen«, er machte eine bedeutsame Pause, die mich total an unseren Vater erinnerte, »wirst du heute nach meinen Regeln spielen. Also mach irgendwas mit deinen Haaren, klatsch dir Farbe ins Gesicht und zieh dir was anderes an. Ich habe keine Lust, wegen dir in keinen Club reinzukommen.« Mit diesen Worten drehte er sich um und verließ mein Zimmer.

Da Oliver Offline-Charlie mitgenommen hatte und ich keinen Bock auf weitere Diskussionen sowie die Demonstration seiner Macht über mich hatte, stand ich auf und wechselte mein Oberteil gegen das Top, das ich mit Toni gekauft hatte. Die Jeans ließ ich an. (Es war nicht viel Rebellion, aber genug, um mir ein besseres Gefühl zu geben.)

Dann ging ich ins Bad, trug etwas Puder, Rouge und Wimperntusche auf und kämmte mir die Haare. Kurz hatte ich auch den matten rosa Lippenstift in der Hand, legte ihn dann aber unbenutzt zurück, weil ich mich selbst daran erinnerte, dass ich in einer halben Stunde Erik gegenüberstehen würde.

Und auf das Risiko, dass der Arsch dachte, ich hätte mich für ihn aufgetakelt, konnte ich gut verzichten.

»Na also«, sagte Oliver, nachdem ich die Treppe hinuntergekommen war, und gab mir mein Handy zurück. »Du solltest dich öfter schminken. Betont deine schönen grünen Augen, Schwesterchen.«

»Leck mich.«

Er grinste. »Spüre ich da etwa schon die Vorfreude auf den gemeinsamen Abend durchklingen? Ach, und die Chucks wirst du schön hierlassen.«

Seufzend ließ ich meine Turnschuhe wieder fallen und griff nach den Ankle Boots.

»Na siehst du, geht doch. Also los.«

Wir nahmen den Bus Richtung Schule, stiegen aber zwei Haltestellen später aus und liefen dann noch ein paar Straßen weiter, bis wir ein schummriges, kleines Thai-Restaurant mit roter Leuchtschrift erreicht hatten.

»Sieht aus wie ein Puff«, murrte ich, während Oliver durch die verschmierten Fensterscheiben ins Innere linste.

»Ich glaube, sie sind schon da«, sagte er. »Die Blonde an dem Tisch dort sieht dem Facebookprofil meines Dates verdammt ähnlich.«

Ohne es zu wollen – oder zu verstehen – spürte ich, wie mein Adrenalinspiegel bei seinen Worten rasant in die Höhe schoss. Plötzlich hatte ich ein ganz komisches Gefühl im Magen, fast wie bei einer Klassenarbeit, auf die man sich nur unzureichend vorbereitet hatte.

»Was ist?«, fragte Oliver, der mich kritisch musterte.

»Nichts.«

»Hast du etwa Schiss?«

»Quatsch«, murmelte ich und stellte mir vor, wie das rot blinkende »AU« aus dem »RESTAURANT«-Schild gleich mit einem lauten Krachen herunterbrechen und Oliver unter sich begraben würde. (Sein Leben wäre vielleicht noch zu retten, der gemeinsame Abend aber leider nicht.)

»Na dann. Nach dir.« Er beugte sich über mich und drückte die Tür zum Thai-Laden mit Schwung auf. Bei der Bewegung schlug mir der frische Duft seines Parfüms in die Nase und zum ersten Mal fragte ich mich, wie mein Leben verlaufen würde, wenn Isabella und Oliver sich spontan verlieben, in drei Jahren heiraten und Kinder kriegen würden.

Mit einem Schlag wäre ich mit Erik verwandt und wir würden im selben Atemzug von unseren Neffen und Nichten mit »Onkel Erik und Tante Emi« angesprochen werden, müssten zu Weihnachten am selben beschissenen Tisch sitzen und dieselben beschissenen Lieder singen und auf denselben beschissenen Fotos lächeln und ich dürfte ihn nicht mit der Weihnachtsgans vergiften, weil das kein gutes Vorbild für die Kinder wäre.

»Du kannst jetzt reingehen, Emi«, sagte mein großer Bruder, der noch immer die Tür für mich aufhielt. Ich schob alle schrecklichen Zukunftsszenarien mit Gewalt beiseite, duckte mich unter Olivers Arm hindurch und trat über die Schwelle in das kleine Lokal.

Dunstig warme Luft mit Currygeruch schlug mir entgegen und ich blieb kurz stehen, um mich an das schummrige Licht zu gewöhnen.

Erik und Isabella waren tatsächlich schon da. Sie saßen an

einem der hinteren Tische und tippten schweigend etwas in ihre Handys. Vielleicht kommunizierten sie auf diese Weise, ohne sich ansehen zu müssen.

Oliver schien die ungemütliche Atmosphäre nicht im Geringsten zu stören, denn er schob sich mit einem strahlenden Lächeln an mir vorbei und steuerte die kleine Nische an, die mir wie das Tor zur Hölle erschien.

»Isabella?«, sprach er das blonde Mädchen aus dem Einkaufszentrum mit der Spitzenfigur und der weißen Bluse an. »Hi, ich bin Oliver.«

Isabella blickte hoch und zwang sich zu einem Lächeln.

»Hallo, Oliver«, sagte sie betont freundlich, »wie schön, dich endlich kennenzulernen, nachdem mir mein Bruder gar nichts über dich erzählen konnte.«

»Tja, das meiste siehst du ohnehin«, erwiderte Oliver mit einem spitzbübischen Grinsen. »Oder bist du jemand, der auf innere Werte abfährt?«

»Nö, innere Werte werden überbewertet«, sagte Isabella. Dann lächelte sie. »Ich bin Isa.« Sie blickte mich an. »Und du musst die sagenhafte Emi sein, die es geschafft hat, meinen Bruder komplett irre zu machen.«

Erik funkelte sie daraufhin an und ich wusste nicht, was ich sagen sollte, also sagte ich gar nichts und nickte ihr nur zu.

»Hi, Erik«, sagte nun auch Oliver, und Erik murrte »Hi« und ich nickte auch unbestimmt in seine Richtung und dann setzten wir uns endlich hin.

»Habt ihr schon bestellt?«, fragte Oliver und blickte sich suchend nach einer Karte oder einem Kellner oder beidem um.

»Nein, wir wollten auf euch warten«, sagte Isa, tippte noch

eine letzte Nachricht in ihr Handy und ließ es dann in ihrer Handtasche verschwinden. »Von mir aus können wir aber gleich loslegen, ich komme direkt vom Training und habe einen Mordshunger.«

»Oh, was trainierst du denn?«, fragte Oliver auf seine typisch nette und interessierte Art, während er gleichzeitig einem spindeldürren thailändischen Kellner winkte, der mir ungefähr bis zur Schulter ging.

»Ich mache Leistungsturnen an meiner Schule. Zusätzlich spiele ich dreimal die Woche Hockey, deshalb ist das Training manchmal ganz schön intensiv«, sagte Isa. Sie senkte den Blick auf ihre Hand und begann, an ihrem schlichten Silberring zu drehen.

»Cool. Nimmst du auch an Wettkämpfen teil?«, fragte Oliver und wandte ihr nun seine ganze Aufmerksamkeit zu.

Isabella wirkte überrascht, dass ihn das interessierte, und nickte. »Ja, wir haben letztes Jahr die Landesjugendmeisterschaft gewonnen, aber eigentlich strebe ich eine Profikarriere im Turnen an.«

»Wow«, sagte Oliver und lächelte sie an. »Ich möchte auch mal was mit Sport machen, aber so genau wie du weiß ich es noch nicht.«

Und dann begann er von seinem Training für den Elbe-Triathlon zu erzählen und Isa nach ihrem Training für ihren nächsten Wettbewerb auszufragen, und zwischendurch erschien der winzige Kellner und nahm unsere Bestellung auf (ich nahm einfach irgendein Reisgericht, neben dem keine Chilischoten abgebildet waren) – und während all der Zeit saßen Erik und ich uns gegenüber und sprachen kein Wort miteinander.

Es fühlte sich seltsam an. Es fühlte sich seltsam scheiße an und ich wusste nicht sofort, weshalb es sich so scheiße anfühlte, aber irgendwann verstand ich es. Irgendwann kapierte ich, dass heute Morgen beim Graffitiputzen etwas passiert war. Etwas, womit ich nicht gerechnet hatte und auf das ich auch nicht stolz war, das ich aber dennoch nicht verleugnen konnte: Und zwar, dass ich für einen winzigen Moment so etwas wie Spaß gehabt hatte.

Und obwohl es immer noch Erik war – und ich ihn noch immer nicht leiden konnte, weil ich ihn für den arrogantesten Arsch der ganzen Schule hielt – hatte ein mikroskopisch kleiner Teil von mir gehofft, dass der Abend wider Erwarten doch nicht ganz so schrecklich sein würde. Also einfach nur schrecklich – aber nicht katastrophal.

Wie es aussah, war es nun doch katastrophal, und ich musste an Eriks Worte denken, dass ich mich nicht zu früh freuen sollte.

Isa und Oliver waren verstummt, was mir erst nach ein paar Sekunden der Stille auffiel, und ich drehte den Kopf in ihre Richtung und fing den spöttischen Blick auf, den sie uns zuwarfen.

»Was ist?«, schnauzten Erik und ich gleichzeitig. Isa grinste einfach nur, aber Oliver fing zu prusten an, was mir in dem Moment unglaublich peinlich war, obwohl ich nicht einmal genau wusste, warum.

»Sorry, wir haben nur gerade darüber gesprochen, wie unglaublich ähnlich ihr euch seid«, sagte Isa und versetzte Oliver einen kleinen Stoß, damit er sich wieder einkriegte.

»Gestatten: die helle versus die dunkle Seite der Macht«, sagte Oliver und zeigte zuerst auf sich und Isa, dann auf Erik und mich. »Ist euch schon mal aufgefallen, dass ihr beide mit denselben dunklen Haaren, dunklen Kleidern und düsteren Gedanken herumlauft, während Isa und ich beide sportlich, blond, aufgeschlossen und unglaublich gut aussehend sind?«

Ich seufzte.

Oliver beugte sich zu uns herüber. »Wollt ihr Isa und mir jetzt endlich verraten, was da zwischen euch abgeht?«

»Sieht es für dich so aus, als ob wir das wollten?«, fragte Erik und zog eine Augenbraue hoch.

Oliver blickte ihn einen Moment lang stumm an, bevor er wieder zu lachen anfing und sich kopfschüttelnd Isa zuwendete.

»Also liegt der Wahnsinn bei euch in der Familie?«, fragte Erik trocken.

Ich nickte. »Dann hätten wir also noch eine Gemeinsamkeit«, sagte ich spitz und dachte kurz an Eriks verschwundene Mutter, die vielleicht doch von seinem irren Vater ermordet worden war.

»Wieso?«

»Nur so.«

Seine Augen verengten sich. »Willst du mir etwas sagen?«

»Hey, ich möchte dir nicht mal gegenübersitzen.«

»Dafür redest du aber ganz schön viel mit mir.«

Ich lehnte mich auf dem Stuhl zurück. »Wir können uns auch gerne anschweigen.«

»Sagst du, nachdem du die ganze Sache hier eingefädelt hast.«

»Sag mal, hast du sie noch alle? Ich habe hier gar nichts eingefädelt.«

»Du hast doch die Familien ins Spiel gebracht«, erwiderte Erik ernst.

»Und du hättest deine Schwester ruhig von der Doppelscheiße hier abbringen können«, sagte ich.

»Ich? Wer hat sich denn die grandiose Challenge ausgedacht?«, fragte Erik hart.

»Und wer hätte sie lieber verlieren sollen? Dann müssten wir hier nicht rumsitzen.«

»Emi, wenn die Challenges zu viel für dich sind, dann gib doch einfach auf.«

Ich verschränkte die Arme vor der Brust. »Ganz bestimmt nicht.«

Kurz wurden wir unterbrochen, weil der Kellner das Essen brachte. Aber Erik nahm den Faden sofort wieder auf.

»Also verbringst du gern Zeit mit mir?«

Ich schüttelte den Kopf. »Das mit dem Doppeldate war Olivers Idee, um mir eins reinzuwürgen. Kommt vom Wahnsinn, der in unserer Familie liegt.«

»Dein Bruder ist gemeingefährlich«, sagte Erik.

»Stimmt. Er ist gemein und gefährlich.«

»Wirft er irgendetwas ein? Er wirkt so überdreht«, meinte Erik und warf Oliver, der gerade einen Schluck Bier nahm, einen finsteren Blick zu. »Der sollte wirklich nicht auf die Straße gelassen werden. Und Alkohol sollte man ihm auch keinen geben.«

»Bekommt er aber, und in einem Jahr darf er sogar mit dem Auto auf die Straße, das wird erst übel«, seufzte ich.

»Immerhin gibt das mehr Zeitungsausschnitte für dein Buch«, bemerkte Erik und schob sich eine Gabel von seinem Thai Curry in den Mund.

»Stimmt. So kann man es auch sehen.«

»Du hast sicher schon eine Idee, wer sein erstes Todesopfer sein wird.«

Ich nickte. »Ein schwarz gekleideter Junge auf einem dunkelgrauen Fahrrad«, antwortete ich mit Grabesstimme. »Alles, was von ihm übrig bliebe, wäre sein Putzeimer.«

Sein Mundwinkel zuckte. »Hast du eigentlich noch andere Hobbys oder kannst du dir nur die Tode deiner Mitmenschen vorstellen?«

Ich zögerte. »Nein, ich habe keine anderen Hobbys.«

»Jetzt lügst du.«

»Das interessiert dich doch sowieso nicht.«

»Lass es doch mal auf einen Versuch ankommen.«

»Nein.«

»Wie war das heute Nachmittag noch? Den Mutigen gehört die Welt?«

»Ich lese gern«, sagte ich schnell und war mir bewusst, dass das nicht nur langweilig klang, sondern ich mir damit auch gleich die Nerdbrille hätte aufsetzen können. »Ist wahrscheinlich nichts für dich«, schob ich rasch nach. »Ich schätze, du bist mehr der Serien-Typ.«

»Ach so, schätzt du das?«, meinte Erik unergründlich und sah mir direkt in die Augen. Aus irgendeinem Grund machte mich das nervös und ich griff schnell nach meiner Apfelschorle, um es zu überspielen.

»Und was für Serien?«, fuhr er fort.

Ich setzte das Glas ab, stocherte in meinem Reisgericht und zuckte mit den Schultern. »The Walking Dead, Fear the Walking Dead, Z Nation?«, zählte ich die ersten auf, die mir einfielen. »Ich schätze, Hauptsache blutig.«

»Interessant«, sagte Erik. »Und woher willst du das wissen?«

»Erfahrung«, erwiderte ich knapp.

»Erfahrung.« Er grinste. »Kann es sein, dass sich deine Erfahrung auf deinen Bruder beschränkt?«

»Mein Bruder guckt vor allem Sport«, sagte ich. »Sport ist aber wahrscheinlich nicht so dein Ding, oder?«

Ich sagte es ganz wertfrei, einfach, weil ich mir Erik nicht grölend vor einem Flachbildfernseher vorstellen konnte, auf dem gerade ein Fußballmatch lief. Er war mehr der Typ, der mit einem sarkastischen Lächeln in der Ecke lehnte und dann wie ein schwarzer Schatten in der Nacht verschwand.

»Wie kommst du drauf, dass ich keinen Sport mag?«, fragte Erik und klang deutlich kälter als zuvor.

»Ich … ähm, keine Ahnung«, murmelte ich, weil ich keine Lust verspürte, mein peinliches Bild von ihm zu teilen. Irgendwie schwang dabei entschieden zu viel Edward aus Twilight mit.

Erik verschränkte die Arme vor der Brust und musterte mich kühl. »Ich hätte dich nicht für ein Mädchen mit derart vielen Vorurteilen gehalten.«

»Ich habe keine Vorurteile«, entgegnete ich empört.

»Klar hast du die. Du wirfst einen kurzen Blick auf mich und steckst mich in die Schublade Zombieserien. Das ist genauso, wie wenn ich behaupten würde, alle Frauen stehen auf Dirty Dancing.«

Ich sagte nichts, denn ich stand wirklich auf Dirty Dancing. Natürlich hätte ich das niemals zugegeben, denn der Film war nicht nur kitschig bis zum Abwinken, sondern auch uralt. Und trotzdem fand ich ihn schön. (Mein Vater hatte ihn uns einmal gezeigt, weil er den Film immer mit meiner Mutter ansehen musste.)

Erik sah mich an und ein ungläubiges Grinsen breitete sich in seinem Gesicht aus. »Du stehst tatsächlich auf Dirty Dancing.«

»Tu ich nicht.«

»Doch, tust du.«

Ich strich mir eine Haarsträhne hinters Ohr. »Ich kann ja nicht mal tanzen. Und deswegen lasse ich es. Aber Oliver tanzt gerne und viel. Auch wenn man es nicht sehen will«, sagte ich, obwohl Oliver tatsächlich tanzen konnte. Oliver konnte sogar singen. Oliver konnte irgendwie alles.

»Und wie ich tanzen kann«, mischte sich Oliver ein, der bei seinem Namen hellhörig geworden war. »Wenn du willst, nehme ich dich mal mit, Isa.« Er zwinkerte Eriks Schwester zu.

»Oh echt, das würdest du tun? Und ich dürfte dir zusehen, wie du deinen begnadeten Körper schwingst?«, hauchte sie ironisch und klimperte übertrieben mit den Wimpern. Er nickte gönnerhaft und Isa verdrehte grinsend die Augen. Dann plapperte Oliver weiter und kurz darauf waren sie in ein Gespräch über das optimale Frühstück an einem Trainingstag vertieft.

Erik blickte die beiden nachdenklich an.

»Was ist?«

Er sah mich an. »Was soll sein?«

»Wieso schaust du so?«

»Wie schaue ich denn?«, fragte er.

»Irgendwie merkwürdig.«

Erik zuckte mit den Schultern. »Es ist einfach lange her,

dass Isa und ich uns so lange Zeit im selben Raum aufgehalten haben«, sagte er leise.

Und dann sagte er nichts mehr und ich fragte auch nicht weiter nach, weil ich das Gefühl hatte, er bereute schon, überhaupt etwas gesagt zu haben.

Irgendwie kriegten wir dann doch noch die Kurve zu den unverfänglichen Themen, und ich erfuhr, dass Erik das meiste von meiner Bücherliste schon gelesen hatte, was mich ziemlich beeindruckte und gleichzeitig ein wenig beschämte, weil ich ihm das nicht zugetraut hätte. (Offenbar war ich tatsächlich ein Mädchen mit Vorurteilen. Möglicherweise gab es aber auch keine vorurteilsfreien Menschen auf der Welt, möglicherweise gehörten Vorurteile einfach zum Leben dazu, weil wir mit großer Wahrscheinlichkeit ausgestorben wären, wenn wir uns völlig unvoreingenommen dem Säbelzahntiger genähert hätten.)

Nach dem Essen standen Erik und ich dann noch etwas genervt vor dem Lokal herum, weil Oliver Isa mit Gewalt davon zu überzeugen versuchte, sich auch für den Elbe-Triathlon anzumelden, bevor die Einschreibefrist ablief.

»Wollen wir noch in einen Club gehen? Schließlich ist heute Samstag«, sagte Oliver mit einem zufriedenen Lächeln, nachdem sie endlich zugestimmt hatte.

»In Hamburg kommst du unter achtzehn eigentlich nirgends rein«, sagte Isa, »und wie ich aus eigener Erfahrung weiß, nehmen sie es mit dem Kontrollieren der Personalausweise sehr genau.«

»Na super. Sonst noch Ideen?«, fragte Oliver und wippte neben mir auf den Ballen auf und ab. Ich hörte das Piepsen einer eingehenden SMS und zog mein Handy aus der Tasche, weil ich dachte, endlich eine Antwort von Charlie zu bekommen.

Die SMS war aber nicht von Charlie, sie war von Toni.

»Emi, wo bleibst du? Louisas Party ist der Hammer!«

»Du wolltest heute auf eine Party?«, fragte Oliver überrascht, der mir ungeniert über die Schulter sah.

»Was? Nein, wollte ich nicht«, fauchte ich und steckte das Handy wieder ein.

»Von welcher Party redet ihr?«, fragte Isa.

»Ist doch egal«, sagte ich schnell, weil ich keine Lust hatte, dorthin zu gehen.

»Louisas Party«, erklärte mein Verräterbruder, ohne mit der Wimper zu zucken. »Louisa … ist das nicht diese blonde YouTuberin, die gesagt hat, ich wäre heiß?«

Ich funkelte ihn an und sagte kein Wort.

»Hey, Gratisgetränke!«, rief Oliver, als wäre das das K.O.-Argument schlechthin.

»Okay«, sagte Isa, und da auch Erik mit den Schultern zuckte, war ich überstimmt. Im Gehen flüsterte er mir zu: »Da finden wir auch sicher eine neue Challenge für dich.«

KAPITEL 15

Louisas Haus lag in einem Nobelviertel und strahlte Reichtum aus wie die Straßenlaternen das Licht. Und genauso, wie die Motten sich vom hellen Glanz angezogen fühlten, ging es offenbar dem kompletten Jahrgang meiner Schule, denn ich sah schon vom Ende der Straße, wie die Leute Schlange standen, um hineinzukommen.

Es war absurd, als wäre es ein elitärer Club, in den nicht jeder reinkommen konnte. Ganz offenbar wollten die Leute etwas von dem Glanz abbekommen, den Louisas Berühmtheit ausstrahlte.

Oliver und Isa gingen plaudernd und lachend mit schnellen Schritten voran, während Erik und ich ihnen weder plaudernd noch lachend in einigem Abstand folgten. Seit Louisas Haus in Sichtweite gekommen war, war unsere Unterhaltung verstummt, und ich war mir nicht sicher, ob es an mir lag oder an ihm oder an uns beiden, und ob er vielleicht genauso wenig Lust hatte, hier zu sein, wie ich.

Mit jedem Schritt, den ich näherkam, wurden die Musik und die Stimmen und meine Abneigung lauter, und dann standen wir auch schon vor der Tür, die wie ein offener Schlund ins dunstig warme Partygewimmel führte.

Oliver und Isa waren bereits in der rhythmisch dröhnenden

Dunkelheit verschwunden, die nur von einzelnen Lichtblitzen erhellt wurde, und ich wollte ihnen rasch folgen, um in der Anonymität der Masse unterzutauchen, als sich uns eine braun gebrannte Brünette mit einem rosa Wonderbra unter dem weißen Top in den Weg stellte. Sie hielt eine Schale mit Visitenkärtchen in der Hand, deren weißes Papier im Schwarzlicht hellblau leuchtete.

»Willkommen bei Louisas Geburtstagsparty«, sagte sie mechanisch. »Anlässlich des dreijährigen Bestehens von Louisas YouTube-Kanal hat sie sich etwas Besonderes für ihre Partygäste ausgedacht. Jeder, der das heutige Event filmt und seine Datei über diesen Link«, sie zeigte mit einem pinkfarbenen Nagel auf eines der Kärtchen, »auf Louisas Dropbox hochlädt, kann mit etwas Glück eines von drei brandneuen iPads Mini gewinnen. Die lustigsten und peinlichsten Szenen werden von Louisa für ein exklusives Sweet-16-Party-Video zusammengeschnitten, also haltet die Augen offen und eure Handykameras bereit.«

Nachdem sie ihren Text runtergeleiert hatte, hielt sie uns die Schale vor die Nase, und als weder Erik noch ich nach einem Kärtchen griffen, seufzte sie genervt und drückte mir ungefragt eines in die Hand. Dann blickte sie Erik an und stutzte.

Ihre Augen wanderten von seinem Gesicht zu mir, schwenkten zurück zu ihm und ein zweites Mal zu mir, als könne sie nicht glauben, mit wem er hergekommen war.

Ein zweites Mädchen aus Louisas Best-Buddy-Circle tauchte sichtlich angetrunken hinter dem rosa Wonderbra auf und hielt schwankend ihre Handykamera auf uns.

»Und trotz der späten Stunde trudeln noch immer neue

Gäste ein«, lallte sie ins Mikrofon, während sie uns filmte. »Hey, und ist das nicht Erik?« Sie stieß einen seltsam hohen Laut aus, der irgendwo zwischen Japsen und Kichern lag, und hielt die Kamera ungläubig auf uns gerichtet.

»Darf ich mal?«, fragte Erik, nahm ihr das Handy aus der Hand und drehte es um, sodass es auf sie zeigte. »Sag Hallo zu deinen Fans.«

»Hallo, Fans«, gluckste Louisas betrunkene Freundin und Erik gab ihr das Handy zurück. »Oje, ich fürchte, ich hab versehentlich den Film gelöscht«, murmelte er und ich sah, wie ihr das Kinn herunterfiel.

»Waaas? Nein, ist ein Scherz, oder? Verdammt, ich hatte da drauf, wie Leo kotzt!«

Erik zuckte mit den Schultern. »Kommst du?«, fragte er an mich gewandt, und ich sah den weinerlichen Gesichtsausdruck der Handybesitzerin, sah die zusammengekniffenen Augen des rosa Wonderbra und beeilte mich, ihm zu folgen.

Erik schob sich vor mir durch die Menge an tanzenden und verschwitzten Leibern, und ich hielt den Blick stur auf seine breiten Schultern oder meine Füße gerichtet. Die wummernde Musik ließ mein Herz im Rhythmus des Beats schlagen und ich spürte das Vibrieren bis in meine Fingerspitzen.

Neben dem Vibrieren spürte ich noch andere Dinge.

Dinge, die ich nicht spüren wollte, Dinge, die mir wehtaten, wie dieser Blick, den mir Wonderbra zugeworfen hatte, und in meinem Kopf spielte in Endlosschleife das überraschte Japsen der Handytussi, als sie Erik erkannt hatte.

Ich wollte nicht darüber nachdenken, ob es allein an Erik lag, dass sie so gefiept hatte, oder ob ihre Überraschung daher rührte, dass er *mit mir* da war. Und obwohl ich nicht darüber nachdenken wollte, dachte ich darüber nach, dachte die ganze Zeit an praktisch nichts anderes, und schämte mich dafür.

Es konnte mir doch egal sein. Es konnte mir egal sein, was sie von mir hielten, ob ihnen meine Nase zu krumm, mein Busen zu klein oder mein Hintern zu fett war. Irgendetwas ließ sich immer finden, selbst wenn es gar nichts zu finden gab, dann wurde eben etwas erfunden.

Doch was mich in diesem Augenblick wirklich verletzte, war das Gefühl, dass sie gar nichts zu erfinden brauchten, weil es schon reichte, mich anzusehen; es reichte ein einziger Blick auf mich und jeder wusste Bescheid. Ich hatte hier keinen Spaß, wollte kein Teil von ihnen sein, wollte nicht dazugehören – und das wussten sie. Sie sahen mich an und erkannten all das, und trotzdem war ich hier.

Aber nicht alleine und als Außenseiter, wie sich das gehört hätte … nein. Ich war an der Seite eines Jungen hier, der es irgendwie geschafft hatte, seine Andersartigkeit zu kultivieren, bis er zu einem Objekt der Begierde geworden war, das alle wollten und keiner bekam.

Sie verfolgten ihn mit ihren Blicken, während sie mich übersahen oder abschätzig taxierten. Ich fühlte mich wie ein Fremdkörper.

Die Luft wurde immer heißer, der Raum immer stickiger.

»Erik …«, begann ich. Es war so laut, dass er mich nicht hörte, also tippte ich ihn an der Schulter an. Er drehte sich fragend zu mir um und ich zog schnell die Hand zurück und versuchte zu ignorieren, wie gut sich seine Haut unter dem schwarzen Shirt angefühlt hatte.

»Mir ist es hier zu voll«, rief ich über die wummernde

Musik hinweg. Ein hellblonder Typ mit einem Tablett voller blauer Shots blieb neben uns stehen und ich kippte einen davon hinunter, um das hier irgendwie ertragen zu können. Es schmeckte widerlich.

»Komm«, sagte Erik, was ich nicht wirklich hörte. Ich sah eigentlich nur, wie seine Lippen sich bewegten, und dann griff er nach meiner Hand und zog mich raus aus dem Getümmel in Richtung einer Terrassentür und von dort weiter ins Freie.

Dankbar sog ich die kühle Luft tief in meine Lungen und ließ die dunkle Partydröhnung hinter mir. Alles schien irgendwie leiser zu werden und weiter wegzurücken, und ich dachte kurz, dass man sich als Überlebender einer Explosion vielleicht so fühlte. Und dann überlegte ich für einen Moment, wie es wäre, dazuzugehören und denselben Spaß zu haben wie die anderen.

»Wo bist du gerade?«, fragte Erik, der sich neben mich an die steinerne Brüstung lehnte, die von einigen bunten Öllampen erleuchtet wurde.

»Ich bin hier«, murmelte ich, weil ich mir vor ihm keine Blöße geben wollte.

»Lügnerin.« Er sagte es mit einem leisen Lächeln und so, wie er es sagte, störte es mich nicht, ich fand es sogar irgendwie schön, und bevor ich darüber zu viel nachdenken konnte, deutete ich in Richtung des Weges, der weiter in den Garten führte.

»Wollen wir uns hier mal umsehen?«

Erik nickte und wir gingen nebeneinander eine geschwungene Treppe hinunter und erreichten einen steinernen Pfad, der zwischen Büschen und Sträuchern hindurch in einem großen Bogen zur Hinterseite des Hauses führte.

»Wow«, murmelte ich, als ich den riesigen, beleuchteten Pool erblickte, der offenbar das zweite Herzstück von Louisas Partylocation bildete.

Auch hier standen überall bunte Öllämpchen herum und statt der wummernden Bässe liefen ruhigere Lieder in einer Lautstärke, bei der man sich noch unterhalten konnte. Es war nicht so voll wie drinnen, und die Leute standen in Grüppchen zusammen oder saßen am Beckenrand und ließen die Füße ins Wasser baumeln. Zum Schwimmen war es wahrscheinlich zu kalt.

»Gar nicht so übel«, meinte Erik und schlenderte neben mir an einer weißen Sitzgruppe mit Relax-Stühlen vorbei zum Poolbereich, der sogar über eine mobile Outdoor-Tanzfläche mit LED-Beleuchtung verfügte. Nur tanzte dort noch niemand. Auch hier war ein Typ mit einem Getränketablett unterwegs, aber auf diesem gab es mehr Auswahl, und ich nahm mir einen grünen Cocktail herunter, der nach Minze schmeckte.

Auf der anderen Seite des Schwimmbeckens sah ich Toni, die sich mit Axel unterhielt und dabei nicht wahnsinnig glücklich wirkte. Allerdings hielt sich mein Mitleid in Grenzen, nachdem sie Erik alles über mich erzählt hatte, was sie wusste.

Ich ließ meinen Blick weiterschweifen und sah noch mehr Leute aus meiner Klasse, die immer wieder zu Erik und mir herübersahen.

Offenbar waren wir das Spannendste auf der ganzen Party und mit jeder Sekunde, die verging, fühlte ich mich unwohler. Als ich dann auch noch die perfekt gestylte Louisa in einem weißen Neckholderkleid erblickte, die umringt von einer

Traube Mädchen (inklusive dem rosa Wonderbra und der Handytussi) nach draußen kam, wollte ich nur noch weg.

Erik beugte sich zu mir hinunter. »Ich muss dir was sagen«, flüsterte er mir zu und ich spürte seinen warmen Atem an meinem Hals kitzeln. Unwillkürlich klopfte mein Herz schneller. Ich wich etwas zur Seite aus und sah zu ihm hoch.

»Und was?«

»Ich habe mir gerade deine nächste Challenge überlegt.«

Jetzt lächelte er und das Lächeln gefiel mir gar nicht, obwohl es ihm zugegebenermaßen ziemlich gut stand.

»Aha«, krächzte ich, »aber du bist gar nicht mit der nächsten Challenge dran.«

»Ach, Emi. Jetzt sei doch nicht so. Sei doch mal ein bisschen spontan«, antwortete Erik, während sich alles um mich herum langsam zu drehen begann und ich einfach irgendwie automatisch nickte und ein bisschen spontan sein wollte.

Erik lächelte wieder, rückte wieder etwas näher und raunte mir mit De-Niro-Stimme zu: »*Die Nacht ist jung, aber noch haben die Leute am Pool nicht zu tanzen begonnen. Sie brauchen jemanden, der ihnen zeigt, wie's geht. Du bist diejenige, die ihnen zeigt, wie's geht.*«

»Nein, Erik, also das …« stammelte ich, bevor mich mein Stolz dazu zwang, den Mund zu halten.

Er steckte die Hände in die Hosentaschen.

»Du gibst auf?«, fragte er und zog eine Augenbraue hoch.

»Was genau meinst du mit: Zeigen, wie es geht?«, presste ich hervor und fing den Blick aus Louisas Augen auf, die mich hart und kalt anstarrten, bevor sie rasch woanders hinsah. In der nächsten Sekunde hatten sich ihre Züge bereits wieder geglättet.

»Ich nenne es die Icebreaker-Challenge«, erklärte Erik selbstzufrieden. »Du tanzt. So lange, bis das Eis gebrochen ist.«

»Bis das Eis gebrochen ist«, wiederholte ich mit wachsendem Entsetzen, »das heißt …«

Erik nicke. »So lange, bis einer mittanzt.«

»Du bist echt voll daneben«, sagte ich und holte tief Luft. Meine Finger, die noch immer den grünen Cocktail umklammerten, waren plötzlich eiskalt und ich spürte, wie meine Knie zu zittern begannen.

Ernsthaft jetzt?, dachte ich in Richtung meiner Knie. Die hatten zuletzt gezittert, als ich in der Grundschule beim Weihnachtskrippenspiel den Engel spielen musste, weil Vera vor lauter Lampenfieber hinter die Bühne gekotzt hatte.

»Ich glaube, das ist dein Lied«, hauchte Erik, als die ersten Töne »Bye, bye« von Cro durch die Nacht hallten.

Ich sah in die Gesichter der Menschen ringsum, die mich schon jetzt alle anstarrten, obwohl ich nur neben Erik stand und noch gar nicht begonnen hatte, mich wie Pinocchio auf Speed zu gebärden.

»*Es ist ein unglaublich schöner Tag*«, fing Cro zu singen an. »*Und draußen ist es warm …*«

Ich blickte auf das Cocktailglas in meiner Hand und stürzte den restlichen Inhalt hinunter.

»*… lehnt sich ganz entspannt zurück, denn er muss lange noch nicht raus …*«

Nun, ich musste jetzt wohl raus.

»Das bekommst du zurück«, sagte ich, während sich meine Beine zögernd in Bewegung setzten. Die Blicke der Leute aus meiner Klasse klebten an mir und ich dachte, dass Alkohol wirklich keine Lösung war, da mir jetzt auch noch schwindlig wurde. Und während Cro weiter von Menschen sang, die ein- und ausstiegen, erreichte ich den Rand des Pools.

Meine Schritte wurden immer langsamer und ich hätte mich lieber mit einem fünfzig Kilo schweren Sandsack an den Knöcheln hineingestürzt, als mich auf die blinkende LED-Fläche zu stellen und zu tanzen.

»*Doch alles, was man hört, ist mein Herzschlag …*«

Bumm-bumm, bumm-bumm, dröhnte es in meinen Ohren, als ich auf die Tanzfläche trat.

Der Refrain setzte ein und ich befahl meinen Gedanken, verdammt noch mal die Klappe zu halten, damit meine Füße endlich damit anfingen, sich mit der Musik zu bewegen. Den Blick hatte ich starr zu Boden gerichtet.

»*Bye, bye, bye, bye, meine Liebe des Lebens*«, sang Cro, während ich gruselig von einer Seite zur anderen schwankte.

Rings um mich herrschte Stille. Jedes Gespräch war verstummt, da war nur noch ich und die Musik, nur meine stocksteifen Glieder und die fassungslosen Blicke, die Handykameras, die rundherum gezückt wurden, und Erik, der mich die ganze Zeit ansah und dabei so breit grinste, wie er es noch nie getan hatte.

»*Es ist ein unglaublich schöner Tag, und draußen ist es warm, sie hat Bock auf Shopping. Also in die Stadt …*«

Die Leute hatten ihren Schock überwunden. Jetzt wurde das erste Tuscheln laut und aus dem Tuscheln wurde ein Wispern und aus dem Wispern wurde ein Raunen und ich wankte weiter, obwohl ich einfach nur aufhören wollte. (Aber das durfte ich nicht, denn noch tanzte keiner mit und ich würde jetzt nicht aufgeben. Nicht jetzt.)

Erik stand lächelnd im Mondschein und sah mir zu.

Und in dem Moment schloss ich die Augen. Blendete alles aus, die Kameras und die spöttischen Blicke, das Gekicher und das Getuschel. Ich hörte auf, darüber nachzudenken, was die anderen von mir hielten, ob sich meine Beine gerade komisch bewegten oder was ich mit meinen Armen machen sollte. Ich bewegte mich einfach nur im Takt mit der Musik und aus irgendeinem Grund sah ich Eriks Gesicht dabei die ganze Zeit vor mir, obwohl meine Augen zu waren.

Und als ich meine Augen wieder öffnete, sah mich Erik verändert an. Ich tauchte in seinen Blick ein und hatte das Gefühl, da passierte gerade etwas, während ich tanzte. Plötzlich fühlten sich meine Bewegungen nicht mehr holprig und seltsam an, ich fühlte mich gut in meinem Körper, und dann, einen absurden Moment lang, als ich in seine Augen blickte, fühlte ich mich schön.

»Bitte, bitte, bitte, bitte komm, sprich mich an …«

Erik machte einen Schritt auf mich zu, da tänzelte Louisa an ihn heran, flüsterte ihm etwas ins Ohr, sodass ihre blonden Haare auf Eriks Schulter landeten, und lachte und die Musik ging weiter: »*… ich steh auf und steig aus. Bye, bye, bye, bye, meine Liebe des Lebens*« – und ich sah, wie Louisa Erik anhimmelte, und tanzte weiter, weil ich musste, und dann spürte ich eine Bewegung neben mir und sah Toni, die sich ebenfalls drehte, und ich war ihr einfach nur dankbar und dann war das Lied endlich zu Ende.

Unter dem hämischen Getuschel und spöttischen Applaus von Louisa und ihren Freundinnen stolperte ich danach von der Tanzfläche. Ich spürte den ungewohnten Alkohol, der durch meine Adern floss, spürte die Demütigung, die ich eben erfahren hatte, spürte die Wut, die darin mitschwang, und wollte in dem Moment einfach nur eines: mich an der blöden Kuh rächen.

»Du kannst also doch tanzen«, schmunzelte Erik, der mir folgte, als ich zu dem Typ mit dem Silbertablett marschierte und mir noch einen Tequila-Shot herunternahm. Ich sagte nichts darauf, sondern fixierte die blöd grinsende Louisa, die noch immer dort stand, wo Erik sie stehen gelassen hatte. Sie starrte ihn an wie eine Verhungernde ein Stück Brot und griff dabei, ohne hinzusehen, nach ihrem Getränk. (Irgendwann würde sie statt ihres Strawberry Daiquiri eine Flasche rotes Lampenöl erwischen und ausgegrinst haben.)

Louisa kippte ihren Cocktail hinunter und ich tat dasselbe mit meinem Tequila und dann erklangen die ersten Takte von »Time of my life« (*dem* Dirty Dancing-Hit schlechthin) und Louisas Augen leuchteten auf (ich konnte es bis hierher sehen). Hastig griff ich nach Eriks Arm.

»Ich weiß deine nächste Challensch«, nuschelte ich.

Er hob eine schwarze Augenbraue. »Ich höre?«

Einen Moment lang verlor ich den Faden, weil ich das Gefühl hatte, der Garten hätte sich zu drehen begonnen, aber dann fiel mir wieder Louisa ein und meine Rache an ihren fiesen Blicken, ihrem blöden Lachen und ihren Scheißvideoaufzeichnungen.

»Du gehst jetzt zu ihr rüber und fragst, ob sie mit dir tanzen will, und wenn sie Ja sagt, schubst du sie in den Pool«, murmelte ich.

»Ich tue was?«

»Du gehst jetzt zu Louisa und schubst die blöde Kuh in den Pool«, zischte ich ein zweites Mal.

»Einfach so?«

»Einfach so.« Ich nickte voller Überzeugung und musste kichern.

»Und das ist alles? Ich dachte schon, du würdest mich zwingen, die Dirty-Dancing-Hebefigur mit ihr nachzuspielen«, grinste Erik und setzte sich in Bewegung.

Ich stockte.

»Warte«, zischte ich und hielt ihn am T-Shirt fest. »In den Pool schubsen is' zu wenig, es muss schlimmer sein.«

Erik hatte recht, meine Rache entsprach ungefähr dem Niveau eines Kindergartenkindes. Was vielleicht daran lag, dass ich zu viel Alkohol intus hatte. Zum Glück hatte ich davor wenigstens etwas gegessen.

Er verschränkte die Arme vor der Brust und sah mich fragend an.

»Das war grad gar keine schlechte Idee von dir«, nuschelte ich langsam, während ein Plan in meinem Inneren Gestalt annahm.

Er runzelte die Stirn. »Was für ein Idee?«

»Pass auf«, murmelte ich, »*zuerst* spielst du die Dirty-Dancing-Szene mit ihr. Und *dann* schubst du sie in den Pool!« Ich lächelte triumphierend.

Erik blickte mich ungläubig an. »Die gesamte Szene mit Hebefigur und allem?«, fragte er nach.

»Ja.« Ich grinste. »Du hast den Film also doch gesehen … die gesamte Szene mit Hebefigur und allem. Und dann …«

»Schubse ich sie in den Pool, schon verstanden. Hör zu, Emi, das war doch nur ein Scherz.« Erik sah mich ernst an.

»Das is' deine Challenge.« Ich zuckte mit den Schultern. »Tanzen oder putzen – es liegt bei dir.«

Erik schüttelte den Kopf und fuhr sich durch die dunklen Haare. Dann blickte er mich nicht mehr an und ich hatte das Gefühl, dass er sauer war, als er mit forschen Schritten zu dem Typen an der Dockingstation ging. Ich setzte mich in einen der weißen Relax-Stühle, lehnte mich zufrieden zurück und beobachtete, wie Erik ein paar Worte mit dem Musikverantwortlichen wechselte und dann zu Louisa rüberging. Ihre blonden Haare fielen ihr in verspielten Wellen bis über den Rücken und das weiße Neckholderkleid ähnelte dem aus dem Film sogar ein kleines bisschen.

Gerade als der Dirty-Dancing-Song wieder von vorne begann, nahm Erik ihre Hand und zog sie in die Mitte der Tanzfläche. Abermals wurde es ringsum still, aber dieses Verstummen war anders als das vorhin. Hier ging es nicht darum, Louisa scheitern zu sehen. Die Leute fanden es einfach schön, ihr zuzusehen, und wer sie nicht bewunderte, der beneidete sie zumindest. (Ich war gespannt, ob sie sie immer noch beneiden würden, wenn sie erst triefend im Pool trieb.) Alle Augen waren auf die beiden gerichtet und ich sah zu, wie Erik sich hinter sie stellte, langsam Louisas Arm um seinen Hals legte und sanft mit den Fingerspitzen an ihrer Achselhöhle entlangfuhr.

Ich sah das verzückte Grinsen der Leute ringsherum, sah das verzückte Lachen von Louisa und plötzlich wurde mir schlecht.

Ich sah, wie Eriks Finger ihre Hand fanden, sah, wie sie ihn anstrahlte, ihn unablässig anstrahlte und sich drehte und strahlte und drehte und strahlte, als ob sie beide nie etwas anderes gemacht hätten, als die Scheißszene aus dem Scheißfilm nachzutanzen, was auch noch meine Scheißidee gewesen war.

Ich sah, wie sie die Hebefigur probierten, die natürlich nicht funktionierte, weil Louisa die ganze Zeit so viel lachte, dass er sie irgendwann einfach an seinem Körper herabsinken ließ.

Und erst da, in dieser atemlosen Stille, kapierte ich, was er gemeint hatte, als er sagte, »Hebefigur und allem«. Erst da kapierte ich, was *»und allem«* war.

Ich, die den Film ungefähr eine Million Mal gesehen hatte.

Fassungslos und auch irgendwie starr, sah ich zu, wie Erik Louisa an sich heranzog und unter dem Johlen der anderen küsste.

Und dann schubste er sie in den Pool.

Die anderen sprangen nach. Und alle lachten.

Bis auf mich.

KAPITEL 16

Irgendwann am nächsten Morgen wachte ich auf und fand mich zusammengekauert am Fußende des Bettes wieder. Die Eindrücke der letzten Nacht kreisten wie betrunkene Wespen durch meinen Kopf und versetzten mir ab und zu einen Stich. Ich dachte an die Party, an Louisa, an Erik, an Erik und Louisa, ich dachte an die blöde Challenge und den blöden Kuss, ich dachte an meine Heimfahrt mit dem Taxi inklusive der Kotzpause und daran, dass Wespen nach so vielen tiefen Stichen doch endlich sterben müssten – oder zumindest mal eine Pause machen.

Langsam öffnete ich die Augen und versuchte, mich an die Helligkeit, die durch die Fenster meines Zimmers drang, zu gewöhnen und den Geschmack in meinem Mund zu ignorieren. Alles in mir fühlte sich an, als wäre mein Körper auseinandergefallen und falsch wieder zusammengebaut worden. Ein Blick in den weißen Standspiegel zeigte, dass eigentlich alles richtig war. Aber das sah nur so aus.

Der Spiegel zeigte ein liegendes Mädchen mit Augenringen und zerronnener Schminke, das ihre Jeans noch anhatte, aber es zeigte nicht, dass bei diesem Mädchen heute alles am falschen Platz war.

Ich drehte mich auf den Rücken und starrte an die Decke.

Ich atmete ein und aus, fühlte das Heben und Senken meines Brustkorbs und betrachtete die Unebenheiten im Putz. Ich ließ meinen Blick über die reflektierenden Sonnenstrahlen und die Schatten an den Wänden schweifen, nur um meinen Gedanken nicht zuzuhören. Ich wollte nicht darüber nachdenken, ich wollte die Wespen nicht zustechen lassen, ich verhielt mich ganz ruhig und hoffte, dass sie ein anderes Opfer finden würden. Doch sie schwirrten um mich herum wie um süßeste Erdbeermarmelade.

Irgendwann rappelte ich mich auf, wälzte meinen Körper vom Bett, schlüpfte aus den Kleidern und versuchte, durch eine kalte Dusche und das Zähneputzen die Wespen zu vertreiben, aber sie blieben bei mir.

Von unten hörte ich Oliver mit Geschirr klappern, und da ich wusste, dass ich jetzt entweder essen oder das Gegenteil machen musste, ging ich die Treppe hinunter in die Küche und versuchte, nicht über meine eigenen Beine zu stolpern.

»Schon wach?«, fragte Oliver und hantierte mit einer Pfanne.

Ich brummte so etwas wie Ja und betrachtete Oliver, der frisch und munter wirkte wie immer. Nichts an ihm ließ eine durchzechte Nacht erkennen und ich hasste ihn dafür.

»Auch ein Spiegelei?«, fragte er übertrieben freundlich und wahrscheinlich hoffte er, dass ich mich bei dem Gedanken an das Spiegelei übergeben musste. Obwohl mir übel war wie in einem Boot auf offener See, nickte ich und lehnte mich gegen die Wand.

»War das ein Ja?«, fragte er und ließ die Pfanne laut gegen den Küchentisch knallen, sodass ich zusammenzuckte.

»Lass das«, sagte ich.

»Was denn?«

»Lass das«, wiederholte ich und fasste mir an meinen dröhnenden Kopf, in dem die Wespen herumschwirrten.

»Du weißt schon, dass es verboten ist, unter sechzehn Alkohol zu trinken?«, fragte Oliver und goss Öl in die Pfanne.

»Musst du so ein Arschloch sein?«

Oliver grinste. »Emi, Emi. Was bist du nur für eine Partymaus.«

Ich stand auf und steckte zwei Scheiben Toast in den Toaster. Mein Bruder schlug zwei Eier auf und ließ sie in die Pfanne fallen (Oliver würde nach seiner nächsten Party betrunken ein Spiegelei braten, aber währenddessen am Küchentisch einschlafen und an einer Kohlenmonoxidvergiftung sterben, während mein Vater und ich auf Mallorca im Urlaub wären, ohne Mara).

Der Geruch der brutzelnden Eier drang mir in die Nase und ich bekam leichten Hunger, was ein gutes Zeichen war.

Nachdem ich gegessen und Oliver beim Einräumen der Geschirrspülmaschine zugesehen hatte, ging ich wieder auf mein Zimmer und legte mich hin. Für Anna Karenina war ich zu fertig, weil ich mich aber ablenken und nicht an gestern denken wollte, blätterte ich ein wenig durch die Bücher meines Lesestapels. Ich hatte schon zwanzig Bücher besorgt, von denen ich jetzt insgesamt sieben gelesen hatte (vier davon bereits vor Charlies Idee mit der Liste: Harry Potter, Herr der Ringe, Der Graf von Monte Christo und Die Blechtrommel – die ersten beiden freiwillig, die andern beiden für die Schule). Auf dem Bett breitete ich meine Sammlung aus, ließ George Orwells »1984« neben Hermann Hesses »Siddharta« und

Siegfried Lenz' »Deutschstunde« liegen und widmete mich Paulo Coelhos »Veronika beschließt zu sterben«, weil ich mich Veronika heute verbunden fühlte. Ich begann zu lesen, und gerade als Veronika in die psychiatrische Klinik »Villete« eingewiesen wurde und ihr der Arzt erklärte, dass sie nur noch wenige Tage zu leben habe, trudelte eine WhatsApp von Charlie ein.

»Was machst du?«

»*Regeneration*«, schrieb ich zurück.

»So schlimm? Wie war es mit Erikowitsch?«

»*Unterirdisch*«, schrieb ich zurück, weil es das in der Summe ja auch war, denn in Wahrheit zählt nur das Ergebnis, in Wahrheit ist nicht der Weg das Ziel, sondern nur das verdammte Ziel das Ziel. Das schrie mir zumindest meine aktuelle Stimmung ins Gesicht, und weil ich nicht weiter über gestern nachdenken wollte, konzentrierte ich mich einfach darauf, dass ich noch sauer auf Charlie war. Auf Charlie, weil sie mich sitzengelassen hatte, um mit ihrem dämlichen Philip ein Seniorenwochenende zu verbringen. Ich wusste, dass das nicht fair war, aber fair war heute einfach nicht mein Ding.

»Hört sich ja übel an. Hast du schon eine neue Challenge erfunden?«

»*Nö*«, antwortete ich und wusste, dass ich mir bald etwas einfallen lassen musste.

»Wenn es dich aufmuntert, die goldene Hochzeit war der totale Fail. Einige Gäste haben sich wegen ihrer politischen Ansichten total in die Haare gekriegt und der Opa wollte mit seinem Stock den Onkel verprügeln und hat stattdessen Philip am Auge getroffen.«

»*Das ist dann wohl ins Auge gegangen*«, antwortete ich und lächelte. Charlie hatte recht. Es heiterte mich tatsächlich auf, zu wissen, dass ihr Wochenende nicht viel besser gelaufen war als meines.

»Zum Glück nicht so schlimm, wie wir erst dachten. Aber den Stress in der Notfallambulanz muss ich nicht noch mal haben«, schrieb Charlie.

»Sieht er jetzt aus wie ein Pirat? BTW: Lese gerade Veronika beschließt zu sterben«, antwortete ich.

»Was ist mit Anna?«

»Ist mir heute echt zu viel.«

»Ich weißowitsch jetzt garnitsch was du meinstitsch.«

Ich lächelte und legte meinen Kopf auf das Kissen, und während Charlie und ich herumchatteten, surrten die Wespen nur noch gedämpft durch meine Gedanken und irgendwann surrten sie so leise, dass ich einschlief.

Es war kurz nach fünf, als ich aufwachte und von unten drei Stimmen hörte. Die angenehme, beruhigende Stimme gehörte zu meinem Vater, die unbeirrbar fröhliche Stimme zu meinem Bruder und die total nervtötende zu Mara. Das einzig Gute am Aufwachen war, dass meine ehemals hämmernden Kopfschmerzen nicht mehr hämmerten, sondern nur noch leise pochten.

Ich rappelte mich auf und überlegte mir Strategien, wie ich dem heutigen Familienabend entkommen könnte.

Während ich noch über kreativen Ausreden brütete, klopfte es an der Tür, und nachdem ich »Du kannst reinkommen« gesagt hatte, steckte mein Vater den Kopf herein. Er hatte etwas Farbe bekommen und strahlte über das ganze Gesicht.

»Hi, Emi«, sagte er und setzte sich zu mir ans Bett. »Wie war dein Wochenende?«

»Ganz okay«, sagte ich, da ich keine Lust hatte, eine kostenlose Therapiestunde zu absolvieren, denn die war nie kostenlos. Der Blick in den Augen meines Vaters sagte mir, dass Oliver getratscht hatte.

»Wie, nur okay?«, hakte mein Vater nach.

»Was hat Oliver dir erzählt?«

»Er muss mir nichts erzählen, ich rieche es«, erwiderte er und rümpfte die Nase.

»Du riechst was, bitteschön? Beleidigst du mich gerade?«, fragte ich und versuchte, die Unterhaltung in eine unverfängliche Richtung zu lenken.

»Du hast getrunken.«

»Ja, Papa, man soll viel Flüssigkeit zu sich nehmen. Zwei Liter pro Tag.«

»Zwei Liter pro Tag?«, fragte mein Vater und seine Stimme klang nicht belustigt, sondern ernst.

Ich nickte, obwohl mir nicht gefiel, wohin das führte.

»Zwei Liter Alkohol?«, wiederholte er und zog eine Augenbraue hoch. »Mann, da hat sich seit meiner Kindheit aber einiges verändert.«

»Vielleicht hast du es auch nur vergessen«, antwortete ich und ließ mich zurück aufs Bett fallen.

Mein Vater atmete tief ein und überlegte anscheinend, welche Strategie er einschlagen sollte. Oft hatte er mir erklärt, dass sein Wissen über die Psyche der Menschen bei seinen eigenen Kindern nicht immer förderlich war.

»Emi, es gehört zum normalen Ablösungsprozess von den Eltern, dass Kinder auch einmal Grenzen überschreiten. Aber nicht jede Grenze muss überschritten werden, verstehst du?«

»In welches Land darf ich dann noch fahren?«, fragte ich.

Das war zugegebenermaßen etwas kindisch, aber ich hasste es, wenn mein Vater mich in Therapeutensprech zutextete.

»Emi«, sagte mein Vater bestimmt und strich mir über das Haar. »Alkohol kann gefährlich werden. Du hast ausprobiert wie es ist, zu viel zu trinken, und ich hoffe, dass du jetzt einen anständigen Kater hast.«

»Das ist gemein.«

»Nein, es ist die Konsequenz deines Verhaltens. Ich gehe davon aus, dass du nicht so schnell wieder Lust hast, etwas zu trinken. Und falls doch, sprich bitte vorher mit mir. Ich habe schon einige Süchtige betreut.«

»Sehr witzig.«

»Die Anonymen Alkoholiker treffen sich nicht weit von hier und wenn du möchtest, begleite ich dich gerne zu einem Treffen.«

»Okay«, sagte ich gedehnt, »keine Sorge. Ich habe deine Botschaft verstanden.«

»Dann ist es ja gut«, sagte mein Vater und drückte mir einen Kuss auf die Stirn. »Kommst du jetzt runter zu uns? Mara macht spanische Tortilla, sie ist bald fertig. Das wird dir sicher schmecken.«

»Und dir? Da ist doch kein Fleisch drin«, murmelte ich und richtete mich auf.

»Ich bin flexibel«, sagte mein Vater und lachte. Dann stand er auf. »In zehn Minuten gibt es Essen, kommst du dann?«

Ich nickte, und als er die Tür schloss, stand ich auf und öffnete das Fenster. Mein Vater hatte glücklich ausgesehen, aber ich hatte keine Lust, unten einen auf glückliche Familie zu machen. Außerdem musste ich mir für Erik noch eine Challenge überlegen, und bei dem Gedanken an ihn surrten die

Wespen wieder in meinem Kopf und ich sah ihn vor mir, wie er Louisa gestern geküsst hatte. Der Kuss, warum dachte ich immer an diesen verdammten Kuss, warum dachte ich nicht an etwas anderes, warum dachte ich nicht endlich an die verdammte Challenge.

Es klopfte an der Tür.

»Ja?«, fragte ich, weil es nicht das starke Klopfen meines Vaters war, auch nicht das optimistische meines Bruders, nein, dieses Klopfen war anders. Es war leiser, es versuchte, empathisch zu sein, und es war eines, das ich nicht hören wollte.

Mara öffnete die Tür. »Hallo, Emi, Essen ist fertig.«

Ich nickte nur.

Sie strich sich eine rotblonde gelockte Strähne hinters Ohr und betrat mit einem scheuen Lächeln mein Zimmer, natürlich ohne zu fragen. Genauso wenig hatte sie gefragt, ob sie meine Familie und mein Leben betreten durfte, sie war einfach hineingestiegen. Die rücksichtsvolle, total positive, harmoniesüchtige Mara muss schließlich nicht fragen.

»Schön hast du es hier«, sagte sie leise und sah sich mit einer Mischung aus Zurückhaltung und Neugier bei mir um.

Ich verbiss mir den boshaften Kommentar, dass mir mein Zimmer besser gefallen hatte, als sie noch nicht in ihrem farbenfrohen Jumpsuit darin gestanden hatte, und sah sie einfach nur abwartend an.

Mara knetete ihre Finger. »Ich wollte mit dir sprechen, wegen dem, was du … was du vor unserem Flug nach Mallorca zu mir gesagt hast.«

Ich weiß nicht, was mit meinem Gesicht passierte, aber es schien Mara ein deutliches Signal zu senden, denn sie hob ihre feingliedrige Hand und schüttelte rasch den Kopf.

»Bitte Emi, du musst gar nichts dazu sagen, wenn du nicht willst. Ich habe auch nicht mit Eddi darüber gesprochen, obwohl wir sonst eigentlich über alles reden.« Sie senkte den Blick auf ihre Hände und ich hatte das Gefühl, wenn sie mir jetzt noch mehr über das perfekte Beziehungsglück mit meinem Vater erzählte, würde ich mich schreiend aus dem Fenster stürzen müssen.

»Ich wollte dir nur sagen: Wenn du mit mir reden möchtest, egal wann, egal worüber – ich bin jederzeit für dich da.« Sie lächelte noch einmal, und als Oliver rief, dass er Hunger hätte, war ich froh, dass ich schnell nach unten gehen konnte.

Die Tortilla schmeckte langweilig, und während mein Vater Mara lobte und Mara sich selbst lobte, indem sie bei jedem Bissen genießerisch die Augen schloss, versuchte ich, nicht zu schlecht gelaunt zu wirken. Was schwer war, denn Maras Versuch, einen auf Freundin zu machen, war total daneben. Dieses ganze Heile-Familie-Spiel hier war so was von inszeniert. Und Oliver spielte natürlich mit. Als Papa und Mara von Mallorca schwärmten, ließ er sich alles lang und breit erzählen und stellte interessierte Fragen.

»Und was wollen wir heute machen?«, fragte mein Vater und klatschte in die Hände, als wir den Tisch abräumten.

»Wir könnten wieder etwas spielen, das war doch lustig, oder?«, fragte Mara. »Ich bringe nur schnell meine Sachen nach oben und dann bin ich zu allem bereit«, fügte sie lachend hinzu. Mir war klar, dass sie zu allem bereit war.

»Welche Sachen?«, fragte ich, während Oliver sich auf die Couch setzte.

»Da Mara jetzt öfter bei uns sein wird, ist es nur logisch,

dass sie auch ein paar ihrer Sachen bei uns deponie–«, begann mein Vater, doch Mara unterbrach ihn.

»Lass mich das erklären, Eddi«, sagte sie rasch und lächelte, so wie sie immer lächelte, denn diese Frau konnte nur lächeln, ihr ganzes beschissenes Leben bestand aus einem einzigen, riesengroßen Lächeln. »Ich weiß, es kommt vielleicht etwas überraschend, aber euer Vater hat mir eine Schublade bei sich angeboten. Und er hat mir auch einen Hausschlüssel gegeben.« Sie warf ihm einen kurzen, verliebten Blick zu und griff nach seiner Hand. »Ich werde natürlich nicht bei euch einziehen, keine Sorge, aber es ist praktischer so. Auf die Art können wir auch mehr Zeit miteinander verbringen und spontan Ausflüge machen, wenn wir darauf Lust haben, weil ich nicht immer erst nach Hause fahren muss und auch mal hier übernachten kann. Es hat für alle nur Vorteile.« Mara strahlte ihn an und ich konnte nicht glauben, was sie da sagte. Glaubte sie das etwa selbst?

»Du hast ihr einen Schlüssel gegeben? Also echt jetzt?«, fragte ich meinen Vater.

Er nickte. »Wie Mara schon erklärte, es ist praktischer so, Emi. Für uns alle.«

»Das heißt, sie kann jetzt jederzeit bei uns reinplatzen?«, fragte ich, obwohl ich die Antwort schon kannte und erst dann sickerte das wahrhaft Schlimme zu mir durch. »Wie soll das denn bitte praktischer für mich sein? Für dich ist es angenehmer so, nur für dich!«, fuhr ich ihn an.

Die hässlichen Bilder schoben sich in meinen Kopf und ich sah Mara im Badezimmer, ich sah Mara am Frühstückstisch, ich sah sie unangekündigt zur Tür hereinkommen, während ich in Ruhe »How I Met Your Mother« gucken wollte, und ich sah sie in der Küche ihre blöden Dinkelspaghettis aufsetzen.

»Emi, bitte achte auf deinen Ton«, sagte mein Vater ruhig.

»Eddi, es ist schon gut«, Mara legte ihm die zarten Finger auf den Arm. »Emi soll ihre Gefühle aussprechen können.«

»Natürlich kann Emi ihre Gefühle aussprechen«, fauchte ich, »Emi wohnt nämlich hier, das hier ist nämlich Emis Zuhause und nicht deines.«

»Emi«, tadelte mich mein Vater, anstatt zu mir zu stehen und machte mich damit nur noch wütender. Ich wusste, dass keiner das, was gleich rauskommen würde, hören wollte, aber es war mir egal. In diesem Haus, in dem über alles gesprochen wurde, musste endlich mal auch das besprochen werden, was unangenehm, unhöflich und unzensiert war.

»Ich bin bisher gut ohne dich zurechtgekommen«, platzte es aus mir heraus und ich merkte, wie ich immer lauter wurde. »Wenn Papa meint, dass er es nicht ohne dich aushält, ist das seine Sache. Aber ich brauche keine neue Mutter oder eine neue Freundin, oder eine, die für mich das Wort ergreift«, hörte ich meine Stimme zischen. Und dann hörte ich nur noch das Trampeln meiner Füße auf der Treppe, das Knallen meiner Zimmertür, die ins Schloss fiel und das leise Schluchzen, als ich mich aufs Bett warf und ganz alleine war.

KAPITEL 17

Den Tag darauf fühlte ich mich schlecht. Nicht, weil ich Mara gesagt hatte, was ich dachte, sondern weil ich mir auf Louisas Party anscheinend einen Grippevirus eingefangen hatte. Schon am Sonntagabend, als mein Vater mir ins Zimmer gefolgt war, um über die Situation und mein Verhalten zu sprechen, fühlte ich eine Hitze in meinem Körper, die nichts mehr mit Mara zu tun hatte. Ich weiß nicht, ob mein Vater meinen Gefühlsausbruch meiner Grippe zusprach, aber er analysierte weniger als sonst und hielt einen gewissen Gefühlsabstand ein (vielleicht wollte er sich nicht bei mir anstecken, weder mit der Grippe noch mit meinen Gefühlen).

Da mein Vater zu irgendeinem Kongress der Deutschen Gesellschaft für Psychologie musste und mir strikte Bettruhe verordnete, machte es sich Kinderärztin Mara in seiner Abwesenheit zur Aufgabe, ab und zu nach mir zu sehen (es hätte mich nicht gewundert, wenn sie in der Nacht mit einem Spiegel über mir gestanden wäre, um zu kontrollieren, ob ich noch atmete).

Obwohl ich mit heiserer Stimme gegen Maras Besuche protestiert hatte, bestand mein Vater hartnäckig auf ihre Betreuung, was in meinem fiebrigen Kopf mehrere unerfreuliche Schlüsse zuließ:

1. Er wollte mich für meinen Gefühlsausbruch am Sonntag bestrafen.
2. Er demonstrierte seine Macht über mich sowie meine niedere Stellung im Familiengefüge, indem er mich in eine Situation zwang, die ich nicht ausstehen konnte.
3. Er betrachtete das Zusammenführen als eine Art sadistisches Experiment, hatte überall Kameras installiert und würde darüber auf dem Kongress referieren.
4. Er sah meine geschwächte Position und Maras Fürsorge als eine Möglichkeit, uns einander näherzubringen.

Im Grunde trafen wahrscheinlich alle Annahmen zu, und so lag ich nun in meinem Bett, das von benutzten Taschentüchern bevölkert war, und fühlte mich elend. Im Fieberwahn hatte ich einen irren Traum, in dem Erik und Louisa die Hauptrolle spielten.

Mara kam vor und nach der Arbeit vorbei und versuchte, stets leise zu sein. Sie bewegte sich durchs Haus wie ein bunter Schatten und ich konnte diese bemühte Geräuschlosigkeit nur schwer ertragen. Viel lieber hätte ich sie toben sehen, viel lieber hätte ich eine echte Emotion aus ihr herausgekitzelt, aber dieses beschissen positive Denken mochte ich nicht. Ab und an steckte sie ihren Kopf durch die Tür, fragte mich leise, ob ich etwas brauchte, ich verneinte oder tat so, als ob ich schliefe. Und obwohl ich nichts wollte, stellte sie jedes Mal einen Tee in meine Nähe, wodurch ich mir noch mehr vorkam wie einer von den griesgrämigen Kranken, die keiner leiden konnte. Dafür konnte ich sie noch weniger leiden.

Und während Mara sich lautlos bewegte, machte Oliver einen großen Bogen um mich, weil er um seine Gesundheit besorgt war. Er trainierte für seinen bescheuerten Triathlon und konnte sich so einen Ausfall nicht leisten. (Er würde beim Elbe-Triathlon mit dem Fahrrad stürzen, ein nachkommender Teilnehmer würde über ihn brettern und ihm das Genick brechen.)

Ich lag hilflos in meinem Bett, schwitzte unter der dicken Decke und bekam keine Luft, weil meine Nase verstopft war. Dienstagabend klopfte es wieder an meiner Tür.

»Kann ich dir noch etwas bringen?«, fragte Mara leise.

Ich stellte mich schlafend und hörte, wie sie mein Zimmer betrat, meine Taschentücher vom Boden aufhob und einen Tee auf meine Kommode stellte. Hoffentlich kam sie jetzt nicht auf die Idee, mir über die Haare zu streichen oder mir die Bettdecke höher zu ziehen, dachte ich, als der bunte Schatten wieder verschwand.

Das Pling einer WhatsApp ertönte.

»Na, du Kranke, wie geht's? Noch immer Fieber?«, meldete sich Charlie.

»Achtunddreißig Grad«, schrieb ich zurück und merkte, wie mein Kopf bei jeder noch so kleinen Bewegung zu dröhnen begann.

Es machte wieder Pling. Diesmal war die WhatsApp aber nicht von Charlie, sie war von Erik und brachte mein Herz aus dem Rhythmus.

»Challenge?«, schrieb er nur. Ich hatte tatsächlich vergessen, ihm zu schreiben. Schniefend antwortete ich ihm, ließ mir aber ein wenig Zeit, um keinesfalls sehnsüchtig zu wirken.

»Krank. Auszeit«, tippte ich nach fünfzehn Minuten, weil ich meine Kräfte sparen wollte und seinen Telegrammstil auch draufhatte. Währenddessen chattete ich noch kurz mit Char-

lie, die mir von ihrem Streit mit Philip berichtete, der mich heute nicht besonders interessierte.

Wieder machte es Pling. *»Todkrank?«*

Ich schüttelte instinktiv den Kopf und bereute es im nächsten Moment gleich wieder. Erik war entweder fasziniert von der Möglichkeit, dass ich sterben könnte, oder er hatte Angst, dass er im Falle meines Todes den Putzdienst übernehmen musste.

»Ja«, schrieb ich zurück.

1 Minute später. *»Ansteckend?«*

2 Minuten später. *»Ja«*

1 Minute später. *»Willst du nicht doch in die Schule kommen?«*

Ich lächelte. *»Um die anderen anzustecken?«*, fragte ich.

»Genau«, antwortete er eine Minute später.

»Ich überlegs mir«, schrieb ich zurück und als er nicht antwortete, fühlte sich das irgendwie nicht gut an.

Am nächsten Morgen schlief ich bis zehn. Meine Bettwäsche war durchgeschwitzt, aber ich war zu schlapp, um sie zu wechseln, und Mara um Hilfe zu bitten, kam nicht infrage (sie musste am Morgen hier gewesen sein, da meine Papiertaschentücher, die auf dem Boden ein bizarres Kunstwerk geformt hatten, nun fehlten und stattdessen eine Kanne Tee auf der Kommode stand).

Gegen Mittag chattete ich kurz mit Toni, die durch ihre unerwartete Unterstützung bei meiner Icebreaker-Challenge wieder Pluspunkte gesammelt hatte, und schleppte mich dann hinunter in die Küche. Ich fand einen Topf mit Suppe, den Mara vorbeigebracht hatte. Nachdem ich mir eine Portion genommen hatte, schlurfte ich wieder hinauf in mein Zimmer und sah im Spiegel das, was die Grippe von mir übriggelassen hatte. Ich sah aus wie eine von diesen Hartz-IV-Empfängerinnen aus der Fernsehsendung, die Besuch von der Sozialarbeiterin bekamen. Meine Haare hingen mir in fettigen Strähnen ins Gesicht, meine Nase war rot und mein Jogginganzug durchgeschwitzt. Kurz überlegte ich, ob ich duschen gehen sollte, entschied mich dann aber doch wieder fürs Bett. Ich aß die Suppe, die besser schmeckte als erwartet, und blätterte in meinem schwarzen Buch, bis ich kurz darauf einschlief.

Ein Dauerklingeln an der Eingangstür riss mich aus einem wirren Traum. Ich fluchte und verteufelte Oliver, der entweder seinen Schlüssel vergessen oder ihn wieder einmal verloren hatte. Da das Klingeln nicht aufhörte und ich wusste, dass ich ihm irgendwann aufmachen musste, hievte ich mich aus meinem Bett und schleppte mich abermals die Treppe hinunter.

Als ich die Tür öffnete, war mein krankes Ich für einen Moment sprachlos. Vor mir stand nicht Oliver, sondern Erik.

»Du?«, fragte ich überrascht.

»Du siehst scheiße aus«, sagte Erik, der im Gegensatz zu mir echt gut aussah. Er trug schwarze Klamotten und ein paar unfettige Haarsträhnen hingen ihm ins Gesicht, während er meinen Aufzug musterte.

»Ich weiß«, sagte ich und hätte im Boden versinken können. Warum war ich nicht duschen gegangen? Und wonach roch ich? Nach Krankheit, Schweiß und Scham?

»Aussehen wird überschätzt«, ergänzte ich so lässig wie möglich. »Was willst du?«

»Sehen, ob du schon tot bist«, sagte Erik nüchtern.

»Bin ich nicht.«

»Siehst aber aus wie knapp davor.«

»Und?«

»Ich hab dir die Hausaufgaben mitgebracht«, erklärte er und deutete auf seinen Rucksack.

»Die Hausaufgaben?«, fragte ich dämlich und runzelte die Stirn. Warum brachte mir Erik die Hausaufgaben? »Meinst du damit die Schulhausaufgaben oder die Challenge?«

»Natürlich die Challenge.«

Ich sah ihn irritiert an.

»Blödsinn, die Hausaufgaben. Irgendeiner muss es ja tun, nachdem du keine Freunde hast. Vielleicht lässt du mich erst mal rein, kleines Zugeständnis an die Höflichkeit?« Erik drängte sich an mir vorbei. »Wo ist dein Zimmer?«

»Ich könnte dich anstecken«, sagte ich und war noch immer platt, dass Erik zu mir nach Hause gekommen war.

»Keine Sorge, wir knutschen nicht. Nicht wenn du so aussiehst«, sagte er und grinste.

Mein Herz zitterte und ich zeigte nach oben. »Die Treppe rauf.«

Mit schwungvollen Schritten ging er nach oben und ich folgte ihm. Während er mir den Rücken zuwandte, band ich meine Haare zu einem Knoten zusammen und kontrollierte meinen Atem. In meinem Zimmer angekommen, schnappte ich mir unauffällig ein Minzbonbon und öffnete das Fenster.

Erik legte seinen Rucksack auf meinen Schreibtisch und packte ein paar Zettel aus. »Die Hausaufgaben.«

»Danke«, sagte ich, weil ich nicht wusste, was ich sonst sagen sollte.

»Nettes Zimmer«, sagte Erik.

»Was genau machst du eigentlich hier?«, fragte ich, weil ich einfach nicht verstand, warum er hier war.

»Ich wollte nur sehen, ob du dich vor der nächsten Challenge drückst.«

»Und?«, fragte ich, »wie sieht es für dich aus?«

Erik presste die Lippen aufeinander. »Ich bin mir noch nicht sicher.«

»Du bist dir noch nicht sicher?«, fragte ich ungläubig. »Vielleicht hast du das hier auch nur inszeniert.«

»Ich hätte wissen müssen, dass du es durchschaust«, sagte ich und setzte mich aufs Bett. »Dabei hat es echt lang gedauert, diesen Look herzustellen.«

Erik lehnte sich an meinen Schreibtisch. »Dein schwarzes Buch?«, fragte er und deutete neben mich. Ich nickte.

»Kann ich mal sehen?«

Ich überlegte für einen Moment, sah Erik in die Augen und suchte nach Ironie oder Spott, fand aber nichts davon, eher Interesse. Zögernd hielt ich ihm das Buch entgegen und versuchte zu vergessen, wie ich gerade aussah.

Erik schlug die erste Seite auf. »Der erste Eintrag? Eine Frau, die auf ihrer Schildkröte ausrutscht und dann im Aquarium ertrinkt?«

»Das war meine Nachbarin«, sagte ich und zog die Knie an meinen Körper.

»Dein Ernst?« Erik sah mich an, und ich genoss den Anflug von Anerkennung, der in seinem Blick lag.

»Sie hatte einen ganzen Zoo an Reptilien. Ich dachte immer, dass eine ihrer Schlangen sie eines Tages umbringen würde.«

Erik lächelte, und die Art wie er lächelte, ließ mich einfach weiterreden. »Stattdessen hat eine davon mich gebissen.«

»Echt jetzt?«

»Ja, mein Vater ist total ausgeflippt. Die Schlange ist irgendwie aus ihrem Terrarium ausgebüxt und unterm Zaun durchgekrochen. Ich war gerade im Garten, da hat sie mich an der Wade erwischt. Ich wurde anscheinend kreidebleich und mein Vater bekam totale Angst und hat gleich den Krankenwagen gerufen.«

»Wie hat sich das angefühlt?«

Ich zog die Knie noch fester an mich heran. »Mein Vater war so hysterisch, dass ich für einen Augenblick wirklich dachte, ich müsste sterben.« Ich machte eine kurze Pause. »Seitdem habe ich total Schiss vor Schlangen und ich weiß nur noch, wie Papa mich panisch ansah und hektisch durch die Gegend lief, um die Schlange einzufangen, während mir schwarz vor Augen wurde.«

Ich dachte an den Moment zurück, als ich durch den Klang der Sirenen wieder zu mir gekommen war. Das Gras kitzelte mich an den Ohren und alles um mich herum war ganz leise geworden. Als Erstes sah ich das Gesicht meines Vaters, gefolgt von dem Gesicht des Notarztes, und dann wurde ich auf eine Trage gelegt, genau in dem Moment, als die Nachbarin nach Hause kam und die Schlange als unechte Korallenotter identifizierte (die der giftigen Korallenotter verdammt ähnlich sah, aber nicht giftig war). Ich weiß noch, wie die Rettungsleute meinen Vater beruhigen mussten.

»Und die Nachbarin?«, fragte Erik.

Ich lächelte. »Die hatte dann einen irren Streit mit meinem Vater, der sich gar nicht mehr einkriegte, weil sie diese Schlangen überhaupt hielt und sie noch dazu aus dem Terrarium hatte entkommen lassen und sich zu allem Überfluss nicht mal entschuldigte, denn schließlich sei die Schlange ja nicht giftig gewesen. Wenig später war die Nachbarin tot.«

»Mit deinem Vater legt man sich also besser nicht an«, sagte Erik trocken.

»Mit deinem aber auch nicht«, erwiderte ich schnell und ohne nachzudenken, und dann lachte Erik.

»Das traust dich auch nur du«, sagte er und es klang fast nach einem Kompliment. Er blätterte weiter in meinem schwarzen Buch. »Interessante Zitate. ›*Wenigstens im Sterben sind wir alle gleich.*‹ Von wem ist das?«

»Von mir«, sagte ich leise und senkte den Blick auf meine Hände.

»Wenn du jetzt ›Schiller‹ gesagt hättest, hätte ich es dir auch geglaubt.«

»Von Schiller hab ich auch eines: ›*Das Leben ist nur ein Moment, der Tod ist auch nur einer.*‹«

»Deines gefällt mir besser«, sagte Erik und blätterte weiter. »In der Klärgrube ertrunken? Was für ein beschissener Tod«, kommentierte er.

»Der mit dem Schlangenbiss ist auch nicht schlecht«, sagte ich.

»Noch einer?«

Ich nickte. »Ja, ziemlich am Anfang.«

Erik blätterte und begann dann laut vorzulesen: *»Das Drama geschah in der südchinesischen Provinz Guandong: Peng Fen, Küchenchef eines Restaurants in der Stadt Foshan, wollte eine Schlangensuppe zubereiten, die in Teilen Asiens als Spezialität gilt. Obwohl er die Speikobra schon 20 Minuten vorher mit einer Schere* *enthauptet hatte, biss ihr Kopf zu und bohrte ihre Giftzähne in die Hand des Mannes, als er diesen in den Abfall werfen wollte. Der Koch starb, bevor ihm das lebensrettende Gegengift injiziert werden konnte.*« Erik machte eine kurze Pause »Dramatisch. Da hattest du ja noch Glück.«

»Ich wollte die Schlange auch nicht essen.«

»Ausgleichende Gerechtigkeit also?«, fragte Erik und sah mich an.

»Vielleicht.«

»Also besser keine Tiere essen«, sagte Erik mit einer Selbstverständlichkeit, die mich hellhörig werden ließ.

»Du bist Vegetarier?«

»Yep.« Erik betrachtete mich. »Überrascht?«

Ich zuckte mit den Schultern. »Irgendwie schon. Ich dachte mehr, dass du der Typ Scheiß-auf-die-Welt bist.«

Eriks Mundwinkel zuckte. »Ich bin auch der Typ Scheiß-auf-die-Welt, aber ich bin genauso der Typ Ich-esse-nichts-was-sich-bewegt. Ich bin eben vielfältig und kreativ – und du kommst in den Genuss von ein paar meiner großartigen Ideen. Du musst zugeben, die Kaugummidoku war grandios.«

»Ha, ha«, sagte ich und schob mir ein Kissen unter den Rücken. »Meine Dirty-Dancing-Challenge war auch nicht schlecht.«

»Das«, sagte Erik und versetzte mir damit einen Stich, »hat mich ganz schön in was reingeritten.«

»Inwiefern?«, fragte ich so unbeteiligt wie möglich. Erik rieb sich den Nacken. »Seitdem hab ich Louisa am Hals.«

»Sie stalkt dich?«

»Sie glaubt, es läuft was zwischen uns.«

»Und?«

»Und was? Ob was läuft?«, fragte Erik und seine Augen verengten sich.

»Nein, ich meinte, wie sie dich stalkt«, sagte ich schnell.

»Sie kontaktiert mich auf Facebook, hängt ständig in meiner Nähe rum und fragt nach meiner Nummer.«

In dem Moment klopfte es an der Tür und ich zuckte zusammen. Oliver steckte seinen Kopf durch den Türrahmen (näher wagte er sich nicht heran, wahrscheinlich quälte ihn jetzt schon die Sorge, angesteckt zu werden und seinen Triathlon zu verpassen).

»Oh. Du hast Besuch«, sagte er sichtlich überrascht, und am liebsten hätte ich ihm einen Tritt verpasst. Jetzt war ich nicht nur die hässliche Kranke, jetzt war ich auch noch die Bekommt-nie-Jungs-Besuch-Kranke.

»Hey, Oliver«, sagte Erik.

»Hi, Erik«, sagte Oliver.

»So, ich muss los«, sagte Erik und lächelte mich noch kurz an. »Tschüss, Emi.« Dann verschwand er auch schon nach draußen.

»Tschüss«, sagte ich und funkelte Oliver an.

»Was? Habe ich euch etwa gestört? Also, so wie du aussiehst, habe ich euch sicher bei nichts gestört«, meinte Oliver.

»Was willst du?«, fragte ich schroff.

»Mara hat angerufen, sie schafft es heute nicht mehr. Sie hat mich gebeten, nach dir zu sehen.«

»Das hast du ja jetzt getan.«

»Genau«, grinste Oliver und schloss die Tür, und ich ließ mich auf mein Bett fallen. Ich atmete ein und aus, während die Gedanken in meinem Kopf kreisten und irgendetwas in mir flatterte, aber es waren keine Wespen mehr.

Nach einer kurzen Dusche und einem Toast fühlte ich mich gleich viel besser. Ich lag im Bett und blätterte durch den Stoß an Hausaufgaben, die Erik mir mitgebracht hatte. Aber es waren nicht nur die Blätter aus der Schule – offenbar waren ihm ein paar Seiten aus dem Lokal-Anzeiger dazwischengeraten. Aus Langeweile blätterte ich sie durch und auf der letzten Seite stach mir eine Todesanzeige ins Auge, denn sie war groß.

Nach langer, schwerer Krankheit ist unsere

Emi

verstorben.

Ein dramatischer Schnupfen hat ihr die letzte kreative Kraft geraubt und sie dahinsiechen lassen.

Wir trauern um sie und ihre Taschentücher.

Ich las die Anzeige mehrere Male, bis ich begriff. Erik, natürlich. Wie hatte er das in der kurzen Zeit hinbekommen? Das war schon ein ganz schöner Aufwand. Lächelnd strich ich über die Todesanzeige und spürte ein glückliches Gefühl in meinem Bauch. Irgendwann, als mir vom Grinsen schon die Wangen wehtaten, schnitt ich die Anzeige aus, um sie in mein schwarzes Buch zu kleben. Dann setzte ich mich an den Computer und tippte meine Antwort:

Wir verabschieden uns von

Erik,

der von der verrückten YouTuberin Louisa zu Tode gestalkt wurde. Die psychisch labile Teenagerin vergiftete Eriks Tofu-Sandwich, nachdem ihre Briefbombe nicht bei ihm angekommen war. Wir gedenken auch der bemitleidenswerten Täterin, die im Anschluss von ihrer eigenen Briefbombe zerfetzt wurde, weil die Sendung aufgrund eines Zahlendrehers zurück an die Empfängerin ging.

Ich druckte die Anzeige aus und klebte sie auch in mein Buch. Zufrieden schlief ich ein, während meine Gedanken immer wieder zu Erik tanzten, und ich fühlte, wie meine Nase gleich viel weniger verstopft war.

Am nächsten Morgen war ich noch nicht fit, aber es ging mir schon viel besser. Das Fieber war weg und mein Körper fühlte sich wieder an, als würde er zu mir gehören. Ich ging unter die Dusche, schlüpfte in neue Klamotten, überzog mein Bett frisch und ließ Licht und Luft in mein Zimmer. Ich las wieder ein wenig Anna und machte mir ein kleines Frühstück mit Marmeladentoast und Obstsalat, das mir ausgezeichnet schmeckte. Danach telefonierte ich mit meinem Vater, der heute Abend endlich wieder nach Hause kam. Später schlief ich zu ein paar Folgen »Big Bang Theory« auf dem Sofa ein. Der bunte Schatten kam in der Mittagspause vorbei, um mir etwas zum Essen vorbeizubringen, und obwohl ich wieder so tat, als würde ich schlafen, war ich froh, mir nicht selbst etwas kochen zu müssen.

Am Freitag ging ich wieder in die Schule. Toni war ganz aufgeregt, weil ich wieder da war, und nahm mich sofort in Beschlag. Ich erzählte ihr nichts von Eriks Besuch, und Erik flüsterte mir nur einmal kurz zu, dass er für die gesunde Emi eine ganz besondere Challenge parat hatte. Und obwohl ich mir vielleicht Sorgen hätte machen müssen, war ich fast ein bisschen gespannt auf seine nächste Idee. In meinem Kopf war gerade kein Platz für Sorgen, ich war schon fast beängstigend gut gelaunt. Bis Mara Oliver und mich am Nachmittag spontan überfiel. Wir sollten mit ihr die Geburtstagsparty für meinen Vater vorbereiten und diesmal konnte ich mich leider nicht schlafend stellen.

»Da wären wir«, sagte sie und parkte ihren Fiat vor einem alt aussehenden Geschäft, in dessen Auslage staubige Modepuppen in diversen Verkleidungen zu sehen waren.

Ich schnallte mich ab. »Ein Kostümladen. Ist das dein Ernst?«

»Ja. Los, gehen wir rein«, sagte sie, lächelte kurz und stieg aus dem Wagen. Widerwillig öffnete ich die Tür. Mara war schon fast im Laden, und obwohl ich der Kostümierungspartyidee nichts abgewinnen konnte, fand ich ihre Art, nicht stundenlang über alles reden zu wollen, auch mal ganz angenehm. (Unseren Streit beispielsweise hatte sie seit meiner Genesung mit keiner Silbe erwähnt, und ich hoffte, dass das auch so blieb.)

»Cooler Laden«, sagte Oliver und betrachtete ein Darth-Vader-Kostüm im Schaufenster.

»Passt nicht zu deinem Gemüt«, sagte ich.

»Ja, aber zu deinem«, lachte Oliver, »du erinnerst dich, die dunkle Seite der Macht ist deine.«

Ich verdrehte die Augen und betrat hinter Mara und Oliver das Geschäft, in dem es nach Theaterschminke roch. Ein Empfangskomitee aus Hobbits, Elfen, diversen Märchenfiguren und ein paar Krankenschwestern starrte uns aus leeren Augen an, rund zehn Schaufensterpuppen standen in dem großen Raum.

Die Wände waren mit bunten Perücken, Masken, Hüten und Klamotten dekoriert.

Wir hörten schlurfende Schritte, der orangefarbene Vorhang in der Ecke wurde beiseitegeschoben und eine ältere Frau mit einem grauen Dutt kam auf uns zu.

»Kann ich Ihnen helfen?« Sie trug ein langes rosa Kleid mit Blumenapplikationen und hinkte ein wenig, als hätte sie ein Holzbein. (Ich nahm nicht an, dass sie verkleidet war, aber wenn doch, tippte ich auf eine Mischung aus Prinzessin Lillifee und Piratenbraut.)

Mara nickte und sah sich mit ihren großen blauen Augen um wie ein Kind, das soeben einen Spielzeugladen entdeckt hatte. »Wir suchen ein paar Kostüme für eine Motto-Party, das Thema lautet Cowboys«, erklärte sie.

»Nicht dein Ernst«, murmelte ich. Mara tat, als hätte sie nichts gehört.

»Cowboys haben wir in Regal siebenundfünfzig.« Die Verkäuferin drehte sich um und winkte uns. »Folgen Sie mir.«

Sie führte uns an dem Vorhang vorbei in ein Hinterzimmer,

das noch einmal doppelt so groß war wie der Raum davor und in dem sich die Kostüme und Accessoires nur so stapelten. Die vollgestopften Regale reichten bis an die Decke. Die Verkäuferin ging auf ein Regal am Ende des Zimmers zu (irgendwann würde eines dieser Dinger umfallen und sie erschlagen. Erst Tage später würde sie entdeckt werden – begraben unter Piratenkostümen.)

»Wir haben hier Rodeocowboys, Kopfgeldjägercowboys, Sheriffs, Zombiecowboys«, ratterte sie herunter und deutete auf einen Kleiderständer voller Kostüme, »Geisterstadtcowboys, einfache Cowgirls, Westernbordellmädchen und jede Menge Zubehör. Revolver, Hüte, Pistolen …«

Und während sie uns wie eine automatische Telefondienstanlage die verschiedenen Möglichkeiten aufzählte, überlegte ich, was wohl der genaue Unterschied zwischen einem Zombiecowboy und einem Geisterstadtcowboy war und ob sich Mara eher als einfaches Cowgirl oder doch eher als Westernbordellmädchen sah.

»Ich finde, du bist ein Geisterstadtcowboy«, flüsterte Oliver und setzte sich grinsend einen Cowboyhut auf. Ich schenkte ihm ein freudloses Lächeln.

»Sehen Sie sich ruhig ein wenig um«, sagte die alte Verkäuferin, »ich bin dann vorne, wenn Sie etwas brauchen. »Wir haben übrigens auch Schnurrbärte, die liegen da drüben«, meinte sie und deutete auf ein Tischchen, das etwas seitlich stand und eine Auswahl an Vollbärten, Schnurrbärten und Schnauzern bot.

Als die alte Dame hinter dem Vorhang verschwunden war, klatschte Mara in die Hände. »Was für eine schöne Auswahl, einfach wunderbar.«

»Ich nehm den Rodeocowboy«, meinte Oliver und zog ein Kostüm hervor.

»Steht dir sicher gut«, antworte Mara. »Sucht euch aus, was ihr wollt. Ich bezahle.«

»Und wenn wir nichts wollen?«, fragte ich kühl.

»Du wirst schon irgendetwas finden«, sagte Mara. Sie sagte es auf eine ziemlich ruhige Art, ohne Vorwurf und ohne Beleidigtsein.

»Aber wenn Papa keine Lust auf die John-Wayne-Party hat?«, fragte ich.

»Wir werden es einfach darauf ankommen lassen«, sagte Mara, lächelte mich mit ihren weißen Zähnen kurz an und zog ein Zombie-Kostüm hervor. »Wäre das vielleicht etwas für dich?«, fragte sie mich freundlich.

Jetzt war mir zumindest bewusst, wofür mich Mara hielt. Für einen farblosen Teenager, der sich zu viel mit dem Tod beschäftigte.

»Wäre das vielleicht etwas für dich?«, fragte ich spitz zurück und nahm das Bordellkostüm in die Hand.

»Du hast recht, das könnte passen«, erwiderte sie und griff danach. Ich war fast ein wenig beeindruckt von ihrer gelassenen Reaktion.

Ich schaute mir gerade die Kostüme an, als eine WhatsApp von Erik hereinkam.

»*Gesunde Emi, die nächste Challenge wartet auf dich. Sei in einer Stunde an der Haltestelle Stephanstraße. Komm alleine.*«

Seine Nachricht erzeugte ein aufgeregtes Kribbeln in meinem Bauch.

Was hatte Erik vor?

»Ich muss weg«, sagte ich an Mara gewandt und drückte ihr

rasch eines der Kostüme in die Hand. »Hier, ich gehe als Geisterstadtcowboy.«

»Okay«, erwiderte sie überrumpelt, aber da war ich schon halb zur Tür hinaus.

KAPITEL 18

Als ich mit dem Bus zu der angegebenen Haltestelle fuhr, versuchte ich die aufgeregte Vorfreude in mir etwas zu dämpfen.

Es war absurd. Immerhin stand mir kein Date bevor, sondern eine Challenge. Sicher eine peinliche, unangenehme Challenge. Dennoch wollte dieses seltsame Bauchflattern einfach nicht verschwinden. Um mich abzulenken, holte ich mein Handy aus der Tasche und schrieb Charlie.

»Erik will sich mit mir treffen.«

»Und, gehst du hin?«

»Muss wohl, er hat eine neue Challenge für mich.«

Kurze Pause, in der sie anscheinend nachdachte.

»Vielleicht bist DU ja heute dran mit Dirty Dancing? ;)«

Ich verzog bei der Erinnerung an den Abend das Gesicht.

»Erinnere mich bloß nicht daran.«

»Schick endlich ein Foto von dem Typen! Ich kann gar nicht richtig mitfiebern, solange ich nicht weiß, wie er aussieht«, schrieb Charlie und ich musste lächeln, weil ich regelrecht das Betteln in ihrer Stimme hörte.

An der Haltestelle Stephanstraße stieg ich aus. Es war kühl und ich schlang die Arme um mich, während ich zum tausendsten Mal überlegte, was Erik sich wohl für mich hatte einfallen lassen. Der Wind wirbelte meine langen Haare in die Luft und ich musste einem Paar mit Hund ausweichen, das mitten auf der Straße einen lautstarken Streit austrug, bei dem es offensichtlich um seinen außerehelichen Sex mit einer Frau namens »Denise« ging. (Die Betrogene würde im Laufe des Tages aus Verzweiflung über seine Untreue nicht nur seine Sachen, sondern auch seinen Hund aus dem vierten Stock der gemeinsamen Wohnung werfen, während der Mann klingelte. Der Mann würde vom Schlag seines Computers auf den Kopf dahinscheiden – der Hund würde überleben.)

Nach ein paar Schritten sah ich Erik. Er saß auf den Stufen einer Hamburger Sparkasse und sah dabei unverschämt gut aus. Seine schwarzen Haare fielen ihm lässig in die Stirn, und um seine Mundwinkel spielte ein kleines Lächeln, das ich nicht richtig einzuordnen wusste.

Sofort war die Aufregung von vorher wieder da, aber natürlich würde ich mir nichts davon anmerken lassen.

»Hey«, sagte ich.

»Hey«, erwiderte er gedehnt.

»Also?«

»Also was?«

»Was machen wir hier?« Ich steckte die Hände in die Hosentaschen und nickte mit dem Kopf zur Sparkasse. »Du willst hoffentlich nicht, dass ich mit einer Banane einen Überfall fake und von einem übereifrigen Securitytypen erschossen werde.«

Erik kam in einer geschmeidigen Bewegung auf die Beine und schüttelte grinsend den Kopf. »Nö, das wäre zu einfach.«

Bei seinen Worten wurde mir ein bisschen flau im Magen.

»Also, was ist es dann?«, fragte ich forsch.

»Du wirst mir helfen, das Geburtstagsgeschenk für meinen Patenonkel auszusuchen.«

»Okay.« Ich sah ihn skeptisch an. »Und das ist die Challenge?«

»Das ist die Challenge.«

Heute schien der große Tag der Geburtstagsgeschenke zu sein. »Und was schenkst du deinem Patenonkel? Einen neuen Bausparvertrag?«

»Lass dich überraschen«, erwiderte Erik und wandte sich um.

Ich folgte ihm in ein Gebäude hinter der Sparkasse.

»Magst du deinen Patenonkel?«, murmelte ich, um einfach irgendwas zu sagen.

Erik warf mir im Gehen einen kurzen Blick zu. »Ja. Er hat zwar erst in zwei Monaten Geburtstag, aber ich dachte, ich ziehe das ein bisschen vor.«

Bei diesen Worten drückte er die Glastür zu einem Geschäft auf, über dessen Eingang in großen grünen Buchstaben »Tropenhaus« stand. Daneben war das Bild eines Chamäleons zu sehen.

Ich blickte auf den Schriftzug und spürte, wie mir spontan der Schweiß ausbrach, während ich gleichzeitig das Gefühl hatte, mit den Füßen in zähflüssigem Zement zu stecken.

»Was machen wir hier?«, fragte ich und musste mehrmals schlucken, weil mein Mund plötzlich so trocken war.

Erik drehte sich lächelnd zu mir um. »Wir suchen das Geburtstagsgeschenk für meinen Patenonkel aus.«

Beschwingt betrat er den Reptilienshop, der von innen viel größer wirkte, und ich folgte ihm widerwillig. Anscheinend war es nicht nur der Tag der Geburtstagsgeschenke, sondern der Tag der abartigen Geburtstagsgeschenke. Drinnen blickte ich mich schaudernd um. Die Regale waren voller Futter und Zubehör für alle erdenklichen Kriechtiere und an den Wänden stapelten sich bewohnte Terrarien in langen Reihen bis zur Decke. Es roch irgendwie nach Zoo, und obwohl ich den Geruch nicht wirklich schlimm fand, spürte ich, wie mir davon ein wenig übel wurde.

»Alles okay? Du siehst ein bisschen blass aus«, meinte Erik, und ich sah das amüsierte Funkeln in seinen Augen.

»Alles bestens«, presste ich hervor und versuchte, mir nicht anmerken zu lassen, wie sehr mich schon allein der Aufenthalt in diesem Laden stresste. Es war wie eine Zeitreise in die Vergangenheit, direkt ins überheizte Wohnzimmer unserer toten Nachbarin, das praktisch nur aus Terrarien und Aquarien bestanden hatte, und wo man bei jedem Schritt aufpassen musste, nicht auf eine Schildkröte, einen Gecko oder einen Leguan zu treten.

»Dann ist ja gut«, bemerkte Erik amüsiert. »Und das ist deine Challenge, liebe Emi: hier einfach alle infrage kommenden Geburtstagsgeschenke zu berühren.«

Entsetzt starrte ich ihn an. (Er würde hier sterben. Ich wusste noch nicht wie, aber ich würde es schon noch herausfinden.)

Ein sympathisch aussehender älterer Herr mit Brille und kurzen Haaren verabschiedete einen Kunden und kam auf uns zu.

»Kann ich euch helfen?«

»Yep«, erwiderte Erik. »Mein Patenonkel hatte zu Studienzeiten mal eine Vogelspinne, von der er sich trennen musste, als er seine Frau kennenlernte. Das alte Terrarium steht noch immer bei ihm auf dem Dachboden und da er jetzt geschieden ist, möchte ich es zu seinem Geburtstag reaktivieren.«

»Verstehe. Und was haben Sie sich als Bewohner vorgestellt?«

Erik zuckte mit den Achseln. »Keine Ahnung. Was haben Sie denn so?«

»Nun, wir haben Schlangen, wir haben Spinnen, wir haben Echsen, wir haben Frösche – im Grunde alles, was das Terrianerherz begehrt.«

»Haben wir noch Schokoschaben? Die Box hier ist leer«, rief eine Angestellte aus der anderen Ecke des Ladens.

»Schau mal im Lager nach«, antwortete der Verkäufer.

»Ein Frosch klingt doch gut«, sagte ich rasch, in der Hoffnung, ohne näheren Kontakt zu Schlangen aus der Sache rauszukommen.

Der Verkäufer nickte. »Klar, ich zeig euch mal unsere Frösche.« Er führte uns an einer langen Reihe beleuchteter Terrarien entlang zur Froschecke.

»Die sind irgendwie niedlich«, murmelte ich und beugte mich über ein Terrarium, in dem ein neongelber Frosch mit schwarzen Stellen herumhopste.

»Das sind Pfeilgiftfrösche. Die benutzen die Indianer in Südamerika, um ihre Pfeile zu vergiften«, erklärte der Verkäufer und blieb stehen. »In Gefangenschaft verlieren sie jedoch ihre Giftigkeit, weil sie keine giftigen Milben mehr fressen.«

Erik ging vor dem Terrarium in die Hocke und sah sich die Frösche genau an. »Haben Sie auch Vogelspinnen?«, fragte er dann. »Ich glaube, mein Onkel ist eher der Spinnentyp.«

»Vogelspinnen haben wir selbstverständlich auch.«

»Und kann man die auch mal in die Hand nehmen?«, fragte Erik weiter, während er sich wieder aufrichtete.

Mein Blick saugte sich am Gesicht des freundlichen Verkäufers fest. Bitte sag Nein, bitte sag Nein, flehte ich innerlich.

»Klar. Ich kann euch mal eine bringen«, erwiderte er und verschwand in einem Hinterzimmer.

»Macht es dir eigentlich Spaß, mich zu quälen?«, fragte ich leise, als wir allein waren. Meine ganze positive Spannung hatte sich irgendwo zwischen den Schokoschaben und den Giftfröschen in Luft aufgelöst.

Erik wandte sich mir lächelnd zu und beugte sich ganz nah zu meinem Ohr herunter.

»Und wie«, flüsterte er.

In dem Augenblick kam der Verkäufer mit einer handtellergroßen Vogelspinne zurück.

»Das hier ist eine nicht aggressive Art«, sagte er und ließ die Spinne vorsichtig in Eriks ausgestreckte Hand gleiten.

»Sind Vogelspinnen nicht giftig?«, fragte ich, während ich automatisch einen halben Schritt zurückwich.

Der Tropenhaus-Mitarbeiter rückte seine Brille zurecht und schüttelte den Kopf. »Vogelspinnen sind für Menschen nicht gefährlich, ihr Gift wird nur den Futtertieren zum Verhängnis.«

»Darf meine Freundin sie auch mal nehmen?«, fragte Erik.

»Nur zu«, sagte der Verkäufer und Erik hielt mir auffordernd die Spinne entgegen. Sie bewegte langsam ihre behaarten Beinchen in meine Richtung und ich hätte mich am liebsten umgedreht und wäre schreiend weggerannt.

»Mir ist mal ein Weberknecht übers Gesicht gekrabbelt«, erzählte ich dem Mann, weil der schon so komisch guckte, während ich noch immer stocksteif dastand und nicht wusste, was mich mehr irritierte: die Spinne oder die Tatsache, dass Erik mich als seine Freundin bezeichnet hatte.

»Echt? Wusste ich gar nicht«, sagte Erik grinsend und hielt mir die Spinne noch näher unter die Nase.

Ich nickte. Und weil ich einerseits Angst davor hatte, dass er mir das Riesenvieh jeden Moment auf die Schulter setzen würde, und die Challenge andererseits einfach nur noch hinter mich bringen wollte, streckte ich die Hand aus und ließ es zu, dass die Vogelspinne mit ihren acht haarigen Beinen auf meine Hand krabbelte.

Es kitzelte und ich bekam ein ganz flaues Gefühl im Magen. Hoffentlich krabbelte sie nicht weiter – nein, bloß nicht daran denken. Ich stellte mir vor, wie Louisa auf dieses Tier reagieren würde, und bei dem Gedanken an ihre hysterischen Schreie gelang es mir besser, cool zu bleiben.

»Wenn dein Onkel schon Erfahrung mit der Haltung von Vogelspinnen hat, bist du damit natürlich auf der sicheren Seite«, sagte der Tropenhaus-Mitarbeiter und nahm mir die Spinne vorsichtig wieder ab.

Ich spürte, wie sich mein ganzer Körper entspannte, als ich wieder spinnenfrei war, und wischte mir unauffällig die schwitzige Hand an der Jeans ab. »Das finde ich auch«, stimmte ich zu. »Also, ich bin für die Spinne.«

Erik legte die Hand an sein Kinn, als würde er nachdenken. »Ich weiß nicht«, murmelte er. »Ich glaube, ich würde mir im Vergleich noch gerne die Schlangen ansehen.«

Mein Herzschlag schien auszusetzen. Manchmal reicht so ein leichthin ausgesprochener Satz, um die Zeit und den dazugehörigen Moment einfach einfrieren zu lassen. Mein Hirn war völlig leer und da war gar nichts außer dem Gefühl von Watte und Nebel bis auf dieses eine Wort, das dort blinkte. Schlange.

Ich atmete tief durch.

Warum um Himmels willen hatte ich ihm bloß von der Schlange erzählt? Wie hatte ich ihm nur vertrauen können?

»Du Arsch«, flüsterte ich. Und als Erik sich grinsend in Bewegung setzte und dem netten Verkäufer bis zu den Schlangenterrarien folgte, wiederholte ich es in Gedanken noch ungefähr fünftausend Mal.

»Schlangen empfinden viele Halter als reizvoll«, sagte der Verkäufer, während er an einem Glaskasten vorbeiging, in dem sich eine mindestens vier Meter lange Riesenschlange rekelte.

»Wow«, sagte Erik und blieb stehen. »Wie schwer ist die?«

»Das ist eine etwa fünfunddreißig Kilo schwere Tigerpython aus Südostasien. In freier Natur kann sie bis zu sieben Meter lang werden«, erklärte der Verkäufer, und plötzlich wusste ich, wie Erik sterben würde.

»Darf ich sie mal halten?«, fragte Erik.

»Klar.« Der Mitarbeiter zog einen Schlüssel aus der Hosentasche und schloss das Terrarium auf. »Sie ist ziemlich schwer, du musst wahrscheinlich in die Knie gehen, um sie anheben zu können.«

Erik nickte und verschwand mit dem Oberkörper im Glaskasten, wo sich die Tigerpython bereitwillig um seine Schultern schlängelte.

»Schön vorsichtig«, sagte der Mitarbeiter, und Erik nickte ein zweites Mal, während sich die Würgeschlange noch etwas fester um seinen Oberkörper wickelte.

»Sie ist ziemlich stark«, japste Erik und lief rot an.

»Ja, das ist sie. Ausgewachsene Tigerpythons können sogar Menschen töten«, sagte der Verkäufer. Und während er noch redete, verschluckte die Schlange Eriks Kopf, der sich nun keine beschissenen Challenges mehr ausdenken konnte.

»Hast du mich wieder mal in deinem Kopf gekillt?«, fragte Erik, während er sich neben dem Terrarium mit der Riesenschlange lässig an die Wand lehnte.

Ich sagte nichts darauf und versuchte, das Herzrasen unter Kontrolle zu bekommen, als der Verkäufer mit einer kleinen Schlange in der Hand zurückkam.

»Das ist eine Kornnatter«, sagte er. »Sie ist relativ einfach zu halten und außerdem eine friedfertige Art. Du darfst sie gerne mal anfassen.«

Erik streckte die Hand aus und strich mit dem Finger sanft über den Körper der Schlange.

»Richtig cool«, sagte er leise und ich fühlte, wie mein Puls nach oben schoss, weil nun gleich ich an der Reihe sein würde.

»Meine Freundin hatte ein ziemlich beschissenes Erlebnis mit einer Schlange«, sagte Erik zu dem Mann und seine Stimme hörte sich ganz dumpf und weit weg an.

»Das tut mir leid«, sagte der Tropenhaus-Mitarbeiter und blickte mich an. Ich starrte auf die Schlange und hatte so einen komischen Druck auf den Ohren, der mich an den Tag im Garten erinnerte, als es passierte.

Im Krankenhaus erklärten sie mir dann, ich hätte eine Panikattacke erlitten, die sich wie eine Vergiftung anfühlte, obwohl es keine war. (In meinem Fall war es ein Schweißausbruch gefolgt von Luftnot und einer kurzen Bewusstlosigkeit, die mich lehrte, dass die Angst vor dem Gift sich genauso schlimm anfühlen konnte wie das Gift selbst – das lässt sich übrigens auf die meisten Dinge im Leben übertragen.)

»Wenn du sie anfassen willst, nur zu«, sagte der Mitarbeiter. »Sie ist nicht gefährlich.«

Ich sah Erik an, der mich einfach nur anschaute, und ich wusste nicht, ob er sich diese Challenge ausgedacht hatte, um mir zu helfen oder um mich in die Knie zu zwingen, aber ich wusste, dass ich vor ihm nicht kneifen würde, und so streckte ich die Hand aus und berührte die Haut der Kornnatter.

Sie fühlte sich glatt und trocken an, gar nicht glitschig. Ich versuchte, nicht das Atmen zu vergessen, während ich diese Eindrücke verarbeitete. Mein Herz klopfte wie verrückt und ich schwitzte aus allen Poren, aber trotzdem streichelte ich diese Schlange und war wirklich verdammt stolz auf mich.

»Lust auf ein Eis?«, fragte Erik, als wir aus dem Tropenhaus kamen und mein Puls und meine Atmung sich wieder normalisiert hatten.

Die Frage klang so absurd nach dieser schrecklichen und irgendwie auch wieder coolen Challenge, dass ich nichts gegen das spontane Lächeln tun konnte, das sich auf meinem Gesicht ausbreitete.

»Ist das jetzt die Belohnung dafür, dass ich meine Todesängste überwunden habe?«, fragte ich sarkastisch.

»Klar, wieso nicht?«, antwortete er, und ich boxte ihm gegen den Oberarm.

Wir fuhren im Bus und redeten über ganz normale Sachen und ich fühlte mich wie ein ganz normaler Teenager, was irgendwie schön und seltsam zugleich war.

Da die Sonne schien und ihre warmen Strahlen bis in die Hamburger Innenstadt sandte, schlenderten wir eine Weile durch die Fußgängerzone, bevor wir uns an den runden Tisch eines Eissalons setzten.

Die Kellnerin kam und nahm unsere Bestellung auf, und obwohl sie unglaublich hübsch war, blickte Erik sie kaum an, was mich irgendwie freute, obwohl ich wusste, dass es total bescheuert war.

Dann warteten wir auf unser Eis, und währenddessen sprachen wir über die Klassenfahrt nach Berlin, auf die wir beide etwa gleich wenig Bock hatten – und die ganze Zeit musste ich daran denken, dass sich das hier irgendwie nach einem Date anfühlte.

Erik war gerade auf dem Klo, als Charlie mir eine Nachricht schickte.

»Und, wie läufts?«

»Musste eine Schlange streicheln. Jetzt sind wir Eis essen.«

»Schick mir endlich ein Foto!!!!!«, schrieb Charlie und unterstrich ihren Wunsch mit etwa tausend Ausrufezeichen.

Ich antwortete nicht, weil gerade unsere Bestellung gebracht wurde, und in der Zwischenzeit sendete mir Charlie ununterbrochen weitere Nachrichten.

»Foto!«

»Foto!«

»Foto!«, schrieb sie, und die vielen Plings der eingehenden Mitteilungen ließen mir das Blut in die Wangen schießen. Rasch stellte ich den Ton ab.

»Du hast wohl auch einen Stalker«, kommentierte Erik, der gerade zurückkam.

»Meine Freundin«, seufzte ich und nahm das Handy, um ein Foto vom Eis zu schießen.

»Sag bloß, du bist auch eine von denen, die ihr Essen fotografieren.«

»Wie kommst du darauf?«, fragte ich und hielt das Handy so, dass er im Hintergrund zu sehen war. Dann drückte ich schnell ab.

Er war ein bisschen verschwommen, aber man konnte ihn einigermaßen erkennen. Ich schickte das Foto an Charlie.

Sie antwortete schnell, denn ich spürte die Vibration des Telefons innerhalb der nächsten drei Sekunden.

»Heiß!!!!«

Ich grinste und steckte das Handy zurück in meine Tasche.

»Du fotografierst wohl nie dein Essen?«, nahm ich die Unterhaltung wieder auf.

Er zuckte mit den Schultern. »Gibt coolere Sachen, die man mit einem Handy anstellen kann. Aber Isa steht total drauf.«

Ich nickte. »Oliver auch. Er postet alles, am liebsten sich selbst.«

Er grinste. »Manchmal hab ich das Gefühl, die Leute posten ihr ganzes Leben, statt es zu leben.«

»Wieso bist du überhaupt bei Facebook & Co, wenn du es so viel besser weißt?«, fragte ich und kostete vom Erdbeereis. Es war echt lecker.

Er blickte mich amüsiert an. »Hast du mich etwa gestalkt?«

»Nein, nur Erkundigungen angestellt. Und auf deinem Facebook-Profil herrscht gähnende Leere.«

»Du bist ja auch nicht gerade aktiv«, erwiderte er.

Ich zog eine Augenbraue hoch. »Hast du mich etwa gestalkt?«

»Nö. Nur Erkundigungen angestellt.«

»Und wieso ist dein Profil so leer?«, wiederholte ich meine Frage.

Er nahm einen Löffel von seinem Bananensplit. »Ist doch alles nur verlogen.«

»Wieso? Weil die Leute nett zueinander sind?«

Erik schüttelte den Kopf. »Weil sie nur ausgewählte Wahrheiten über sich preisgeben. Jeder gaukelt dem anderen das Leben vor, das er gerne führen würde, zeigt nur die Fotos, auf denen er gut getroffen und super happy ist. Aber die echten Gefühle, das echte Leben, bleiben außen vor.«

Ich schwieg, weil mich seine Worte überraschten.

»Vielleicht gibt es solche Menschen, die wirklich immer so positiv sind«, gab ich zu bedenken.

Erik lachte höhnisch.

»Was ist mit Isa? Sie ist doch ein positiver Mensch«, hakte ich nach.

»Isa ist ehrgeizig bis zur Verbissenheit. Ich weiß nicht, ob ich das positiv nennen würde.«

»Und welchen Ehrgeiz hast du?«

Er sah mich an. »Wird das jetzt zu einer Unterhaltung, was meine größten Träume sind und was ich schon immer mal tun wollte?« Es klang ein wenig herablassend und ich versuchte, mir meine Unsicherheit nicht anmerken zu lassen.

»Offenbar hast du ein Problem damit, dich anderen zu öffnen. Gut zu wissen, dann integriere ich das in deine nächste Challenge«, antwortete ich selbstbewusster, als ich mich fühlte.

»Und das sagst gerade du?« Er hob vielsagend die Augenbrauen.

Ich schwieg, weil mir bewusst war, dass ich auch nicht viel offener war als Erik.

»Ich möchte … ich zeichne gerne«, gestand er nach einer kurzen Pause überraschend.

»Oh. Porträts?«, fragte ich und setzte mich unwillkürlich aufrechter hin.

»Keine Porträts. Geometrische Figuren, Gebäude … so was in der Richtung. Ich könnte mir vorstellen, technischer Zeichner zu werden.« Er sagte es leichthin, doch ich verspürte wieder diesen quälenden Stich. Jeder schien zu wissen, was er mal werden wollte … Oliver, Isa, selbst Erik. Nur ich trieb irgendwie ziellos durchs Leben.

»Und du?«, fragte Erik.

»Ich will kein technischer Zeichner werden«, sagte ich, weil ich keine Lust hatte, über meine Nicht-Ambitionen zu sprechen.

»Vielleicht gehst du ja mal unter die Autoren«, erwiderte er und verschränkte die Arme vor der Brust.

»Wie kommst du denn darauf?« Ich war mir nicht sicher, ob es sich dabei um ein Kompliment handelte. Immerhin war seine Mutter Autorin gewesen.

»Du liest viel und gerne. Du hast diesen gewissen schwarzen Humor – ich wette, du könntest ein Buch über die skurrilsten Todesarten schreiben.«

»Davon gibt es schon genug im Internet«, antwortete ich.

»Ach so?«

Ich schob mir einen Löffel Bananeneis in den Mund und nickte nachdrücklich.

Erik blickte mich interessiert an. »Und was ist dein Lieblingstod?«

Ich dachte eine Weile über die Frage nach.

»Den gibt es nicht«, antwortete ich schließlich. »Es gibt zu viele Tode, sinnlose und gerechte, tragische und einfach nur verrückte.« Wir schwiegen für einen Augenblick. »Aber ich habe ein Lieblingszitat«, ergänzte ich nach einer kurzen Pause. »*Es gibt für die Menschen, wie sie heute sind, nur eine radikale Neuigkeit – und das ist immer die gleiche: der Tod.*«

»Von wem ist das?«, fragte Erik.

»Von Walter Benjamin. Deutscher Philosoph. Hat sich umgebracht.«

»Auch eine radikale Entscheidung.« Er lächelte.

»Toni hat mir erzählt, dass deine Mutter Schriftstellerin war«, wagte ich einen radikalen Themenwechsel, während ich mich innerlich wappnete, dass er jetzt dichtmachte.

Erik nickte ruhig. »Sie war sogar eine gute Schriftstellerin. Aber sie war keine besonders gute Mutter.« Er blickte zur Seite, auf die Menschen in der Fußgängerzone, auf die Tauben, die Essenskrümel von der Straße pickten und erschrocken aufflatterten, als ein Hund sie ankläffte.

»Das tut mir leid«, murmelte ich, weil ich nicht wusste, was ich sonst darauf sagen sollte.

»Ist doch egal.« Er sah mich an. »Sie war keine schlechte Mutter, sie war einfach keine Mutter. Und bei dir?«

»Was meinst du?«, entgegnete ich.

»Wie ist es mit deiner neuen Mama?«

Ich kniff die Augen zusammen. »Mara ist nicht meine neue Mama.«

»Aber sie wäre es gern, oder?«, fragte Erik.

»Keine Ahnung«, gestand ich. »Im Moment plant sie so eine seltsame Motto-Party für meinen Vater. Ich frage mich, wen sie da einladen will, schließlich kennen wir niemanden in Hamburg.«

»Du kannst ja mich einladen«, sagte Erik und dieser lapidare Satz brachte mein Herz total aus dem Takt.

»Dann müsstest du dich aber verkleiden.«

Er zuckte mit den Schultern. »Ich bin ganz gut im Maskieren.«

Mir entging die Doppeldeutigkeit nicht. Ja, sich verstellen, das war noch etwas, was wir gemeinsam hatten.

»Ich habe gehört, du bist auch gut im Leute verdreschen«, sagte ich, ohne nachzudenken.

Sein Gesicht verschloss sich.

»Reden wir jetzt darüber?«

»Tut mir leid«, murmelte ich. »Ich hab da nur so ein Gerücht gehört.«

»Ich habe ihn nicht verdroschen«, stellte Erik klar und sah mich ernst an. »Er war betrunken und hat Isa beleidigt. Auch wenn Isa und ich nicht immer einer Meinung sind, ging das einfach zu weit. Ich habe ihm gesagt, er soll sie in Ruhe lassen. Er hat Streit angefangen. Ich hab ihm eins auf die Nase gegeben, er ist die Treppe runtergetorkelt und hat sich die Schulter gebrochen.«

»Das heißt … der lange Krankenhausaufenthalt war gar nicht deine Schuld?«

Er zuckte mit den Schultern. »Wie man's nimmt. Wenn ich ihm nicht auf die Nase gehauen hätte, wäre er nicht die Treppe runtergekullert. Wenn er Isa nicht eine Schlampe genannt hätte, hätte ich ihm nicht auf die Nase gehauen. Ursache und Wirkung.«

»Wieso bist du dann für vier Wochen suspendiert worden? Wieso hast du nicht gesagt, was passiert ist?«

Erik fuhr sich durchs Haar und wich meinem Blick aus.

»Hatte keinen Bock auf das ganze Gequatsche.«

»Da nimmst du eine Suspendierung in Kauf?«

Er rührte in seinem halb geschmolzenen Eis.

»Ich weiß nicht, ob du das verstehst, aber mir ist es lieber, die Leute sehen etwas, was ich nicht bin, als dass sie sehen, wer ich wirklich bin.«

»Du bist ja noch verkorkster als ich«, murmelte ich, und darauf musste er schmunzeln, und dann begann ich zu lächeln und plötzlich grinsten wir beide.

»Gibt es auch jemanden, der dich wirklich kennt?«, fragte ich, als die Bedienung unsere leeren Teller abgeräumt hatte. Auf einmal hatte ich das Bedürfnis, alles über ihn zu wissen.

»Mein bester Freund«, antwortete Erik. »Aber er ist vor einem halben Jahr weggezogen.«

»Das heißt, du bist der Hiergebliebene«, sagte ich und musste an Charlie denken.

»Yep.«

»Ich frage mich, was beschissener ist«, murmelte ich.

Erik sah mich nachdenklich an. »Du meinst das Hierbleiben oder das Wegmüssen?«

Ich nickte.

»Eindeutig das Hierbleiben«, entgegnete er.

Ich musste lachen. »War ja klar, dass du das sagst. Und wie gefällt es ihm? Also deinem Freund?«

Erik lehnte sich auf seinem Stuhl zurück. »Keine Ahnung. Er lebt jetzt in Kalifornien. Wir haben nur noch sporadisch Kontakt.«

»In Kalifornien sehen die Leute ja auch immer total glücklich aus«, sagte ich. »Fast wie auf Facebook.«

Er runzelte die Stirn. »Und ich dachte, die bringen sich da genauso oft um wie überall auf der Welt.«

Ich zuckte mit den Achseln. Ich hatte mir zwar mal eine Selbstmordstatistik angesehen, die belegte, dass sich die meisten Menschen in Litauen umbrachten (während Deutschland und die USA auf ziemlich ähnlichen Plätzen lagen), aber ich wollte nicht schon wieder mit meinem schrägen Wissen glänzen.

»Sieh dir doch einmal die ganzen YouTube-Videos an«, sagte ich stattdessen. »Die Menschen in Amerika wirken total begeisterungsfähig. Da gibt es zum Beispiel diesen Typen, der hinter anderen Leuten tanzt. Die einzige Regel lautet, dass sie es nicht merken dürfen. Wenn sie sich zu ihm umdrehen, bindet er sich schnell die Schuhe zu oder tut irgendwas anderes Unauffälliges. Aber kaum sehen sie weg, fängt er wieder zu tanzen an.«

Erik schüttelte den Kopf. »Bescheuert.«

Ich blickte ihn an und ein Lächeln spielte um meine Lippen. »Freut mich, dass es dir gefällt.«

Erik verengte die Augen. »Nein.«

»Doch«, erwiderte ich.

»Nein«, wiederholte Erik.

Ich räusperte mich gewichtig. »*Der Tag ist jung, aber noch hat*

Erik in der Fußgängerzone nicht zu tanzen begonnen. Die Leute gehen ihren Geschäften nach, sie laufen über die Straßen und jeder kümmert sich nur um seinen eigenen Dreck. Doch hier sitzt jemand, der mehr will, hier sitzt jemand, der dich tanzen sehen will.« Lächelnd lehnte ich mich zurück. Ich war sehr stolz auf meine Robert-de-Niro-Imitation.

»Oh Mann.« Erik vergrub das Gesicht in den Händen. »Und wie lange?«, fragte er zwischen seinen Fingern hindurch.

»So lange, bis ich lache«, erwiderte ich.

»Lächeln gilt auch?«

Ich schüttelte grinsend den Kopf. »Das wäre zu einfach.«

»Du bist echt fies.«

Ich lehnte mich zufrieden auf meinem Stuhl zurück und schaute ihn auffordernd an. »Also? Worauf wartest du noch?«

Erik blickte auf die Menschen, die in unterschiedlichen Geschwindigkeiten durch die Fußgängerzone flanierten, und stand mit gequältem Gesichtsausdruck auf. Seine Bewegungen waren dabei so widerstrebend, dass ich mich beherrschen musste, um nicht schon zu lachen, bevor es losging.

Erwartungsvoll zückte ich mein Handy und hielt es auf ihn gerichtet, als er hinter ein Pärchen schlurfte, das sich auf einer Bank ein Eis teilte. Erik schüttelte ein letztes Mal den Kopf. Dann begann er zu tanzen. Es war ein wenig verhaltener als das von dem Typen im YouTube-Video, aber es reichte, um mir ein fettes Grinsen ins Gesicht zu zaubern.

Plötzlich drehte sich die Frau auf der Bank zu Erik um und er riss mitten in der Tanzbewegung sein Telefon aus der Hosentasche und wandte sich ab. Das alles geschah so schnell, dass ich beinahe gelacht hätte. Im letzten Moment hielt ich mich zurück. Nach der Schlangenchallenge durfte ich ihn nicht so leicht davonkommen lassen.

Eriks Augen bohrten sich in meine und ich sah ein herausforderndes Aufblitzen darin, als er sein Handy wieder in die Tasche packte. Offenbar war er nun auf einer Mission. Zuerst riss er sich hinter einem alten Mann mit Stock die Jacke herunter und drehte eine Pirouette. Der alte Mann bekam davon nichts mit, aber die Leute rundherum verfolgten seine Performance mit derart fassungslosen Blicken, dass ich mir fest auf die Lippe beißen musste, um nicht laut herauszulachen. Als Nächstes sprang Erik hinter eine Mutter mit Kinderwagen, ließ seine Hüften kreisen und riss den Arm in die Höhe, wobei er die beste John-Travolta-Grease-Imitation gab, die ich je gesehen hatte. Und als das Baby im Kinderwagen bei seinem Anblick zu schreien anfing und die Mutter sich empört zu ihm umdrehte, woraufhin er versuchte, sich lässig am danebenstehenden Abfalleimer abzustützen, und dabei fast das Gleichgewicht verloren hätte, war es um mich geschehen und ich musste so laut lachen, dass er seine Challenge eindeutig geschafft hatte.

KAPITEL 19

Als ich am nächsten Morgen zum Strafdienst antrat, war ich gut gelaunt. Ich fuhr gut gelaunt mit dem Bus, schwang gut gelaunt meinen Eimer durch die zischenden Bustüren und stellte mein Putzzeug gut gelaunt neben die Graffiti-überzogene Häuserfront des Mehrfamilienhauses.

Ich wartete und war um 9.01 gut gelaunt, um 9.05 gut gelaunt, um 9.07 noch immer gut gelaunt – denn eine kleine Verspätung sah Erik ähnlich – um 9.11 war ich schon etwas weniger gut gelaunt – Erik wohnte nicht weit von hier, er konnte also mit dem Fahrrad fahren oder zu Fuß gehen und sich nicht auf irgendeinen verspäteten Bus ausreden – und um 9.17 begann meine gute Laune zu bröckeln und zerrann wie die Grafittis unter den Putzmitteln. Wo steckte Erik? Ließ er mich mit dem Strafdienst sitzen? Hatte er gestern nur einen auf netten Typen gemacht, damit die blöde Tussi dann alleine putzen konnte?

Ich schnappte mir meinen Rucksack und ging los, weil ich keinen Bock hatte, den Scheiß hier allein durchzuziehen. Mit jedem Schritt verstärkte sich meine Wut, und als ich fünfzehn Minuten später das Einfamilienhaus mit der Rotklinkerfassade erreichte, hatte ich mir die Worte, die ich Erik an den Kopf knallen würde, gut zurechtgelegt.

Ich klingelte, obwohl ich am liebsten gegen die weiße Tür gehämmert hätte.

»Ja?«, fragte der Mann mit den grau melierten Schläfen und dem Wohlstandsbauch, der mir die Tür öffnete. Er trug Gartenhandschuhe und hatte eine Heckenschere in der Hand.

»Ich möchte zu Erik«, sagte ich und versuchte, wie das freundliche Mädchen von nebenan zu klingen und nicht wie die wütende Psychotante.

Sein Vater runzelte die Stirn. »Wir haben uns doch schon mal gesehen«, sagte er, und ich erinnerte mich gleich wieder an seine angenehme Stimme, »bist du nicht das Mädchen, mit dem Erik den Putzdienst absolviert?«

»Ja, das bin ich«, sagte ich, »ich bin Emi.«

»Hallo, Emi. Schön, dich kennenzulernen. Komm doch bitte rein.« Er hielt mir einladend die Tür auf und ich trat in eine nett eingerichtete Diele, die hell und freundlich wirkte.

»Ich würde dir gerne die Hand geben, aber«, er lächelte und deutete auf seine Handschuhe, »ich bin gerade im Garten beschäftigt. Wahrscheinlich gibt man sich bei den jungen Leuten sowieso nicht mehr die Hand.« Je länger Eriks Vater sprach, umso weniger konnte ich mir vorstellen, dass er Eriks Mutter auf dem Gewissen hatte.

»Erik ist gerade erst los, ich bin mir nicht sicher, wo er hin wollte, ich war im Garten an meinen Hortensien, die haben Blattläuse. Aber wenn du möchtest, kannst du gerne auf ihn warten.«

Ich nickte, dachte an Erik und fand ihn genauso lästig wie eine Blattlaus. Eigentlich lohnte es sich überhaupt nicht, zu warten. Doch Eriks Vater führte mich schon in ein offenes

Wohnzimmer, dessen gesamte rechte Wand bis an die Decke von einem riesigen Bücherregal bedeckt war. Ein paar antik wirkende Sessel standen bei einem modernen Sofa und neben einem alten Sekretär hing ein abstraktes Gemälde – insgesamt eine recht eigenwillige Mischung, in der ich mich spontan überraschend wohlfühlte.

»Möchtest du vielleicht etwas trinken?«, fragte mich Eriks Vater.

»Nein, danke«, sagte ich, während ich alle Eindrücke aufsog. Erik wohnte hier, in dieser total behaglichen Atmosphäre? Ich wusste nicht, was ich mir vorgestellt hatte, aber irgendwie hatte ich es mir anders vorgestellt. Wie viele Bücher waren das in dem Regal? Lange darüber nachdenken konnte ich nicht, denn im nächsten Moment wurde die Haustür aufgeschlossen und Erik kam herein, völlig außer Atem.

»Emi?«, fragte er überrascht, »du bist hier?« Er schnaufte und stützte sich an der Wand ab.

»Offensichtlich.«

Erik richtete sich auf und atmete mehrmals tief durch. »Jemand hat die Reifen an meinem Fahrrad aufgeschlitzt.«

Ich hob die Augenbrauen.

»Deswegen war ich zu spät bei dem Haus, da warst du schon weg«, erklärte Erik und ein Stein fiel mir von der Brust. Vielleicht war er doch keine Blattlaus.

»Wieso hast du mich nicht angerufen?«, fragte ich.

»Ich hab das Handy hier liegen lassen, deshalb bin ich wieder hergerannt.«

Erik strich sich die verschwitzten Haare aus dem Gesicht.

»Also, ich gehe dann wieder in meinen Garten«, sagte Eriks Vater, »du kannst ihn dir später auch gerne ansehen, wenn du möchtest, Emi. Wir haben Tomatensträucher, Kräuterbeete und Unmengen wildwachsenden Efeu.« Er lächelte uns zu und einen Moment verweilte sein Blick voller Stolz auf seinem Sohn, dann verschwand er durch die gläserne Terrassentür.

Erik und ich sahen uns an und irgendwie war es ein komischer Moment, der mich sprachlos machte. Zuerst dachte ich, dass Erik auch verschwitzt verdammt gut aussah, und dann dachte ich daran, wie ich ihm krank die Tür geöffnet hatte und dass mein Verschwitzt weitaus unattraktiver war als seines.

»Komm mit«, sagte er, griff nach meiner Hand und führte mich die weiße Treppe hinauf in sein Zimmer. Es war etwas kleiner als meines und meine Hand kribbelte noch immer, nachdem er sie schon losgelassen hatte.

»Früher hatte ich das größere Zimmer«, er deutete auf die andere Seite des Flurs, »aber wegen der Dating-Challenge musste ich mit Isa tauschen.«

»Meine Schuldgefühle halten sich in Grenzen«, sagte ich und dachte an Axels Kaugummibrocken und die Mama-Challenge.

Erik lächelte verschmitzt, wurde aber gleich wieder ernst. »Mein Vater ist total froh, dass Isa und ich wieder miteinander reden.«

»Und wie ist es für dich?«, fragte ich, während ich mich bei ihm umsah. Sein Zimmer war einfach und schlicht. Ein schwarzes Bett, ein schwarzer Schreibtisch, ein schwarzer Kleiderschrank und ein Regal, keine unnötigen Accessoires.

Erik steckte die Hände in die Jeans und zuckte mit den Achseln. »Ich hatte mich daran gewöhnt. Aber so fühlt es sich besser an.«

Ich wollte ihn nicht bedrängen, also ließ ich meinen Rucksack von meiner Schulter gleiten und sah aus dem Fenster, von dem man einen guten Blick in den wunderschönen Garten hatte. Mit seiner großen Wiese, den bunt blühenden Beeten und efeubewachsenen Bäumen erinnerte er mich an einen verwunschenen Ort. (Eriks Vater würde mit hundert in diesem Garten sterben. Er würde irgendwann einfach seelenruhig unter dem prächtigen Apfelbaum einschlafen, die Heckenschere noch in der Hand.)

»Toller Garten«, sagte ich.

»Ist der ganze Stolz meines Vaters«, sagte Erik und stellte sich neben mich.

»Das glaube ich nicht.«

»Wie bitte?«

»So, wie er dich vorhin angesehen hat – ich glaube, du bist der ganze Stolz deines Vaters.«

Erik rieb sich den Nacken. »Gut möglich.«

»So beschissen ist dein Leben also doch nicht«, sagte ich und lehnte mich an die Wand neben dem Fenster. Hier alleine mit Erik zu sein, so nah bei ihm zu sein, ließ die Nicht-Wespen in meinem Bauch herumschwirren.

»Wieso ist mein Leben doch nicht so beschissen?«, fragte Erik.

»Du hast ein schönes Zuhause und einen liebenden Vater«, erklärte ich, weil ich mir das alles hier wahrscheinlich trostloser vorgestellt hatte.

»Du etwa nicht?«

»Glaub mir, Erik, mein Leben ist beschissener«, sagte ich trocken und öffnete meinen Rucksack. Ich legte mein schwarzes Buch auf Eriks Schreibtisch und zog Maras Einladung für

Papas Überraschungsparty daraus hervor. Dann reichte ich Erik die Karte.

Er schmunzelte. »Da hat sich aber jemand ordentlich Mühe gegeben. Gehst du als Cowgirl?«

»Findest du das etwa witzig?«

Erik gab mir die Karte zurück. »Was soll ich denn sagen, Emi. Es gibt da eine Frau in eurer Familie, die sich anscheinend bemüht. Das ist nicht besonders beschissen.«

»Du kennst sie nicht. Sie mischt sich ständig ein, sie will überall dabei sein und … sie ist so nervtötend positiv. Ich brauche keinen Muttterersatz in meinem Leben, Erik. Wir sind gut ohne Mara zurechtgekommen.«

»Dein Vater vielleicht nicht. Hast du deine Mutter nie vermisst?«

Ich zuckte mit den Schultern. »Ich kenne sie doch gar nicht, sie ist gestorben, als ich noch ganz klein war.«

»Woran?«, fragte Erik ohne Umschweife, und die Art, wie er es tat, nämlich direkt und ohne Tamtam, tat mir irgendwie gut.

»An Darmkrebs, irgendeine aggressive Sorte. Ging laut meinem Vater ganz schnell.«

»Und wenn du andere Kinder mit ihren Müttern gesehen hast?«

Ich atmete tief ein und zuckte mit den Schulten. »Ich weiß nicht, ich habs vielleicht auch nie an mich rankommen lassen, vielleicht war es eine Art Schutzmechanismus. Vielleicht hat mich das ganze Hinsehen und Durchanalysieren meines Vaters aber auch einfach davon abgebracht, mich damit beschäftigen zu wollen, und ich war froh, dass ich es nicht musste.«

»Kann ich nachvollziehen«, sagte Erik.

»Und bei dir?«, fragte ich, da ich nicht die Einzige sein wollte, die hier einen Seelenstriptease hinlegte, und weil ich das Gefühl hatte, dass Erik es irgendwie auch erzählen wollte. Erik lehnte sich gegen den Türstock. »Meine Mutter ist abgehauen.«

»Abgehauen?«

Er nickte. »Ja, sie ist ein bisschen durchgeknallt. Sie war, als ich klein war, immer ein paar Wochen da, dann wieder nicht, weil sie die familiäre Nähe, wie sie es nannte, erdrückend und beengend fand. Sie verschwand immer plötzlich, ohne Vorwarnung. Nach einiger Zeit kam sie wieder gut gelaunt zurück, aber meinen Vater machte das wahnsinnig.«

»Und die Gerüchte?«

Erik grinste. »Ja, die Gerüchte. Die Polizei war damals bei uns, weil meine Mutter in einen Autounfall mit Fahrerflucht verwickelt war, das sah ihr wieder einmal ähnlich. Meine Mutter übernimmt nicht gerne die Konsequenzen ihres Handelns. Sie lebt nur im Hier und Jetzt, und ihr Hier und Jetzt war oft nicht bei uns.« Er machte eine kurze Pause. »Als ich klein war, hat mich das fertiggemacht. Die Zeit mit ihr war immer total intensiv, wir haben gemalt, gespielt und gelacht, haben gemeinsam im Garten Skulpturen und im Kopf andere Welten erschaffen, aber dann – wenn es ihr zu viel wurde – verschwand sie wieder. Von einem Tag auf den anderen. Mein Vater liebt sie noch immer, aber irgendwann, als sie sich wieder mal stritten, hat er ihr gesagt, dass er so nicht mehr weiterleben kann, dass sie sich entscheiden muss. Dann verschwand sie für ein paar Monate und hat irgendwann wieder versucht, Kontakt aufzunehmen. Aber ich habe keinen Bock mehr auf das alles, ich habe keinen Bock auf ihre Briefe und ihre Entschuldigungen – nicht nach allem, was sie meinem Vater angetan hat.« Erik stand auf und zog etwas aus dem Regal.

»Klingt ganz schön beschissen.«

»Habe ich jetzt gewonnen?«

»Vielleicht ein kleines bisschen«, sagte ich und lächelte Erik an.

Erik lächelte zurück.

»Und Isa? Wie geht Isa damit um?«, wollte ich wissen.

»Isa hat sie schon mal wieder getroffen. Alte Verräterin.«

»Ist das ein Brief von deiner Mutter?«, fragte ich.

Erik nickte und hielt ihn mir hin.

»Darf ich?«

»Ja«, sagte er und ich spürte seinen Blick auf mir, während ich das Papier entfaltete. Es war ein gezeichnetes Portrait von einem jungen Erik und einer schönen Frau mit vielen Ketten und blonden langen Haaren. Darunter hatte sie geschrieben:

Lieber Erik,

ich verstehe, dass Du noch böse auf mich bist, und ich verstehe, dass Du Deinen Vater beschützen möchtest und mir auf meine Briefe nicht geantwortet hast. Aber schließe mich nicht aus Deinem Leben aus, ich bin ein Teil von Dir und Du von mir. Wir gehören zusammen.

Ich habe eine schöne Finca in Spanien gekauft – Dein Zimmer ist eingerichtet und steht jederzeit für Dich bereit. Du warst schon immer reif und erwachsen genug, um Deine eigenen

Entscheidungen zu treffen, aber melde Dich bei mir, wenn Du dich entschieden hast, und lass uns nicht noch mehr Zeit verlieren.

Ich möchte von Dir hören, wie es Dir geht, was Dich bewegt und was Du fühlst, wer Du geworden bist.

Deine Mirjam

Als ich zu Ende gelesen hatte, faltete ich den Brief wieder zusammen und reichte ihn Erik. Er ließ sich aufs Bett fallen und verschränkte die Arme hinter dem Kopf.

»Du hast dich nie bei ihr gemeldet?«, fragte ich.

Er schüttelte den Kopf. »Sie soll spüren, wie das ist, wenn man auf jemanden wartet«, sagte er ernst, und ich ging von seinem Schreibtisch rüber zum Bett, um mich neben ihn zu setzen. Nicht, weil ich Mitleid hatte. Ich wollte einfach bei ihm sein.

Erik richtete sich auf. »Mein Vater möchte, dass ich mich bei ihr melde. Was meinst du?«

»Nur wenn du es selber willst«, sagte ich und fuhr mir durchs Haar. »Aber ich bin sicher nicht die Geeignetste, um Tipps im Umgang mit Müttern zu geben. Ich weiß nicht, nur weil ein Mensch mit dir verwandt ist, heißt es noch lange nicht, dass es eine Verbindung gibt. Also eine emotionale. Aber wenn irgendetwas in dir das Bedürfnis hat, deine Mutter zu sehen, dann solltest du es tun.«

»Du bist irgendwie anders, Emi.«

»Das fällt dir erst jetzt auf?«, sagte ich und lachte.

»Ich meine nicht nur das«, Erik deutete auf mein schwarzes

Buch, das noch immer auf seinem Schreibtisch lag. »Bei dir fühle ich mich normal.«

Ich hob die Augenbrauen. »Weil ich so strange bin?«

»Nein, weil du mich einfach verstehst.« Ich spürte, wie mein Herzschlag sich beschleunigte, ich spürte Eriks Hand auf meiner, ich spürte, wie er mir näherkam, mit der Hand sanft über meine Wange strich und wie seine Lippen hauchzart meine berühr-

»Erik, du hast Besuch«, unterbrach uns die Stimme seines Vaters. Er stand im offenen Türrahmen und lächelte verlegen. »Entschuldigt, ich hätte klopfen sollen. Heute ist wohl Damenbesuch-Tag. Jahrelang keine einzige, und jetzt gleich alle auf einmal.« Die Röte stieg mir ins Gesicht. Das war so unglaublich peinlich.

Hinter Eriks Vater trat Louisa hervor. Sie sah zerknirscht aus, doch als sie Erik und mich auf dem Bett sitzen sah, wirkte sie auf einen Schlag nur noch angepisst.

»Erik, ich wollte mich wegen der Sache mit dem Fahrrad bei dir entschuldigen«, setzte sie an, und weil die Situation komisch war und ich von einem so schönen Moment in einen so seltsamen Moment geworfen wurde, stand ich auf und schnappte mir meinen Rucksack.

»Ich lass euch mal alleine«, sagte ich, lächelte Erik noch einmal an und lief dann die Treppe hinunter. Gerade als ich die Haustür öffnete, kam er mir hinterher.

»Emi«, fragte er, »alles okay?«

»Ja«, sagte ich und drehte mich zu ihm um. »Klär das ruhig mit ihr, ich fang schon mal an mit meinem Putzdienst.«

»Das werde ich«, versprach Erik. »Sprechen wir uns später?«

»Wegen der Challenge?«

Er schüttelte den Kopf. »Nein, lass uns das Wochenende mal aussetzen, ja?« Er machte eine kurze Pause. »Also mit der Challenge.« Ich merkte, wie er leicht verlegen wurde, und als ich ging, spürte ich, wie er mir hinterhersah, und es war das schönste Hinterhersehen, das ich je erlebt hatte.

KAPITEL 20

Es ist seltsam, wie sehr einen der Blick eines Menschen zum Strahlen bringen kann. Es hat fast schon etwas Magisches. Als wäre die Zuneigung einer fremden Person wie ein Schalter, der das Licht in dir anknipst und dich mit Energie versorgt, bis du so hell leuchtest, dass es nach außen hin sichtbar wird. Und all die Leute, die bisher gleichgültig an dir vorübergegangen sind, sehen dich auf einmal an, weil sie etwas Liebenswertes in dir erkennen.

Ich stand vor dem Spiegel im Badezimmer und kämmte mir die Haare, während ich meinen Gedanken nachhing. Sie fühlten sich fremd an, weil entschieden zu viel Glück darin mitschwang. Vielleicht lag es daran, dass ich endlich jemanden getroffen hatte, der meine verkorkste Seite kennengelernt hatte und mich dennoch gut fand. Jemand, der nicht zu meiner Familie gehörte und quasi dazu verpflichtet war, mich zu mögen, oder der schon seit der Kita mit mir befreundet war.

Jemand, der mich einfach mochte, so wie ich jetzt war, mit all meinen Ecken und Kanten und dem ganzen Mist, der mich nun mal ausmachte, und mir das Gefühl gab, mich nicht nur zu akzeptieren, sondern tatsächlich zu verstehen.

Und ich merkte, dass meine Augen deshalb viel mehr strahlten und mein Mund viel mehr lächelte – sogar meine Haare glänzten mehr, bildete ich mir ein. Es fühlte sich gut an, und gleichzeitig war es irgendwie zu viel, alles war zu viel, auch meine Gefühle für Erik, den ich vor Kurzem noch gehasst hatte, und ich fragte mich, ob das wirklich *ich* war, die so empfand, oder ob das nur irgendwelche Glückshormone waren, die mich schon bald wieder hart auf dem Boden der Tatsachen aufknallen lassen würden.

Bei dem Gedanken hatte ich plötzlich ein ganz komisches Gefühl im Magen und meine Augen, meine Lippen und meine Haare wurden wieder normal, während ich weiter kämmte und mir selbst *periodisch auftretende Episoden schwach ausgeprägter Angstzustände* diagnostizierte, die mich deshalb ereilten, weil ich nun mal nicht ans Glücklichsein glaubte.

Und schließlich lag es vielleicht auch einfach an Erik.

Erik, der so abweisend und anziehend zugleich sein konnte. Der mich dazu gebracht hatte, die unmöglichsten Dinge zu tun, und dessen Schuld es war, dass ich stundenlang dem Gedanken nachhing, wie es sich angefühlt hatte, als seine Lippen meine gestreift hatten …

»Emi? Es ist schon zwanzig nach sieben!«, rief mein Vater aus der Küche und ich legte rasch die Bürste zur Seite und stieß die Badezimmertür auf.

Dabei stieß ich fast mit Mara zusammen, die im Morgenmantel auf dem Weg zur Treppe war. Reflexartig wich sie zur Seite aus (etwas mehr Schwung und sie würde beim nächsten Mal über die Brüstung in die Tiefe stürzen, direkt auf den schönen Holzboden.)

»Tut mir leid«, japste sie erschrocken, und ich murmelte »Sorry«, schnappte mir meinen Rucksack und polterte die

Treppe hinunter. Dabei versuchte ich das Bild »Mara im Morgenmantel meines Vaters« zu verdrängen, genauso wie ich zu verdrängen versuchte, dass Mara heute bei uns übernachtet hatte und gestern eine Cowboy-Party mit vielen fremden Leuten und überraschendem Spaßfaktor auf die Beine gestellt hatte. (Sie hatte mich dazu genötigt, Oliver und sie zu filmen, wie sie für meinen Vater irgendwelche bescheuerten Westernszenen nachspielten. Natürlich hatte ich mich geweigert, einen Cowboyhut aufzusetzen und mit tiefer Stimme: »Wer die Wahrheit sagt, braucht ein schnelles Pferd« oder »Wenn du in einen Kampf verwickelt bist, musst du versuchen, ihn zu gewinnen« wiederzugeben, denn der einzige Spruch, der mir wirklich gut gefiel war: »Heute ist ein guter Tag zum Sterben.« Unter viel Gelächter hatte Mara den Film mit Oliver innerhalb von einer Stunde zusammengeschnitten, der am Abend meinen Vater zu Tränen rührte – wahrscheinlich, weil er derart schlecht war.)

Angemessen weit von Mara entfernt und wieder voll drauf auf der Glückswelle kam ich in der Schule an.

Es war der erste Tag seit unserem Umzug, an dem ich ansatzweise verstand, wie sich Oliver die meiste Zeit seines Lebens fühlte – und der erste Tag, an dem ich ihn ein kleines bisschen darum beneidete.

Ich sah Louisa auf dem Weg zur Klasse, und obwohl ich sie nicht leiden konnte und sie für mich immer eine blöde Kuh bleiben würde, machte mir ihr Anblick heute nichts aus – tatsächlich musste ich mich selbst fast ein bisschen dazu zwingen, ihr einen Tod zu geben. (Sie würde nach bestandener Führerscheinprüfung am Steuer ihres Wagens das Zeitliche segnen, weil sie während einer Vollbremsung ihren rosa Lipgloss verschluckte, mit dem sie sich eben noch die Lippen nachgezogen hatte.)

Zufrieden über ihren Tod, betrat ich hinter Louisa die Klasse und steuerte meinen Platz an, mit dem alles angefangen hatte. Selbst mein erster Streit mit Erik erschien mir heute in einem positiven Licht und ich ließ es zu, dass mein Mund lächelte und meine Augen strahlten, als ich meinen Rucksack mit Schwung auf die Tischplatte beförderte. Dann ließ ich mich auf den Stuhl dahinter fallen und gestand mir ein, dass ich heute sogar Lust gehabt hätte, im Takt zur Musik aus den Lautsprechern (Abba, »Dancing Queen«) zu wippen.

Ich holte mein Geschichtsbuch und das dazugehörige Heft heraus, kontrollierte nochmals, ob ich mein Handy für den Unterricht auf lautlos geschaltet hatte, und registrierte dann zum ersten Mal so richtig meine Umgebung.

Es war ein wenig, als würde ich aus meiner ganz persönlichen Emi-Lichtshow auftauchen, und ich bemerkte, dass die anderen in der Klasse kein bisschen strahlten.

Stattdessen steckten sie die Köpfe zusammen und tuschelten, und jetzt, wo ich mich darauf konzentrierte, merkte ich, dass es kein normales Tuscheln war.

Es war eines von der getriebenen Sorte, so eines, das von bedeutungsvollen Blicken begleitet wurde, und obwohl ich hoffte, dass dieses allgegenwärtige Flüstern nichts mit Erik oder mir zu tun hatte, nichts mit den Challenges, dem Putzdienst oder dem Beinahe-Kuss, fühlte ich tief in mir drin, dass es doch so war – und zwar schon vor dem Augenblick, als Erik die Klasse betrat und alles Tuscheln auf einen Schlag erstarb.

Irritiert blickte ich von ihm zu den anderen und sah, dass sie ihn alle anstarrten, als würden sie auf etwas warten.

Erik ließ seine Blicke über die Klasse wandern, bis er bei mir angelangt war, und die Kälte, die mir aus seinen Augen entgegenkam, war wie ein Schlag ins Gesicht.

Rundherum war es totenstill, als er sich in Bewegung setzte, so still, wie es sonst nur bei Klassenarbeiten ist, und ich konnte jeden seiner Schritte auf dem Holzboden hören, als er auf mich zukam.

Völlig verwirrt blickte ich zu ihm hoch. Mit einem Ausdruck tiefster Verachtung griff er in seinen Rucksack und zog mein schwarzes Buch daraus hervor, an das ich die letzten zwei Tage gar nicht mehr gedacht hatte.

»Hier«, sagte er. »Hast du bei mir vergessen.« Er knallte es auf meinen Tisch. Bei dem Geräusch zuckte ich zusammen.

»Kannst du mir sagen, was los ist?«, flüsterte ich und fühlte die Blicke der anderen auf meinem Gesicht, das inzwischen glühte.

»Ich will nichts mehr mit dir zu tun haben, das ist los«, entgegnete er eisig. »Es war ein Fehler, dir zu vertrauen. Eigentlich hätte ich es wissen müssen.«

»Was wissen müssen?«, wiederholte ich perplex.

»Dass man sich auf niemanden verlassen kann«, fauchte er, drehte sich um und ging. Nicht zu seinem Platz, sondern direkt zur Tür hinaus.

Wie gelähmt blieb ich in den folgenden Minuten auf meinem Platz sitzen und starrte auf mein schwarzes Buch. Ich hatte keine Ahnung, was gerade passiert war. Das Einzige, was ich wusste, war, dass es schlimm war.

Es fühlte sich an, als hätte mir jemand mit einem Messer mehrfach in den Brustkorb gestochen (nein, nicht *jemand* – Erik) und ich fragte mich, ob sich so wohl ein gebrochenes Herz anfühlte.

Der Fußballer kam rein, sprach über unseren kommenden Berlinbesuch und über andere Dinge, die mich nicht interessierten, und ich hörte auch längst nicht mehr zu.

Immer wieder spürte ich die Blicke der anderen auf mir, aber ich tat einfach so, als ob ich es nicht bemerkte, und sobald der Gong zur Pause ertönte, schnappte ich meine Sachen und floh auf den Schulhof.

»Hey, Emi«, sagte Toni und blieb neben mir stehen, während sie sich nervös die schwarze Brille auf ihrer Nase hochschob. »Darf ich mich zu dir setzen?«

»Wenn du willst«, murmelte ich und starrte auf das schwarze Handydisplay in meiner Hand. Irgendwie hatte ich das Bedürfnis gehabt, Charlie zu schreiben, das Problem war nur, dass ich nicht wusste, was ich schreiben sollte.

Ich hatte überhaupt keinen Plan, was hier gerade abging.

»Was war das eben vorhin zwischen Erik und dir?«, fragte Toni schüchtern. Ich sah sie nicht an, lauschte nur dem Wind, der die Blätter in den Baumkronen durcheinanderwirbelte.

»Ich habe keine Ahnung«, erwiderte ich leise. »Nicht den blassesten Schimmer.«

Toni nickte und sagte nichts, aber ich spürte, dass ihr etwas unter den Nägeln brannte, denn sie konnte nicht mal für eine Sekunde still sitzen.

»Was weißt du?«, fragte ich rundheraus, und dieser Satz genügte, um den Damm zu brechen, und innerhalb von Sekunden ergoss sich eine Sturzflut von Wörtern über mich.

»Es geht um Eriks Mutter«, wisperte Toni aufgeregt, und warf einen hektischen Blick über die Schulter, als ob wir fürchten müssten, von der NSA belauscht zu werden. »Ich hab das von Tom gehört, erinnerst du dich? Er ist eine Stufe unter uns, aber seine Schwester und Isa sind im selben Tennisclub. Angeblich haben sie gestern auch wieder miteinander gespielt, und jetzt halt dich fest: Es geht das Gerücht, dass Eriks Mutter doch noch lebt! Sie schreibt ihm angeblich sogar verzweifelte Briefe, und darin soll stehen, dass sie sich eine Finca in Spanien gekauft hat, wo sie auf Erik wartet, aber Erik möchte angeblich nichts mehr mit ihr zu tun haben, nachdem sie seinen Vater verlassen hat, der ja von der Polizei sogar wegen des Mordes an ihr verdächtigt wurde!«

»Das stimmt doch gar nicht«, murmelte ich, weil die Mordverdächtigungen der pure Schwachsinn waren, während ich gleichzeitig versuchte, die neuen Informationen zu verarbeiten.

Woher wussten die Leute von den Briefen? Hatte Isa, jetzt, wo sie und Erik wieder miteinander sprachen, davon Wind bekommen und beim Tennis eine unbedachte Bemerkung fallen lassen? Und nahm Erik nun an, dass ich das rumerzählt hatte?

»Was stimmt nicht?«, fragte Toni neugierig und ich schüttelte nur den Kopf. Ich wollte nicht mit ihr darüber reden, wollte mit überhaupt niemandem reden, am besten nie wieder, und schlang frustriert die Arme um mich.

Nicht nur, dass Erik mir zutraute, etwas Privates herumerzählt zu haben, was er mir anvertraut hatte, er ging sogar fest davon aus. Der Typ kannte mich überhaupt nicht. Und ich Idiotin hatte gedacht, er würde mich verstehen.

Ich fühlte, wie ich wütend wurde und wie mir gleichzeitig Tränen in die Augen stiegen. Das alles war so verdammt unfair, dass es sich kaum in Worte fassen ließ.

»Soll ich dich lieber allein lassen?«, fragte Toni.

Ich nickte und sie stand leise auf und ging davon, nicht ohne mir noch ein paar Blicke über die Schulter zuzuwerfen.

Ich saß einfach nur da und versuchte, nicht zu heulen, während ich voller Bitterkeit an den Morgen zurückdachte, der so vielversprechend und positiv begonnen hatte, nur um sich innerhalb einer einzigen Stunde in eine absolute Katastrophe zu verwandeln.

Als die Pause vorüber war, und die anderen sich in Bewegung setzten, um in ihre Klassen zurückzukehren, blieb ich stumm sitzen, und irgendwann, als die zweite Stunde schon längst begonnen hatte, nahm ich meinen Rucksack, stand auf und ging nach Hause.

Schon beim Aufsperren merkte ich, dass etwas nicht stimmte, denn der Schlüssel ließ sich nicht zweimal drehen. Stattdessen sprang die Tür schon bei der ersten Drehung auf, was bedeutete, dass irgendjemand zu Hause sein musste.

Alles in mir hoffte, dass es nicht mein Vater war, der spontan beschlossen hatte, seinen Therapiesitzungen zu entfliehen, und ich legte mir vorsorglich einen Grund zurecht, warum ich heute die Schule geschwänzt hatte. (»Liebeskummer« würde er wohl kaum gelten lassen, »akute Gewaltbereitschaft« wahrscheinlich auch nicht, und die »Zerstörungswut auf Schuleigentum« hatte ich ja ebenfalls schon hinter mir. Blieben also nur die guten alten Menstruationsschmerzen, die bei Vätern fast immer Wunder wirkten.)

Ich war gerade hereingekommen, hatte die Tür leise hinter mir geschlossen und zog mir die Schuhe aus, als ich Schritte auf der Treppe hörte.

»Hallo?«, fragte eine weibliche Stimme, und ich schloss kurz die Augen. Mara. Musste die nicht arbeiten?

»Ich bin's«, erwiderte ich knapp und richtete mich wieder auf, als sie im Yoga-Outfit die Treppe runterkam. Die rotblonden Haare hatte sie sich zu einem Knoten hochgebunden und ihre Augen huschten besorgt über meinen Körper.

»Emi«, murmelte sie und kam auf mich zu. »Was ist passiert?«

Ich blinzelte. »Nichts«, erwiderte ich und spürte, wie meine Stimme bei diesem einen, winzigen Wort wegbrach.

Verräterstimme.

Sie blieb ein paar Schritte von mir entfernt stehen und wusste offenbar nicht, ob sie näherkommen oder weggehen sollte. Und ich … wusste es auch nicht.

»Möchtest du dich zu mir setzen?«, fragte sie, und ich hörte deutlich die Unsicherheit in ihrer Stimme. »Ich hatte heute Ärger in der Arbeit und habe meinen Dienst verschoben. Ein bisschen Gesellschaft täte mir jetzt ganz gut.« Zum ersten Mal sah ich ihre Angst vor meiner Zurückweisung, und zum ersten Mal hatte ich tatsächlich das Gefühl, sie irgendwie zu verstehen.

Vielleicht lag es daran, dass ich selbst gerade eine Zurückweisung erlebt hatte, die so unglaublich wehtat. Es fühlte sich an, als ob ich innerlich in eine Million Fragmente zersplittert war, die selbst geklebt und zusammengesetzt nie wieder eine glückliche und gesunde Emi ergeben konnten.

Vielleicht lag es auch daran, dass ich jetzt einfach nicht allein sein wollte und außer ihr niemand da war. (Ich hätte gern mit Charlie geredet, aber Charlie war so unglaublich weit weg, dass sie genauso gut auf dem Mars hätte leben können.)

Fakt war, ich wollte mich tatsächlich zu Mara setzen.

Und da ich vor ihr nicht in Tränen ausbrechen wollte, nickte ich einfach nur auf ihre Frage.

Mara ging zum Sofa ins Wohnzimmer und setzte sich. Nach ein paar Sekunden folgte ich ihr, und dann saßen wir nebeneinander auf dem Sofa. Es fühlte sich nicht wirklich gut an, aber besser, als ganz alleine dort zu sitzen.

»Wenn du reden möchtest …«, begann Mara, aber ich schüttelte schnell den Kopf. Und während ich das tat, spürte ich eine Träne über meine Wange laufen. Es wurden immer mehr.

Sie stand auf und verschwand in der Küche, und als sie zurückkam, hatte sie eine Packung Taschentücher dabei, die sie mir stillschweigend reichte. Ich putzte mir die Nase und sie sagte nichts, und irgendwann stand sie noch einmal auf und brachte eine Tafel Schokolade, die sie in zwei Hälften brach und mir das größere Stück davon gab.

»Vegan?«, fragte ich schniefend, und Mara schüttelte nur stumm den Kopf, was ich ihr hoch anrechnete, bevor wir uns beide ein großes Stück in den Mund steckten.

KAPITEL 21

Am darauffolgenden Samstag fand der bescheuerte Triathlon meines Bruders statt. Es war ein arschkalter Morgen nach einer arschkalten Woche (wettertechnisch und emotional) und ich hätte mir viel lieber eine Aufzeichnung des Wettbewerbs zu Hause im Bett angesehen, als live dabei zu sein, aber das erlaubte Papa nicht.

»Oliver bereitet sich seit Wochen auf diesen Tag vor, Emi, da werden wir auch als Familie hingehen, um ihn anzufeuern«, stellte er klar. Und da er es mit der Stimme sagte, die keine weitere Diskussion erlaubte, fügte ich mich.

Mit »Familie« meinte er offenbar auch Mara, die letzte Woche gefühlt fast jeden Tag hier gewesen war (Mara hatte sich nach meiner Heulattacke am Montag ziemlich cool benommen, denn sie hatte mich kein einziges Mal nach den Gründen gefragt und anscheinend auch meinem Vater gegenüber nichts erwähnt, denn ich musste kein einfühlsames Gespräch über meine derzeitige Gefühlslage über mich ergehen lassen.)

Nun standen wir jedenfalls in einem eigens eingerichteten Zuschauerbereich in der Nähe des Flussufers und würden wahrscheinlich alle den Kältetod erleiden, wenn der blöde Triathlon nicht bald anfing.

»Okay«, murmelte mein Vater, während er eine wild im Wind flatternde Informationsbroschüre studierte. »Oliver startet in der Kategorie »Jedermann«, das heißt ... 500 Meter Schwimmen, 20 Kilometer Radfahren und 5 Kilometer Laufen.« Er pfiff durch die Zähne. »Klingt ganz schön anstrengend.«

»Klingt, als würde es ganz schön lange dauern«, sagte ich fröstelnd und zog meine Jacke enger um mich. Es war mir rätselhaft, wie Oliver es bei diesem Wind in seinem dünnen schwarzen Triathlonanzug aushielt, ohne zu erfrieren. Musste an den ganzen Muskeln liegen, die er sich antrainiert hatte.

»*Hallo Hamburg und herzlich willkommen zum diesjährigen Elbe-Triathlon für die Sprintdistanz!*«, knarzte eine gut gelaunte Stimme aus den Lautsprechern. »*Der Wind ist heute zwar etwas frisch, aber die Elbe hat kuschelige 23 Grad Wassertemperatur, weshalb keine Neoprenanzüge erlaubt sind. Gleich gehen die ersten Schwimmer an den Start und ich wünsche euch schon jetzt viel Spaß auf eurer Strecke!*«

Die Teilnehmer jubelten und ich sah Olivers leuchtendes Gesicht, als er sich auf den Weg zum Absprungsteg machte und dabei noch den Sitz seiner blauen Badekappe prüfte.

Für einen Moment spürte ich das Aufflackern von geschwisterlichem Stolz (er würde heute NICHT in der Elbe ertrinken, auch nicht mit dem Fahrrad gegen einen Baum knallen oder beim Zieleinlauf von einem Wahnsinnigen mit übersteigertem Siegeswillen abgeknallt werden) – aber dieses kurze, positive Gefühl ging in einer Welle der Frustration unter, als ich meinen Blick über die Wiese schweifen ließ und hinter einer Metallabsperrung Erik entdeckte.

In der Schule hatte er die ganze Woche gefehlt, was es für mich ein bisschen leichter gemacht hatte, und nun traf ich ihn hier.

Mein Körper reagierte auf seinen Anblick mit Herzrasen und Wut, und obwohl ich wegsehen wollte, gelang es mir nicht. Ich starrte ihn an und alles tat weh, einfach alles – und dann streiften seine Augen mein Gesicht, verharrten dort für einen Sekundenbruchteil und schwenkten unbeeindruckt weiter.

Ich schluckte und biss die Zähne zusammen.

Seine Reaktion machte deutlich, dass er mich noch immer für diejenige hielt, die sein Geheimnis ausgeplaudert hatte, und das brachte meine Wut zum Überkochen; ein Teil von mir wollte einfach rübergehen, ihm ins Gesicht brüllen, dass er ein verdammter Idiot war, und ihn in die Elbe werfen.

Und obwohl ich mir seinen nachfolgenden Tod in allen Einzelheiten ausmalte und auch ein paar Mal variierte (einmal knallte er wegen der Strömung gegen einen Steg, einmal zog ihn ein tiefer Strudel unter Wasser, ein drittes Mal direkt in die Hölle), kam ich nicht umhin, mir einzugestehen, dass ich mich dadurch nicht besser fühlte.

Fröstelnd richtete ich meine Aufmerksamkeit wieder auf Oliver, der einer schlanken Triathlon-Teilnehmerin in einem schwarzen Schwimmsuit gerade ein High Five gab, und ich sah, dass es sich bei dem Mädchen um Isa handelte. Deshalb war Erik also hier.

»*Also los, Leute, in einer Minute starten wir mit der Schwimm-Disziplin*«, klang die motivierte Stimme des Sprechers über die Wiese, und ich sah zu, wie sich Oliver und Isa auf einem langen hölzernen Steg für den Start aufstellten.

Ein lautes und hässliches Tröten ertönte, woraufhin sich die Teilnehmer todesmutig in die Fluten warfen. Ich sah meinen Vater an der Gitterabsperrung stehen und Oliver lauthals anfeuern, ich sah Mara neben ihm jubelnd auf und ab hüpfen und versuchte, in dem Chaos auf der Elbe irgendetwas zu erkennen.

Es war ein einziges Aufspritzen von Wasser, und die Schwimmer trugen alle Badekappen in der gleichen Farbe, weshalb ich es schnell aufgab.

»*Und die ersten Teilnehmer haben bereits die gelbe Schwimmboje erreicht*«, tönte es aus den Lautsprechern, »*denkt daran, Leute, bei dieser Distanz müsst ihr hundert Prozent geben! Nur wer die Schmerzen am besten für sich nutzen kann, wird hier als Sieger herausgehen!*«

So ein Schwachsinn, dachte ich. Wie sollte man die Schmerzen bitteschön für sich nutzen können?

Unwillkürlich wanderte mein Blick wieder hinüber zu Erik, und als sich unsere Augen trafen, sah er mich dermaßen gleichgültig an, dass ich wegsehen musste.

Ich blickte auf die klatschenden Menschen hinter den Absperrungen, auf die Helfer in den gelben Trikots, die am Ufer standen, um den Schwimmern aus dem Wasser zu helfen, auf die Fahrräder, die schon für den nächsten Abschnitt bereitstanden, dann wieder auf die kraulenden Schwimmer und schließlich hatte ich das Gefühl, dass ich nirgendwo mehr hingucken konnte, weil ich doch überall nur Erik sah. Erik mit seinem unterkühlten, arroganten Blick, der meinen Zorn umso heißer brodeln ließ, je kälter er wurde. Und dann brannte plötzlich nicht nur meine Wut in mir, dann brannte es auch in meinen Augen, es brannte in meinem Herzen, plötzlich brannte es überall und ich drehte mich um und verließ den Zuschauerbereich.

Mir liefen schon wieder Tränen übers Gesicht. Und ich wusste, wenn ich mich nicht bald zusammenriss und über die Sache mit dem zerbrochenen Vertrauen und der enttäuschten Hoffnung hinwegkam, würde ich auf die trostloseste Art überhaupt sterben, nämlich, indem ich in meinem eigenen Tränenmeer ertrank.

Mit den Händen in den Jeans wanderte ich über die Wiese bis zur Straße und dann wandte ich mich nach links und marschierte am Asphalt entlang. Nächste Woche um diese Zeit fand diese blöde Berlinfahrt statt, wenn ich es nicht verhindern konnte, und ich musste an meinen Putzdienst denken, der heute noch auf mich wartete.

Heimlich hatte ich gehofft, dass es reichen würde, erst am Nachmittag zu der Adresse zu fahren, um Erik nicht zu begegnen. Aber wenn er jetzt auch hier war, hatte er seinen Dienst vermutlich ebenfalls auf den Nachmittag verschoben.

Schöne Scheiße.

Das charakteristische Schütteln einer Farbdose, gefolgt von dem typischen Sprühgeräusch eines Graffitisprayers, ließ mich mitten in der Bewegung innehalten. Ich blieb lauschend stehen und folgte den verdächtigen Lauten bis zu ein paar Büschen, hinter denen eine Gestalt in einem schwarzen Kapuzensweater mit dem Rücken zu mir am Boden hockte.

In der linken Hand hielt sie eine Zigarette und in der rechten eine Farbdose.

Ich schlich mich etwas näher heran und riss die Augen auf,

als ich das Profil des rothaarigen Jungen unter der Kapuze erkannte.

»Hallo, Axel. Was machst du denn hier?«, fragte ich laut und bemerkte mit Genugtuung, dass er vor Schreck seine Zigarette fallen ließ. Er warf mir einen unwilligen Blick zu und ich trat etwas näher. Vor Axel befanden sich einige Steinplatten, auf die er einen Schriftzug gesprüht hatte.

»Life is a bitch, a sexy one«, las ich und runzelte die Stirn. Das kam mir verdammt bekannt vor.

Ungelenk stand Axel auf und trat die Zigarette aus, die noch im feuchten Gras schwelte.

»Mein Dad macht beim Triathlon mit«, sagte er langsam, während er die Farbdose einsteckte, als ob nichts gewesen wäre. »Ich warte hier nur auf ihn.«

Ich kniff die Augen zusammen und musterte ihn.

»Und die Zeit vertreibst du dir mit ein bisschen sprayen … und rauchen?«, fragte ich im Plauderton.

Er sah mich eine Weile misstrauisch an und zuckte schließlich mit den Achseln. »Mir war langweilig.«

Ich holte tief Luft. »Axel, weißt du eigentlich, was ich jeden Samstag mache, seit Erik und ich den Chemietisch gesprengt haben?«

Er sah mich dermaßen lange an, dass ich nicht wirklich mehr mit einer Antwort rechnete.

»Ihr geht Graffiti putzen«, erwiderte er nach einer gefühlten Ewigkeit.

Ich lächelte. »Richtig. Und diesen Spruch von dir, den kenne ich.« Axel folgte meinem ausgestreckten Finger zu der angesprühten Bodenplatte.

»Hm«, machte er nach einer langen Pause.

»Ist dir klar, was das heißt? Ich hab dein Graffiti weggeputzt.«

»Hm.«

»Und ab sofort werde ich das nicht mehr tun.« Ich wartete kein weiteres Grunzen von ihm ab. »Ab sofort wirst du das tun, wenn du mit Erik zusammen putzen gehst.«

Er sah mich an. »Werde ich?«

Ich nickte. »Ja, das wirst du.«

Eine ganze Weile starrte er mich an. »Erpresst du mich?«

»Ja, das tue ich.«

Er kratzte sich am Kopf. »Verstehe«, meinte er schließlich.

»Dann ist ja gut«, erwiderte ich, drehte mich um und war verdammt froh, Erik heute nicht mehr zu begegnen.

KAPITEL 22

Als ich am nächsten Samstag im ICE von Hamburg nach Berlin saß, starrte ich missmutig aus dem Fenster.

Zwölf Tage waren vergangen, seit Erik mir mein schwarzes Buch auf den Tisch geknallt hatte. Zwölf Tage, in denen ich ihn jeden Tag mehr verabscheute, weil er mich verdächtigte und verurteilte, weil er mich in eine Kategorie presste, in die ich einfach nicht passte, und weil er glaubte, mich zu kennen – obwohl das überhaupt nicht stimmte.

Die karge Landschaft ratterte an mir vorüber und ich bereute, dass es mir nicht gelungen war, meinen Vater zu überzeugen, mir eine Entschuldigung zu schreiben (ich hatte es mit Fieber, Übelkeit und Menstruationsbeschwerden probiert – nichts half). Jetzt musste ich mit dem Rest meiner Klasse (inklusive Erik!) nach Berlin fahren, in diese beschissene Stadt, auf die ich genauso viel Bock hatte wie auf den Rest meines beschissenen Lebens.

»Schade, dass wir uns nicht gleich die Berliner Mauer ansehen«, schnatterte Toni neben mir, »andererseits finde ich es super, dass wir in den Mutter-Kind-Bunker gehen, da wollte ich schon immer mal hin. Warst du schon mal in den Berliner Unterwelten? Es soll total cool sein, meine Tante hat zwei Jahre in Berlin gewohnt und sie hat alle Führungen mitgemacht. Auf diese Weise hat sie die Liebe ihres Lebens kennengelernt, also zumindest war es für meine Tante die Liebe ihres Lebens, für ihn war es wohl nur eine kurze Affäre, denn er ist wieder zurück nach Stockholm geflogen und hat ihr – soweit ich weiß – nie wieder geschrieben, obwohl er es hoch und heilig versprochen hatte.«

Ich blickte aus dem Fenster, während ich nickte, und Toni erzählte noch mehr über das dramatische Liebesleben ihrer Tante, noch viel mehr, bis ich irgendwann bei den verwandtschaftlichen Verhältnissen zur Cousine zweiten Grades des schwulen Onkels ausstieg. Erst, als sie meinen Namen sagte, schreckte ich hoch.

Müde drehte ich den Kopf in Tonis Richtung, die mich fragend ansah.

»Kannst du den letzten Satz bitte noch mal wiederholen?«, murmelte ich mit belegter Zunge und fühlte mich schlecht, weil ich nicht zugehört hatte. (In Gedanken hatte ich gerade den Fußballer ermordet, weil es seine Schuld war, dass ich Erik die nächsten zehn Stunden ertragen musste.)

»Ich habe gefragt, ob du dein schwarzes Buch dabei hast. Ich meine«, sie druckste grinsend herum, »wir gehen in die *Unterwelten*, da passt so ein Todesbuch doch wie die Faust aufs Auge, oder nicht?«

»Ja klar«, murmelte ich und drückte meine Umhängetasche etwas fester an mich. Ich hatte mein schwarzes Buch tatsächlich dabei, aber nicht, weil ich fand, dass es in die Unterwelten gehörte, sondern weil es zu mir gehörte.

»Freust du dich auch schon so auf die Führung?«, fragte Toni euphorisch und nahm ihre schwarze Brille ab, um das Glas mit ihrem grün gestreiften T-Shirt zu putzen. »Oder hast du so schlimmen Liebeskummer, dass du dich gerade über gar nichts freuen kannst?«, schob sie weniger euphorisch nach.

Mein Kopf ruckte herum. »Wie kommst du denn auf diesen Schwachsinn?«, zischte ich und blickte mich rasch um, ob das jemand gehört hatte.

Sie zuckte mit den Schultern und setzte die Brille wieder auf. »Ich habe nur bemerkt, dass Erik und du seit zwei Wochen kein Wort mehr miteinander redet, und da dachte ich …«

»Vielleicht solltest du das sein lassen, also das mit dem Denken«, sagte ich hart und bereute es im nächsten Moment.

Toni sah mich erschrocken an und senkte den Blick dann auf ihre Hände. »Tut mir leid, Emi, manchmal rede ich zu viel über Dinge, die mich nichts angehen.«

»Nein …« Ich schüttelte den Kopf. »Mir tut es leid. Ich bin heute etwas daneben.«

Toni nickte und sagte nichts mehr, und ich beschloss, das Schweigen als etwas Gutes zu werten. Langsam lehnte ich meinen Kopf wieder an die Scheibe und hörte dem Tumm-Tumm, Tumm-Tumm der Bahn zu, während ich den Lärm meiner Gedanken zu ignorieren versuchte.

Zwei Stunden später standen wir vor dem riesigen Gasometer in Berlin Kreuzberg und blickten auf ein halbkreisförmiges Tor mit Metallgitter, hinter dem einige Stufen ins Innere des Fichtebunkers führten, den wir heute besichtigen würden.

Vor dem Tor hatten sich zwei Männer mit orangefarbenen Schutzwesten postiert, von denen uns einer im Namen des Vereins Berliner Unterwelten begrüßte und darüber informierte, dass sie es sich seit 1999 zur Aufgabe gemacht hatten, regelmäßige Führungen durch unterirdische Bauwerke zu geben.

Während er redete, ließ ich meine Blicke schweifen. Unterhalb des Schriftzuges »Geschichtsort Gasometerbunker Fichtestraße« prangte ein hässliches schwarzes Graffito an der Mauer, das jede Menge Erinnerungen an gemeinsame Putzdienste freisetzte, die ich jetzt so dringend gebrauchen konnte wie einen fetten Pickel auf der Stirn.

»Ich hoffe, es muss keiner aufs Klo, denn drinnen gibt es keine Toiletten«, sagte unser Tourführer und deutete mit dem Daumen über die Schulter. »Außerdem empfehlen wir festes Schuhwerk und warme Kleidung, denn im Bunker hat es nur ungefähr zehn Grad.«

Toni griff augenblicklich in ihren Rucksack und packte eine neongelbe Mütze sowie einen dazu passenden Schal aus, während ich Erik einen verstohlenen Blick zuwarf. Er stand abseits der Gruppe, die Hände in den Hosentaschen vergraben, und wirkte düsterer und einzelgängerischer als je zuvor. (Ich hatte ihm in den letzten zwölf Tagen so viele Tode gegeben, dass ich inzwischen den Überblick verloren hatte, aber als ich ihn nun ansah, wusste ich eines mit Sicherheit: Er würde allein sterben.)

»Wie lange müssen wir da rein?«, fragte Axel, während er sich nervös einen Kaugummi in den Mund schob.

»Die Führung dauert etwa 90 Minuten«, sagte der zweite Typ in der Sicherheitsweste, und ich sah, dass sich Toni ganz nach vorne drängte, um auch kein Wort zu verpassen.

Jetzt übernahm wieder der Erste das Reden. »Bevor wir reingehen, möchte ich noch ein paar grundsätzliche Dinge zum Thema Sicherheit ansprechen. Der Fichtebunker umfasst sechs Etagen mit 750 Räumen, in denen während des Zweiten Weltkriegs 6.500 Mütter mit ihren Kindern untergebracht waren. Gegen Ende des Krieges suchten hier bis zu 30.000 Menschen Schutz vor den Bomben. Ihr könnt euch also vorstellen, dass man sich da drin vorzüglich verlaufen kann.« Er schenkte uns ein knappes Lächeln. »Damit das nicht passiert, ist es wichtig, dass ihr in der Gruppe zusammenbleibt und unseren Anweisungen folgt. Keine Expeditionen auf eigene Faust, verstanden?«

Während er auf das zustimmende Nicken der Klasse wartete, fing ich Louisas spöttischen Blick auf. Sie sah ständig zu mir rüber und tuschelte dann mit dem rosa Wonderbra von der Party.

Blöde Kuh. Louisa war wie eine von diesen Nachtschattengewächsen, die am besten in der Dunkelheit gediehen. Je länger zwischen Erik und mir Eiszeit herrschte, umso besser schien es ihr zu gehen, und ich fragte mich, warum sie mich eigentlich so verabscheute. Grund zur Eifersucht hatte sie ja inzwischen keinen mehr.

Der Fußballer klatschte in die Hände.

»Na, dann mal los, Herrschaften, hundertdreißig Jahre Berliner Stadtgeschichte warten auf uns. Ich erwarte Disziplin, kein Drängeln, Schubsen, Dazwischenreden, Filmen oder Fotografieren. Und auch kein SMS-Schreiben, Ladys.« Er warf speziell der Louisa-Fraktion einen warnenden Blick zu.

Der eine Typ mit der orangefarbenen Weste sperrte das metallene Tor auf, während sich sein Kollege am Ende der Gruppe postierte, um den Abschluss zu bilden. Toni trippelte aufgeregt direkt hinter dem Tourführer in den Bau und der

Rest trottete langsam hinterher. Ich fühlte mich wie ein Schaf, das mit seiner Herde unterwegs war.

Mein WhatsApp-Eingangssignal ertönte. Der Fußballer sandte einen verärgerten Blick in meine Richtung und ich blieb stehen, öffnete meine Umhängetasche und stellte das Handy auf lautlos.

»Und? Hast du es geschafft, dich krankzustellen?«, blinkte mir Charlies Frage entgegen.

»Nein. Bin in Berlin mit dem Arsch und den anderen Idioten«, tippte ich schnell zurück. *»Papa war unerbittlich, er denkt, es stärkt mein Zugehörigkeitsgefühl zur Klasse.«*

Darauf antwortete Charlie mit *»:o***«*, weil es den kotzenden Smiley, auf den sie schon so lange wartete, bei WhatsApp noch immer nicht gab.

Mit einem Grinsen steckte ich das Handy wieder ein, als Axel, der vor mir stand, plötzlich einen hastigen Schritt zurückmachte und mich hart anrempelte. Meine Tasche rutschte dabei von meiner Schulter und der gesamte Inhalt kullerte auf den Boden.

»Sag mal, was ist los mit dir?«, fauchte ich verärgert und ging in die Hocke, um mein Zeug wieder einzusammeln.

»Klaustrophobie«, murmelte Axel bleich und schraubte mit zitternden Fingern eine Flasche Wasser auf.

Erik ging an mir vorbei und machte einen großen Schritt über meine verstreut liegenden Sachen hinweg, ohne mich anzusehen.

Wütend blickte ich ihm nach und im selben Moment bückte sich Louisa und hob mein schwarzes Buch auf.

»Seht mal, was ich hier auf der Straße gefunden habe«, sagte sie zu ihren Freundinnen und hielt es mit spitzen Fingern hoch. »Wusstet ihr, dass Mrs Unscheinbar in ihrem Kopf Leute umbringt? Was für ein Freak.« Sie schüttelte den Kopf und lief schnell damit weiter. Ihr Gefolge warf mir geschlossen verächtliche Blicke zu.

»Gib das her!«, rief ich und versuchte, mich aufzurappeln, doch ich stolperte, Louisa grinste nur und verschwand mit meinem Buch zwischen den anderen.

Sprachlos sah ich ihr hinterher und konnte nicht glauben, dass sie es mir tatsächlich einfach weggenommen hatte. In dem Moment fühlte es sich an, als wäre ich wieder drei Jahre alt und würde mich in der Sandkiste mit einer Gleichaltrigen um die Schaufel streiten. Fassungslosigkeit, Scham und Wut mischten sich zu einem wüsten Gefühlsstrudel, von dem mir abwechselnd heiß und kalt wurde.

Hektisch stopfte ich meine Schlüssel und die restlichen Sachen in meine Tasche zurück und sprang auf.

»Kein Drängeln«, zischte mir der Fußballer zu, als ich hinter den anderen durch den engen Eingang hastete und versuchte, mich zu ihr vorzukämpfen. (Er würde bei einer Massenpanik stoisch stehen bleiben und von einer Horde drängelnder Schüler zu Tode getrampelt werden.) Da ich jedoch keine Auseinandersetzung mit dem Fußballer riskieren wollte, mäßigte ich mein Tempo und achtete darauf, keinen anzurempeln, während der Tourführer nach ein paar Metern stehen blieb.

»Wir befinden uns hier im Eingangsbereich des Mutter-Kind-Bunkers«, erhob er seine Stimme, und ich stellte mich auf die Zehenspitzen, um zu sehen, wo Louisa war. »Die Vorstellung, jede Nacht in einem Stahlbetonbau unter beengten Verhältnissen Schutz vor den Bomben zu suchen, ist für uns heute schier unvorstellbar. Wie wir von Zeitzeugen wissen, war das Leben im Bunker für die Kinder jedoch nicht immer so schrecklich, wie wir uns das heute vielleicht vorstellen. Zum einen fühlten sich die meisten hinter den 1,80 Meter dicken Mauern durchaus geborgen und beschützt.« Er machte eine kurze Pause und blickte in die Runde. »Und zum anderen hatten sie großen Spaß daran, den Bunkerwart auszutricksen.« Einige aus der Klasse lachten und ich sah, wie Axel neben mir sich schnaufend mit der Hand übers kalkweiße Gesicht fuhr. Er hatte hier mit Sicherheit keinen Spaß und ich fragte mich, wer von uns beiden diese Exkursion mehr hasste.

Nachdem der Tourführer noch kurz etwas über die Gasschleuse am Eingang erzählt hatte, ging es durch einen schmalen Gang weiter. Je tiefer wir in das Gebäude eindrangen, desto kälter wurde es, und ich bereute, nur das dünne Langarm-Shirt angezogen zu haben.

Noch mehr bereute ich allerdings, mein schwarzes Buch mitgenommen zu haben, und wünschte Louisa jeden einzelnen der 57 Tode daraus an den Hals.

Der Typ mit der Sicherheitsweste blieb alle paar Meter stehen und erzählte passende Anekdoten aus der Geschichte des Bunkers. Unter anderen Umständen hätte ich das wahrscheinlich sogar interessant gefunden. So aber hörte ich nur mit halbem Ohr zu, während ich mich Stück für Stück näher an Louisa heranschob, bis ich in einem schmalen Gang (dessen Wände einstürzen und sie unter sich begraben würden) endlich zu ihr aufgeschlossen hatte.

»Gib mir mein Buch zurück«, zischte ich ihr zu, was sie mit einem verächtlichen Schnaufen quittierte.

»Ich sagte, gib mir mein Buch zurück«, wiederholte ich mit Nachdruck, während ich nach ihrer Schulter griff.

»Fass mich nicht an«, fauchte Louisa und schüttelte meine Hand mit einer heftigen Bewegung ab.

»Ruhe da vorne!«, schnauzte der Fußballer von hinten. Ich drehte mich um und fing Eriks Blick auf, der nur ein paar Schritte entfernt war und mich mit gerunzelter Stirn anstarrte. Als sich unsere Augen trafen, spürte ich einen kurzen Stich in der Brust und wandte meine Aufmerksamkeit schnell wieder Louisa zu.

»Was soll das? Wie alt bist du eigentlich?«, flüsterte ich und fühlte den Zorn in mir weiter hochkochen.

»Tja, wenn du mich so fragst«, grinste Louisa mich von der Seite an und öffnete ihre Tasche. Ich sah, wie sie hineingriff, sah, wie sie mein schwarzes Buch daraus hervorzog, und dann sah ich, wie sie es mit einer lässigen Bewegung über die Brüstung einer Steintreppe pfefferte, die in eine tiefere Etage führte.

Ich konnte in dem Moment nichts anderes tun, als erschrocken die Augen aufzureißen, obwohl ich Louisa am liebsten nachgeschubst hätte.

»Sag mal … hast du sie noch alle?«, fauchte ich und beugte mich über die Brüstung.

»Vorsicht bei der Treppe!«, rief mir der Typ in der Sicherheitsweste zu und deutete mit dem Daumen hinter sich. »So, hier geht's lang.« Er drehte sich um und bog bei der nächsten Abzweigung links ab.

»Aufrücken«, ertönte die gereizte Stimme des Fußballers knapp hinter mir, und ich stolperte wie paralysiert weiter, noch immer fassungslos, was Louisa soeben getan hatte.

»Ups«, hauchte sie und hielt sich gespielt erschrocken die manikürte Hand vor den Mund. »Hab ich da eben deinen kleinen Schatz in die Unterwelt befördert? Irgendwie passend, wo du dich gedanklich doch so gern in der Unterwelt aufhältst.«

Wütend starrte ich in ihr perfekt geschminktes Gesicht, während wir uns nebeneinander durch den engen Gang bewegten. »Du ... blöde Kuh«, brach es aus mir heraus.

Sie hob arrogant lächelnd das Kinn. Dann beugte sie sich im Gehen näher zu mir und flüsterte: »Wieso ziehst du nicht auch nach Spanien in eine hübsche Finca und heulst dort rum? Das wäre ein guter Abstand von dir und deinen abgefuckten Todesanzeigen.«

Dabei funkelte sie mich an, und in dem Moment kapierte ich es. Kapierte, warum sie mich so hasste, kapierte, dass sie auch Erik hasste, und dass sie es gewesen sein musste, die die Geschichte von seiner Mutter verbreitet hatte.

»Du hast den Brief gelesen. Als du in seinem Zimmer warst, da hast du ihren Brief gelesen«, sagte ich langsam.

»Keine Ahnung, wovon du sprichst«, meinte sie schnippisch, »aber Erik sollte seinen Brief vielleicht nicht jedem zeigen, schon gar nicht dir. Wer weiß, welche Bombe du da wieder hineinbastelst.«

Ich schluckte. Louisa hatte an diesem Tag offenbar nicht nur den Brief von Eriks Mutter gelesen, sondern auch mein schwarzes Buch durchgeblättert. Und dabei musste sie auf die Todesanzeige gestoßen sein, die ich für Erik geschrieben hatte. Die Todesanzeige, die Louisa als verrückte Stalkerin bloßstellte und sie dann an ihrer eigenen Briefbombe zugrunde gehen ließ.

Ich verstand jetzt, warum sie mich hasste. Und ich verstand, warum sie ihn hasste. (Sie fand es sicher das Letzte von Erik, dass er mir von ihren Stalking-Aktionen erzählt hatte.)

Aber das machte es nicht besser. Es machte die Sache kein bisschen besser.

Als der Tourführer den nächsten Halt einlegte und fallen ließ, dass im Fichtebunker nach dem Krieg sogar ein Gefängnis in der Kelleretage eingerichtet worden war, unterbrach ihn Axel mitten im Satz.

»Ich muss hier raus«, presste er krächzend hervor. »Mir ist schlecht, ich muss hier raus, ich muss auf der Stelle raus.« Sein Gesicht war von Schweiß überzogen und ich sah, wie seine Hände zitterten, als er den nächsten Kaugummi aus der Packung drückte.

»Ernsthaft, Axel?«, erwiderte der Fußballer genervt und drängte sich zu ihm nach vor.

Axel nickte und lehnte mit geschlossenen Augen den Hinterkopf an die Tunnelwand. Er sah so aus, als ob er jeden Moment kotzen würde, und ich bemerkte, wie die Leute in seinem Umkreis vorsorglich ein paar Schritte zur Seite machten.

»Mein Gott, hättest du das nicht vorher sagen können?«, herrschte ihn der Fußballer an und bewies damit eindrucksvoll seine mangelnde Empathie. Gleichzeitig schwappte eine Welle der Unruhe durch die Gruppe, es wurde getuschelt, gekichert und mit den Füßen gescharrt. Ich sah, wie der hintere Sicherheitsmensch nach vorne kam, um mit beruhigender Stimme auf Axel einzureden, sah, dass Louisa sich umgedreht hatte und aufgeregt mit ihrem Gefolge schnatterte, sah, dass sich kein Mensch um den Bereich des Tunnels scherte, durch den wir gerade gekommen waren, und erkannte, dass es keine bessere Gelegenheit gab, mein schwarzes Buch zurückzuholen.

Mit unbeteiligter Miene ließ ich mich zurückfallen. Als ich das Ende der Gruppe erreicht hatte, zog ich mein Handy aus der Tasche und wanderte ein paar Schritte den Gang entlang, während ich so tat, als würde ich den Netzempfang prüfen. Mein Herz pochte spürbar in meiner Brust, und mit jedem Schritt wuchs meine Angst, ertappt zu werden. Innerlich wappnete ich mich, jederzeit die verärgerte Stimme des Fußballers zu hören, der mich zurückrief, doch Axel schien ihn gut zu beschäftigen, denn ich schaffte es bis zur letzten Abzweigung. Ohne einen Blick nach hinten zu riskieren, schlüpfte ich lautlos um die Ecke und hastete den Gang zurück, den wir entlanggekommen waren.

Der Weg kam mir weiter vor als zuvor in der Gruppe, kälter und düsterer sowieso, aber ich musste mein Buch finden. Und zwar möglichst so schnell, dass ich längst zurück sein würde, bevor sie mein Fehlen bemerkten. (Irgendeinen Vorteil musste es ja schließlich haben, Mrs Unscheinbar zu sein.)

Endlich kam die Steintreppe in Sicht, die eine Etage tiefer führte, und ich legte meine Finger auf den Handlauf.

Unter mir herrschte undurchdringliche Finsternis. Dem Himmel sei Dank für Handys. Ich zog mein Smartphone aus der Tasche und schaltete die Taschenlampen-App ein. Netz hatte ich hier zwar keines, aber wenigstens funktionierte das Licht.

Ein seltsames Gefühl überkam mich, als ich den Fuß auf die erste Stufe setzte und Schritt für Schritt tiefer in den Mutter-

Kind-Bunker hinabstieg, der vor rund siebzig Jahren so vielen Menschen das Leben gerettet hatte und dennoch wie eine Begräbnisstätte auf mich wirkte.

Vielleicht lag es einfach nur an der Dunkelheit und dieser seltsam staubigen Stille, die diesen Eindruck bei mir erzeugten. Vielleicht waren es auch die Schicksale der Tausenden von Menschen, die in diesen Mauern Schutz gesucht hatten – oder es waren schlicht meine eigenen Gefühle beziehungsweise eine Mischung aus allem.

Meine Gedanken huschten ebenso durch meinen Kopf wie der Lichtstrahl meines Handys über die nackten Wände, und gerade, als ich das Ende der Treppe erreicht hatte, hörte ich ein Geräusch.

Da waren Schritte.

Da waren Schritte auf den Stufen über mir, polternde Schritte, die sich mir rasch näherten, und ich drückte mich reflexartig gegen die rissige Mauer, während ich hektisch versuchte, das Licht auszuschalten.

Verdammt. Wer war das? Mit laut pochendem Herzen stolperte ich rückwärts in einen der abzweigenden Gänge und versuchte, einen klaren Gedanken zu fassen.

Ich würde nicht ohne mein schwarzes Buch zurückgehen, so viel war sicher. Egal, wer da jetzt die Treppe hinunterkam, ich würde mich einfach nicht zu erkennen geben und so lange hier verstecken, bis ich es gefunden hatte.

»Emi?«, hörte ich eine tiefe Stimme flüstern und die Stimme schickte einen Strom purer Elektrizität durch meinen Körper.

Atemlos verharrte ich in meiner Position, während tausend Gefühle und Gedanken durch mich hindurch schossen. Ein

Rascheln ertönte, und dann zerriss ein heller Lichtstrahl die Dunkelheit, leuchtete einmal quer über die dreckigen Wände, von denen der Putz abbröckelte, und saugte sich dann an meinem Gesicht fest.

Blinzelnd starrte ich in die blendende Helligkeit und versuchte, mich weniger wie das Reh auf der Autobahn zu fühlen.

»Emi«, wiederholte Erik mit Erleichterung in der Stimme, und weil ich nicht mit ihm reden wollte, weil ich keine Lust hatte, auch nur ein Wort zu wechseln mit jemandem, der mich überhaupt nicht kannte, floh ich tiefer in den Gang hinein.

»Emi, warte«, presste Erik hervor, aber ich wollte nicht warten und lief einfach weiter. Mir war egal, wohin ich lief, ich wollte einfach davonlaufen, vor ihm und vor allen anderen.

»Emi …« Erik lief hinter mir her. »Emi, verdammt. Jetzt warte endlich!« Er griff nach meinem Arm und riss mich herum.

Ich schüttelte seine Hand ab und funkelte ihn an.

»Was?«, fauchte ich.

Erik blieb reglos stehen und sah mich einfach nur an. Ich konnte sein Gesicht nicht erkennen, weil es im Schatten lag, aber die Stille sprach für sich, sie war voller Worte, und während ich darauf wartete, dass er endlich etwas sagte, spürte ich meinen Ärger auf ihn immer größer werden.

»Ich … ich hab das mit Louisa mitgekriegt«, sagte er endlich und seine Stimme klang anders als sonst. »Du warst es gar nicht. Es war Louisa.«

»Gratuliere«, erwiderte ich kalt.

»Emi … ich hab das nicht – ich hab das einfach nicht gecheckt«, sagte er und machte einen Schritt auf mich zu.

Automatisch wich ich einen Schritt zurück.

»Was hast du nicht gecheckt?«, schleuderte ich ihm ins Gesicht. »Dass ich doch nicht die Verräterin bin, für die du mich gehalten hast?«

Er fuhr sich mit den Fingern durch seine schwarzen Haare und schüttelte den Kopf. »Sag so was nicht.«

»Wieso nicht?«, schnappte ich und merkte, wie ich immer lauter wurde. »Was bringt es, die Wahrheit in hübsche kleine Wattebällchen zu verpacken? Du hast mir das Gefühl gegeben, mich zu kennen, hast mir das Gefühl gegeben, mich zu verstehen und dann …« Ich holte tief Luft. »Dann hast du mich bei der erstbesten Gelegenheit einfach fallen lassen. Du hast das Schlimmste von mir angenommen, das Schlimmste, Erik. Du hast mir keine Chance gegeben.«

»Was hättest du denn an meiner Stelle gedacht, wenn du mir etwas anvertraut hättest, von dem am nächsten Tag die ganze Schule weiß?«, entgegnete er leise. Und diese Beherrschtheit, diese Ruhe machte mich gleich noch wütender.

»Keine Ahnung!«, schrie ich. »Auf alle Fälle hätte ich erst mal mit dir geredet, statt dich einfach so zu verurteilen und vor allen zu demütigen!«

»Gut, ich hab mich geirrt!«, gab er heftig zurück. »Willst du das hören? Ja, Emi, ich hab mich geirrt. Ich bin auch nur ein Mensch, ich mache Fehler, okay?«

»Okay?«, wiederholte ich ungläubig. »Nichts ist okay, du kannst mich nicht zwei Wochen lang hassen und dann verlangen, dass das okay ist.«

»Ich habe dich nicht gehasst.«

»Jetzt lüg doch nicht auch noch!«, schrie ich.

»Jetzt tu doch nicht so, als wär das alles allein meine Schuld«, schrie er zurück und machte einen neuerlichen Schritt auf mich zu, woraufhin ich abermals zurückwich. »Glaubst du, das war schön für mich, glaubst du, es hat mir gefallen, mich verraten und verarscht und so unglaublich enttäuscht zu fühlen?! Du hättest doch auch was sagen können, oder wäre dir da ein Zacken aus der Krone gebrochen?!«

»Ist das dein Ernst?«, spie ich ihm entgegen und merkte, wie meine Stimme kippte. »Schiebst du mir jetzt ernsthaft die Schuld in die Schuhe, weil ich nicht angekrochen gekommen bin, um dein Bild von mir ins rechte Licht zu rücken, du arrogantes Arschloch?« Den letzten Teil brüllte ich.

Aus Eriks Gesicht wich jede Emotion und ich fühlte, dass ich eine Grenze überschritten hatte, die ich eigentlich nicht hatte überschreiten wollen, aber es war passiert, und entschuldigen würde ich mich auf keinen Fall, niemals.

»Geht's noch tiefer?«, fragte er kalt und steckte die Hände in die Hosentasche.

»Weißt du was?«, erwiderte ich. »Lass mich einfach in Ruhe.« Ich fühlte mich vollkommen leer und ausgelaugt und wollte einfach nur noch allein sein.

»Verschwinde«, ergänzte ich kraftlos. »Verschwinde aus meinem Leben und bleib draußen, ich will dich weder kennen noch etwas mit dir zu tun haben, ich will einfach, dass du gehst.«

Erik starrte mich an und da war kein Gefühl in seinen schwarzen Augen. Eine sehr lange Zeit war nichts zu hören, außer der ohrenbetäubenden Stille zwischen uns. Schließlich sagte er: »Gut, wenn du das willst«, drehte sich um und verschwand in der Dunkelheit.

Ich blickte ihm nach und mein Herz klopfte wie verrückt. Am liebsten hätte ich geheult, aber ich wusste, dass das bescheuert war, weil ich ihn gerade selbst weggeschickt hatte.

Schniefend strich ich mir die Haare hinter die Ohren und sah mich um. Bei dem Versuch, möglichst schnell von ihm fortzukommen, war ich einfach in irgendeinen der labyrinthartigen Gänge gelaufen und nun wurde mir bewusst, dass ich keine Ahnung hatte, wo ich eigentlich war.

Langsam setzte ich mich in Bewegung. Ich befand mich in einem dunklen Tunnel, von dem rechts und links unzählige Kammern abzweigten, die den Menschen während der Bombenangriffe als Unterschlupf gedient hatten. In einem der Räume sah ich eine ganze Reihe Toiletten ohne Sichtschutz nebeneinanderstehen. Wenn man um sein Leben bangte, rückte offensichtlich manches in den Hintergrund.

Jetzt, wo meine Wut verraucht war, spürte ich, wie die klamme Kälte des Bunkers in meinen Körper kroch. Ich ließ den Lichtstrahl meiner Handytaschenlampe über die Wände gleiten und kam zu einer Abzweigung, an die ich mich nicht erinnern konnte.

Panik kroch in mir hoch und ich musste an die Warnung des Sicherheitsmenschen denken, dass das Gebäude sechs Etagen mit 750 Kammern umfasste und man sich hier drin vorzüglich verlaufen konnte. Wie es aussah, hatte er recht gehabt.

Unschlüssig schwenkte ich den Lichtstrahl von dem linken Gang in den rechten. Der eine Tunnel kam mir irgendwie bekannt vor, der andere aber auch. Von Erik war weit und breit nichts zu sehen oder zu hören. Und auch von niemand anderem.

Da ich sowieso keine Ahnung hatte, wo ich lang musste, entschied ich mich für den rechten Weg. Ich folgte ihm so lange, bis ich mir sicher war, dass ich die Steintreppe inzwischen längst wieder hätte erreichen müssen.

In den nächsten fünf Minuten versuchte ich einfach nur, Ruhe zu bewahren. Mir war inzwischen eiskalt und ich zitterte, aber das kam wahrscheinlich von der Angst und nicht von der tatsächlichen Umgebungstemperatur.

Während ich orientierungslos durch die Gänge lief, begann ich, jede einzelne Entscheidung der letzten Stunden zu bereuen (angefangen damit, dass ich heute Morgen überhaupt aufgestanden war). Doch was ich am meisten bereute, war, Erik vorhin weggeschickt zu haben.

Die Ironie des Schicksals war mir dabei durchaus bewusst. Ich hatte da dieses Buch mit all diesen faszinierenden Toden und dann starb ich bei einem dämlichen Schulausflug?

Zu allem Überfluss war es nicht mal ein sonderlich spektakulärer Tod. (Nicht wie der zweier junger Männer, die nachts in ein Schwimmbad eingebrochen und nacheinander vom gesperrten Sprungturm in ein leeres Becken gehüpft waren. Offenbar hatte der zweite nicht auf das charakteristische »Wasser-Platsch« gewartet.)

Ich würde im Gegensatz dazu vermutlich einfach nur verdursten, weil ich nichts zu trinken dabei hatte.

Ich leuchtete in eine ehemalige Schlafkammer, an der ich

vielleicht schon mal vorbeigekommen war – vielleicht aber auch nicht – und realisierte, dass ich mir in all den Jahren niemals selbst einen Tod gegeben hatte.

Wie würde es passieren?

Würde ich nach Stunden des Herumirrens völlig entkräftet in einer Ecke zusammenbrechen und versuchen, eine vorbeikommende Ratte zu essen? (Die Ratte hätte vielleicht Tollwut und würde aus diesem Grund auf meine Lockrufe reagieren. Bevor ich sie beißen konnte, würde sie mich beißen.)

Mit einem nervösen Lächeln schüttelte ich den Kopf. Das brachte mich jetzt auch nicht weiter. Und während ich fühlte, wie die schwarzhumorige Emi bei jedem Schritt in diesem trostlosen Labyrinth kleiner und kleiner wurde, wuchs die ängstliche Emi im gleichen Maße und wurde riesengroß. Bis ich mir schließlich eingestehen musste, dass ich richtig Schiss hatte. Ich schwitzte, obwohl mir kalt war, und auf meiner Brust lastete ein Druck, der mir das Atmen schwer machte.

Das hier war kein Spiel mehr, das verstand ich nun.

Das ganze Leben war kein Spiel, und man musste verdammt noch mal drauf aufpassen, weil man nur dieses eine hatte. Und obwohl ich es hasste, tauchten plötzlich Olivers geliebte Facebook-Sprüche vor meinem inneren Auge auf, die behaupteten, dass man jeden Tag wie seinen letzten leben sollte.

Das Leben ist ein Geschenk, nutze den Tag, life is precious, das alles hatte ich so oft gelesen, ohne jemals die Wahrheit hinter den kitschigen Phrasen zu erkennen.

Und gerade als ich dachte, dass ich mein eigenes Leben bisher zu wenig geschätzt hatte, hörte ich eine aufgeregte, weibliche Stimme.

Eine Stimme, die ich kannte. Eine, die ohne Punkt und Komma sprach, und ich war mir sicher, dass ich mich noch nie zuvor so gefreut hatte, sie zu hören.

Es war Toni, die da so aufgeregt auf jemanden einplapperte. (Möglicherweise hielt sie dem Typ mit der Sicherheitsweste eine Standpauke, wie es hatte passieren können, dass Erik und ich verloren gegangen waren, obwohl es natürlich nicht seine Schuld war.)

Und während ich in dem dunklen Gang stand und atemlos lauschte, hörte ich die Stimmen leiser werden und begann zu rennen. Ich hätte auch rufen können, aber dann dachte ich an Louisa und ihr hämisches Grinsen und wollte ihr die Genugtuung nicht gönnen, mich hysterisch nach der Gruppe rufen zu hören.

Ich rannte also, die Wände flogen an mir vorüber und die Stimmen wurden immer leiser. Keuchend bog ich um eine Ecke und sah plötzlich eine Steintreppe, die mir verdammt bekannt vorkam. Hastig leuchtete ich den Boden ab, ob hier irgendwo mein schwarzes Buch lag, konnte es aber nirgends entdecken. War es vielleicht doch eine andere Treppe gewesen, die ich hinuntergekommen war?

Ich wusste es nicht, aber da ich nicht länger in dem Labyrinth herumirren wollte, griff ich nach dem Handlauf und hastete, immer zwei Stufen auf einmal nehmend, nach oben. Dabei lauschte ich den sich entfernenden Stimmen, die ich einholen wollte, dachte an mein schwarzes Buch, das noch immer irgendwo in den Unterwelten begraben lag, fragte mich, wo Erik wohl war, und spürte, wie ich bei meinem nächsten Schritt ausglitt.

Es geschah wie in Zeitlupe: Mein Fuß rutschte einfach von

der Kante, ich spürte, wie ich den Halt verlor, spürte, wie ich nach hinten kippte, dachte an meine blöde Nachbarin, und ob sie sich in den letzten Augenblicken vor ihrem Tod ebenso gefühlt hatte, als sie auf ihrer Schildkröte ausgerutscht war – und dann hatte ich keine Zeit mehr zum Denken, denn ich knallte mit Karacho die ganze Treppe wieder hinunter.

Das Letzte, was ich spürte, war, wie mein Schädel auf dem harten Boden aufschlug, bevor die Finsternis sich von rechts und links in mein Blickfeld schob wie ein Vorhang, der für immer zugezogen wurde.

KAPITEL 23

So ist das also, wenn man stirbt.

Es ist ein bisschen kalt, aber ich habe schon Schlimmeres erlebt. In meinen ersten Weihnachtsferien, als wir zum Skifahren in Tirol waren, da war mir kälter. Es war erst mein zweiter Tag im Skikurs und ich weiß noch, dass mich der Anblick der schroffen, schneebedeckten Berggipfel ziemlich einschüchterte. Ich kann mich ebenfalls daran erinnern, dass ich es nicht schaffte, mit meinen Skiern dieses blöde Pizzastück zu machen, weshalb ich ungebremst in das Abfangnetz am unteren Ende des Babyhangs rauschte.

Meine Fahrt war weder besonders schnell, noch besonders gefährlich, aber ich weiß noch, dass ich weinte – in einer Mischung aus verletztem Stolz und Frustration und Kälte und dem Gefühl, diesen Sport niemals zu erlernen. Es war furchtbar. Ich erinnere mich auch, wie mich Papa nach meinem Sturz tröstend in den Arm nahm, und dass es so kalt war, dass mir die Tränen auf den Wangen zu kleinen Eisklümpchen gefroren.

So kalt war es jetzt nicht, und ich schaukelte ein wenig hin und her, während ich an Tirol dachte, was sich fast so anfühlte, als ob ich schwerelos wäre. Als mich die Schlange der Nachbarin gebissen hatte, hatte nichts geschaukelt, und wie damals sah ich auch diesmal kein Licht, sondern nur dieselbe Schwärze wie vorhin schon.

Dafür hörte ich etwas.

Es klang nach einem keuchenden Atem und dieser keuchende Atem aktivierte etwas in meinem trägen Hirn; zuerst dachte ich, dass es seltsam war, von einem keuchenden Engel in den Himmel geschleppt zu werden, und dann machte es klick und mir wurde bewusst, dass es sich keinesfalls um einen Engel handeln konnte.

Ich schlug blinzelnd die Augen auf und sah, dass es sich eher um das Gegenteil eines Engels handelte. Und langsam begriff ich, dass ich doch nicht tot war (auch wenn ich mir nicht sicher war, ob es nicht besser gewesen wäre, als von Erik durch die Unterwelten geschleppt zu werden).

Ich wollte ihm sagen, dass er mich runterlassen sollte, aber mein Körper gehorchte mir irgendwie nicht, mein Mund ließ sich zwar öffnen, aber es kam nur ein Stöhnen raus, und Eriks Kopf ruckte herum. Er sah mich an, und ich sah Angst in seinen Augen, was auch mir ein wenig Angst machte.

Jetzt hörte ich wieder Stimmen, es waren viele Stimmen, die durcheinanderredeten und ineinanderflossen wie Gebirgsbäche, die sich zu einem rauschenden Sprechfluss vereinten. Ein Sprechfluss mit aufgeregten (Toni) und abfälligen Nuancen (Louisa), untermalt von dem beruhigenden Murmeln des Tourführers.

»Lass mich runter«, krächzte ich und versuchte, mich aus Eriks Armen zu winden, bevor uns die Leute sehen konnten. Ein stechender Schmerz jagte durch meinen Kopf, aber das war mir egal.

»Du blutest«, erwiderte er knapp.

»Du wirst auch gleich bluten, wenn du mich nicht runterlässt«, fauchte ich, weil es nicht infrage kam, dass er mich bis zu den anderen trug. Da hätte ich gleich nach ihnen rufen können, das wäre noch weniger peinlich gewesen, und offenbar merkte er, dass es mir wirklich ernst war, denn nun blieb er endlich stehen. Ich spürte, wie seine Muskeln zitterten, als er mich runterließ, und fragte mich, wie weit er mich getragen hatte.

»Alles okay?«, fragte Erik, während er mich kritisch beäugte, als würde ich jeden Moment tot umfallen.

»Alles bestens«, sagte ich schnell und griff mir an die schmerzende Stelle an meinem Hinterkopf, wo meine Haare sich verklebt anfühlten.

»Da sind sie!«, rief in dem Moment eine aufgeregte Toni und rannte auf mich zu.

»Vorsicht, sie hat sich den Kopf gestoßen«, sagte Erik warnend, und dann brach eine ganze Lawine an Fragen und Vorwürfen über uns herein, die Erik zum Glück alle beantwortete, während ich mich einfach auf den Boden setzte und darauf wartete, dass die Welt aufhörte, sich so schnell zu drehen.

Toni hockte sich neben mich und erzählte mir, dass Axel dem Fußballer während unserer Abwesenheit tatsächlich auf die Schuhe gekotzt hatte und jetzt draußen bei den Sanitätern war.

Wenigstens waren die schon da und mussten nicht wegen mir gerufen werden, dachte ich mir auf dem Weg hinaus, bei dem ich tunlichst vermied, irgendwem in die Augen zu blicken, schon gar nicht Erik.

Und als der Rettungsfahrer mich mit Verdacht auf eine Gehirnerschütterung vor allen auf die Trage schnallte, da war ich mir nicht sicher, ob mir der Ausgang mit der tollwütigen Ratte nicht doch irgendwie lieber gewesen wäre.

***

»Alles okay?«, fragte mein Vater und lugte durch die Tür hinein. Ich schob schnell Anna unter die Bettdecke und lächelte schwach.

»Ja, immer noch genauso okay wie vor fünf Minuten«, sagte ich.

»Hast du dich übergeben?« Mein Vater machte noch immer das gleiche besorgte Gesicht wie gestern, als er mich aus dem Urbankrankenhaus geholt hatte, das gleiche Gesicht wie auf der Autofahrt nach Hause, während ich meinen Kopf nur gegen die Scheibe gedrückt und versucht hatte, den dumpfen Schmerz wegzuschlafen, das gleiche Gesicht, das er mir auch jetzt, in meinem Zimmer und am nächsten Tag, im gefühlten Fünfminutentakt durch die Tür entgegenhielt. So kannte ich ihn gar nicht.

»Nein, ich habe mich nicht übergeben. Und du?«, fragte ich und richtete mich vorsichtig auf.

Er trat in mein Zimmer und setzte sich zu mir ans Bett. Dazwischen gähnte er und wirkte, als hätte er nicht viel geschlafen (wahrscheinlich hatte er auch in der Nacht regelmäßig nach mir gesehen. Und: Er hatte mit Mara telefoniert, sie aber anstandshalber nicht gebeten, bei uns zu schlafen.)

»Emi, du hast ein Schädel-Hirn-Trauma erlitten und musst beobachtet werden. Deine Kopfschmerzen sind Teil eines postkommotionellen Syndroms, es können auch noch andere Symptome auftreten.«

»Mir geht es gut, ehrlich«, sagte ich, »und kannst du bitte von einer kleinen Gehirnerschütterung reden anstatt von einem Schädel-Hirn-Trauma? Das klingt, als wäre mein Gehirn kaputt und ich müsste unter Amnesie leiden. Der Arzt hätte mich nicht nach Hause geschickt, wenn es mir nicht gut ginge.«

Mein Vater runzelte die Stirn. »Du sollst dich ausruhen. So eine Gehirnerschütterung ist nicht zu unterschätzen.«

»Ich ruhe mich doch aus, und das solltest du vielleicht auch tun.«

Er zog eine Augenbraue hoch. »Sollte ich das?«

»Du siehst nicht besonders gut aus.«

»Danke.«

Ich zuckte mit den Schultern. »Im Alter sind durchgemachte Nächte nicht mehr zu verleugnen.«

Mein Vater schmunzelte und tätschelte mir das Bein. »Ich sehe, du bist wieder ganz die Alte. Gestern warst du noch ruhig und leise … für deine Verhältnisse.«

»Für meine Verhältnisse … was soll denn das bedeuten?«

»Du hast einen starken Charakter, Emi«, entgegnete er und tastete über die Bettdecke. Einen Moment später zog er Anna hervor.

»Das nennst du ausruhen?«, fragte er und sah mich ungläubig an.

»Das ist nur Anna.«

»Anna hat über tausend Seiten«, meinte er und blätterte durch das Buch. »Anna ist ein Schwergewicht der Literatur, Emi, das ist nicht *nur Anna*. Du solltest jetzt nichts lesen, vor allem nicht diese komplizierten, russischen Namen.« Er machte schon wieder das besorgte Gesicht.

»Okay, okay, ich ruhe mich jetzt einfach aus – wenn du es auch tust und nicht alle fünf Minuten deinen besorgten Kopf durch meine Tür steckst und nachsiehst, ob ich noch lebe. Oder kotze.«

»Abgemacht«, sagte er und nickte. »Dir scheint es tatsächlich besser zu gehen. Willst du mir noch erzählen, was gestern genau passiert ist?«

Ich gähnte demonstrativ und griff mir an die Stirn. »Vielleicht hast du recht. Ich bin doch noch geschwächter, als ich dachte. Ich sollte mich jetzt wirklich ausruhen.«

»Emi«, sagte mein Vater in seinem Therapeutenton und sein besorgtes Gesicht wich dem Therapeutengesicht, oder es verschwamm zumindest zu einer Mischung aus beiden.

»Ich bin einfach nur auf einer Treppe ausgerutscht und blöd gefallen«, erklärte ich, »die meisten Unfälle sind eben nicht besonders spektakulär, so wie die meisten Tode.«

»Aha«, machte mein Vater und sah mich einen Moment lang intensiv an. Wahrscheinlich überlegte er, ob er das Gespräch zu einer Sitzung ausdehnen oder mich einfach in Ruhe lassen sollte (Er musste sich gestern wirklich richtig Sorgen gemacht haben, denn er entschied sich für Letzteres).

»Versuch zu schlafen. Wenn du Hunger hast oder noch etwas trinken willst, gib mir einfach Bescheid.«

»Danke, ich bin versorgt«, sagte ich und deutete auf die Sandwiches, die sich auf einem Teller neben meinem Bett zu einem Turm stapelten (sie waren zur Abwechslung einmal nicht scharf gewürzt).

Dann strich mir mein Vater noch einmal liebevoll durchs Haar, stand auf und verschwand mit Anna durch die Tür, die leise ins Schloss fiel.

Ich ließ meinen Kopf auf das Kissen sinken und dachte, wie schön es wäre, heute an Amnesie zu leiden, dann müsste ich nicht an Erik oder an mein schwarzes Buch denken, das für immer in den Unterwelten verloren war. Vielleicht lag es an dem Schädel-Hirn-Trauma, dass ich mehr an Erik als an mein schwarzes Buch dachte und dass meine Gedanken einfach nicht klar waren, wenn es um Erik ging. Vielleicht mischten sich deshalb Enttäuschung, Wut und das andere Gefühl zusammen, wurden zu einem undefinierbaren Strudel, über den sich nur noch eines legte: die Erinnerung an Eriks angsterfüllte Augen, sein Blick, der so unerwartet kam und mich noch nicht losgelassen hatte.

Meine Tür ging erneut auf, diesmal waren es keine fünf Minuten gewesen, die mein Vater nicht warten konnte. Doch es war nicht mein Vater, der seinen Kopf durch die Tür schob.

»Hey Emi. Ich bins, Oliver. Dein geliebter Bruder, dem du deinen Laptop und dein iPhone vererben wirst, wenn du jetzt stirbst – falls du dich nicht mehr erinnern kannst«, sagte er ganz langsam und deutete mit einer schwungvollen Handbewegung auf sich.

»Haha, sehr witzig.«

Oliver betrat mein Zimmer mit einem breiten Grinsen im Gesicht.

»Ich hab war für dich«, sagte er.

»Noch einen blöden Spruch?«

Er nickte. »Ja, den auch. Ich habe aber noch mehr.« Oliver ging auf mich zu und setzte sich neben mich aufs Bett.

»Hast du keine Angst, dass du dich ansteckst?«, fragte ich.

»Mit Amnesie? Oder Liebeskummer?«

Ich schlug ihm auf die Schulter. »Lass das.«

»Schon gut, schau, das hier wird dich aufheitern«, meinte er und hielt mir sein iPhone entgegen.

»Du schenkst mir dein iPhone?«, fragte ich trocken.

»Nie im Leben« entgegnete er, »aber schau dir mal die Facebook-Posts an.«

Ich blickte auf sein Display und sah, dass er auf Louisas Profil war, auf dem sich die Kommentare nur so häuften. Von Freundschaftsentsagungen über wüste Beschimpfungen war alles dabei.

Unwillkürlich legte ich die Stirn in Falten. »Warum – «, begann ich, doch Oliver ließ mich nicht weiterreden.

»Es gibt ganz viele Gerüchte, die im Netz kursieren«, erzählte er enthusiastisch und erinnerte an einen Teilnehmer einer Talkshow. »Die einen behaupten, dass Louisa irgendwelche Anti-Depressiva einwirft, die aggressiv machen, und deswegen auf deinen Kopf eingeschlagen hat, die anderen sagen, dass sie hinter Erik her war und dich deswegen von der Treppe gestoßen hat, und dann gibt es noch welche …«

»Moment. Alle glauben, dass Louisa für meine Gehirnerschütterung verantwortlich ist?«

Olivers Augen leuchteten. »Hey, das ist besser als jede Soap. Da draußen ist eine Dynamik, die sich nicht mehr aufhalten lässt. Es ist wie ein Wirbelsturm frustrierter Louisa-Freundinnen, die sich nun endlich gegen ihre Herrscherin auflehnen und aus der Unterdrückung befreien.« Er lachte laut auf. »Das ist so cool, was da abgeht.«

»Aber Louisa kann nichts dafür. Also, nicht wirklich«, sagte ich und dachte daran, dass ich nicht die Treppe runtergefallen wäre, wenn sie mein schwarzes Buch nicht in die Tiefe geworfen hätte.

»Emi, was da abgeht, hat nichts mehr mit dir zu tun. Du bist mehr eine Art Ventil, der Auslöser, die Entschuldigung … whatever. Aber der Shitstorm ist gewaltig und superlustig.«

Ich atmete tief ein und strich mir die Haare zurück. Und obwohl ich mich hätte freuen sollen, obwohl mich die Vorstellung von Louisas Shitstorm glücklich hätte machen sollen, war ich einfach zu kaputt und sie mir zu egal, um auch nur ein kleines Lächeln hervorzulocken.

»Du hast also doch was abbekommen«, sagte Oliver, als ich nicht die gewünschte Reaktion hervorbrachte. Er stand auf und streckte sich. »Gut, während du hier faul rumliegst, werde ich jetzt mal laufen gehen und für meinen nächsten Triathlon trainieren. Nachdem ich beim letzten Lauf in meiner Gruppe Erster geworden bin, muss ich den Titel verteidigen.«

»Du bist Achter geworden«, sagte ich.

Oliver seufzte. »Also doch keine Amnesie, schade«, sagte er lächelnd und verließ mein Zimmer.

Ich nahm mein Handy vom Nachttisch und fand eine WhatsApp von Toni, die ich vorhin nicht gehört hatte und die mich über den Shitstorm – in seiner vollen epischen Länge – aufklärte. Dann überlegte ich kurz, ob ich Charlie schreiben sollte. Ich hatte ihr noch nicht geschrieben, weil sie gerade auf einem Liebes-Rafting-Trip mit ihrem Philip war. Außerdem wusste ich nicht, was ich schreiben sollte, da ich nicht einmal wusste, was ich denken sollte. Für einen Moment schloss ich die Augen, spürte, wie die kühle Vormittagsluft durch das geöffnete Fenster strömte und an die Stelle an meinem Kopf zog, auf die ich gestürzt war. Ich erinnerte mich daran, wie sich der Fall von der Treppe angefühlt hatte, wie es sich in

Eriks Armen angefühlt hatte, und wie seltsam sich jetzt alles anfühlte …

Gerade, als ich an der Schwelle zum Schlaf war, hörte ich, wie sich die Tür schon wieder öffnete, und ich verfluchte meine Familie dafür, dass sie mich nicht in Ruhe lassen konnten, wenn ich doch so dringend Ruhe benötigte.

»Ich wollte dich nicht wecken«, sagte Erik leise, als ich die Augen öffnete. »Ich wollte dir nur etwas vorbeibringen.« Er stand in der Tür und sah mich unbewegt an. »Ich wollte es deinem Vater geben, aber er bestand darauf, dass ich es dir persönlich überreiche.«

»Mein Vater bestand darauf?«, fragte ich etwas verwirrt und richtete mich schwerfällig auf. Dabei dachte mein lädierter Kopf an Erik und wie gut er aussah mit seiner schwarzen Jeans und dem schwarzen Shirt, und mein lädierter Kopf dachte auch an mich und wie schlecht ich aussah mit meiner grauen Jogginghose und dem weißen Shirt, und an mein Verräterherz, das wild in mir herumsprang, musste mein lädierter Kopf gar nicht denken.

»Was willst du mir geben?«, fragte ich so sachlich wie möglich und war froh, dass ich heute Morgen geduscht und Zähne geputzt hatte. Und dann überlegte ich kurz, wie ich mich verhalten sollte. Sollte ich wütend, dankbar oder gleichgültig sein? Erik hatte mir nicht vertraut, aber er hatte anscheinend im Bunker-Labyrinth nach mir gesucht und mich die Treppe hinaufgetragen. Hatte er es nur aus Anstand getan? Und waren wir damit irgendwie quitt?

Erik betrat mein Zimmer, machte ein paar Schritte und setzte sich dann auf meinen Schreibtischstuhl. Dabei ließ er seinen Rucksack von der Schulter gleiten.

»Ich dachte, das willst du wiederhaben«, meinte er und zog mein schwarzes Buch aus dem Rucksack. Mein schwarzes Buch!

»Woher …? Wie …?«, fragte ich irritiert.

Erik betrachtete mich mit seinen dunklen Augen und ich versuchte, meinen Herzschlag zu kontrollieren.

»Ich habe es einfach geholt.«

»Einfach geholt?«, wiederholte ich und dachte an die labyrinthartigen Gänge des Fichtebunkers.

»Ich habe mit einem Typen vom Unterwelten-Verein gesprochen, der hat mir geholfen«, erklärte er und blickte mich seltsam unsicher an, als er mir das Buch reichte.

»Danke«, sagte ich und strich zärtlich über den schwarzen Einband, als ich mein Buch endlich wieder in Händen hielt. Dann senkte sich eine seltsame Stille über den Raum, und obwohl Erik nun einfach wieder gehen hätte können, tat er es nicht.

»Dein Vater sagt, du hast ein Schädel-Hirn-Trauma.«

»Gehirnerschütterung«, korrigierte ich, »mein Vater übertreibt.«

»Hast du Gedächtnislücken?« Erik lehnte sich auf dem weißen Stuhl zurück.

»Wieso? Sollte ich welche haben?«

Er rieb sich den Nacken. »Die letzten zwei Wochen könntest du ruhig vergessen haben.«

Ich schüttelte den Kopf. »Die vergesse ich garantiert nicht«, sagte ich kalt und dachte an die Tage, die ich enttäuscht und wütend durch die Gegend gerannt war, weil Erik mich für eine Verräterin gehalten hatte.

»Es gibt irre Gerüchte, was passiert ist«, meinte Erik und versuchte, das Thema zu wechseln.

»Ach, und die glaubst du jetzt etwa auch noch?«, fauchte ich, weil es einfach hochkam, weil da einfach etwas in mir war, das nicht in mir bleiben wollte.

Erik fuhr sich durchs Haar. »Emi, mach es mir doch nicht so schwer.«

»Ich soll es dir nicht so schwer machen?!«

»Es macht keinen Spaß, mit Axel Graffiti zu putzen.«

»Ach, das gefällt dir nicht?«

»Nein, überhaupt nicht. Außerdem stinkt der Typ nach Zigaretten.«

»Na und, weißt du, wie sehr mir die letzten Wochen gestunken haben?«

Er sah mich eindringlich an. »Beschimpfst du mich jetzt gleich wieder?«

»Daran ist noch niemand gestorben.«

»An deinen Schimpfwörtern? Da wäre ich mir nicht so sicher«, sagte er mit einer Verbitterung, die mich stocken ließ. Hatte ich ihn mit meinen Worten wirklich verletzt?

Eine Zeit lang sagten wir gar nichts und Eriks Worte hallten stumm durch mein Zimmer und meinen Kopf. Jetzt wäre ich verdammt froh gewesen, wenn mein Vater nach mir gesehen hätte.

»Wie hast du mich überhaupt gefunden?«, fragte ich irgendwann, weil ich die Stille nicht mehr länger aushielt, und zog dabei meine Knie an mich heran.

»Ich bin durch die Gänge gelaufen. Und dann hörte ich dieses laute Geräusch«, sagte er.

»Meinen Sturz?«

»Es war ein Riesengepolter und ein dumpfer, hässlicher Schlag. Es ist kein schönes Geräusch, wenn dein Dickschädel auf Beton trifft«, erklärte Erik und machte eine kurze Pause, »und da war ganz schön viel Blut. Ich hatte Angst, du wärst gestorben.«

»Das wäre ein ziemlich beschissener Tod gewesen, nicht besonders spektakulär«, erwiderte ich und schlang meine Arme um meine Knie.

»Stimmt«, sagte er und nickte, »die Todesanzeige wäre ziemlich langweilig geworden.«

Ich strich über mein schwarzes Buch. »Es gibt bessere.«

»Wie viele hast du mir denn seit dem Berlintrip verpasst?«, fragte Erik.

»Wie viele was soll ich dir verpasst haben? Todesanzeigen?«

»Tode.«

Ich versuchte, Eriks Blick standzuhalten und sah ihm in die Augen. »Keinen.«

Erik hob ungläubig die Augenbraue. »Keinen Tod?«

»Nein.«

»Keinen einzigen?«

»Nein.«

»Liegt das an der Amnesie? Bist du doch schlimmer auf den Kopf gefallen?«

»Herrje, was haben alle mit der Amnesie? Es geht mir gut.«

»Wieso hast du mich dann nicht sterben lassen? Ich hätte gedacht, dass du mir mindestens tausend Tode verpasst.«

»Keine Ahnung, Erik«, sagte ich und strich über meine Bettdecke.

»Ist das jetzt etwa noch eine Beleidigung?«, fragte er und seine Augen wirkten irgendwie hart.

»Eine Beleidigung?«, wiederholte ich, »dass ich dich nicht in Gedanken habe sterben lassen?«

»Ja, irgendwie ist das schon beleidigend.«

»Okay. Dann gebe ich dir schnell einen Tod«, sagte ich und atmete tief ein. »Wie wärs, wenn du dir einfach Klopapier in den Mund stopfst, bis du daran erstickst?«

Erik runzelte die Stirn. »Ist das Klopapier benutzt oder unbenutzt?«

Ich musste lächeln.

»Das muss doch besser gehen«, sagte er und sein Mundwinkel zuckte.

»Okay«, sagte ich schnell, »du könntest es auch wie dieser Kranführer aus Hamburg machen, der zuerst eine Flasche Pflanzengift getrunken hat, sich dann eine Drahtschlinge um den Hals legte und sich abschließend noch erschoss.«

»Jetzt gehst du aber auf Nummer sicher.«

Ich nickte. »Ja, irgendwie hast du es ja verdient.«

Erik wurde wieder ganz still und sein Gesicht ganz ernst und ich bereute meine Worte sofort. Das, was geschehen war, diese Tage des Misstrauens, der Enttäuschung und Wut, das alles stand einfach zwischen uns und meine Gefühle spielten verrückt, alles in mir spielte verrückt, wenn es um Erik ging.

War er jetzt nur hier, weil er Schuldgefühle hatte? Weil er Teil dieser ganzen Louisa-Sturz-Misere war? War er im Fichtebunker einfach nur der Held gewesen, der das unscheinbare Mädchen nicht am Boden liegen lassen wollte?

Erik sah mich unbewegt an und ich hasste es, nicht zu wissen, was er fühlte.

»Emi, ich wollte dir nicht nur das Buch bringen«, sagte er und rollte mit dem Schreibtischstuhl auf mich zu, »ich wollte dir auch noch das zeigen.« Er zog ein Stück Papier aus seiner Hosentasche, entfaltete es und reichte es mir. Es war ein Brief. An seine Mutter.

Mirjam,

ich habe lange überlegt, ob ich Dir überhaupt schreibe. Denn irgendwie hast Du es nicht verdient, zu bekommen, was Du willst, nachdem Du mir genommen hast, was ich wollte. Etwas in mir hätte Dich gerne in meinem Leben gehabt und etwas anderes in mir will nichts mehr mit Dir zu tun haben. Aber jemand hat mir gesagt, dass ich das tun soll, was ich möchte. Und irgendwie möchte ich Dir schreiben, ich möchte Dir schreiben, dass Du so viel in meinem Leben verbockt hast, dass Du jetzt, wo Du in deiner Finca hockst, keine Ahnung hast, was Du alles mit Deinem Hin und Her und Auf und Davon zerstört hast.

Du wolltest wissen, wie es mir geht, was mich bewegt, was ich fühle und wer ich geworden bin. Ehrlich? Ich bin der Typ geworden, der das einzige Mädchen, für das er etwas empfindet, wegstößt, weil er ihr nicht vertraut. Weil er es gewohnt ist, enttäuscht zu werden, weil er vielleicht auch nur darauf wartet, enttäuscht zu werden, weil er es ja nicht anders kennt. Der Typ, der es nicht schafft, diese eine, wichtige Sache auf die Reihe zu kriegen, der es einfach nur verbockt und dessen Kopf verrückt spielt, weil sie ihn nicht mehr in ihrem Leben haben will. Also. Der bin Ich. Glückwunsch.

Erik

Ich las den Brief, las die Stelle mit dem Mädchen immer und immer wieder und irgendwann legte ich den Brief zurück in Eriks Hände und dabei berührten sich unsere Finger und es war, als ob Stromstöße durch meinen Körper jagten, direkt bis in mein Gehirn und mein Herz, und irgendwann traute ich mich dann, in seine Augen zu sehen.

»Und?«, fragte Erik.

»Und was?«, fragte ich zurück.

»Wie findest du ihn?«

»Ganz okay«, sagte ich und musste versuchen, meine Stimme unter Kontrolle zu halten, weil sie mir wegbrechen wollte.

»Ganz okay?«

»Er erklärt zumindest einiges«, sagte ich und spürte, dass sich unsere Hände noch immer berührten und keine Anstalten machten, auseinanderzugehen.

»Das ist alles, was du dazu sagst?«, fragte er und sah mich intensiv an. »Du hast wohl doch Amnesie. Oder ich habe mich getäuscht. Ich … Schwachkopf«, meinte er hart und wollte seine Hand wegziehen, doch ich ließ es nicht zu.

»Nichts davon«, sagte ich, »weder Amnesie, noch Schwachkopf«, erklärte ich und dann wurde ich plötzlich mutig, vielleicht, weil mich der Brief bestärkte, vielleicht, weil ich ein Schädel-Hirn-Trauma hatte, vielleicht aber auch, weil ich es schon so lange wollte. Ich lächelte und bewegte mich auf Erik zu, ich fühlte, wie meine Lippen zu seinen wanderten und wie auch seine automatisch zu mir kamen und irgendwann trafen sie sich dann in der Mitte und wurden zu einem sanften Kuss, der einfach nur zum Sterben schön war.

In Liebe und Dankbarkeit nehmen wir Abschied von

Emi und Erik,

die so jung von uns gehen mussten.

Emi, die nicht nur die neue Freundin ihres Vaters, sondern auch einen prekären Treppensturz überlebte, trank auf einer spanischen Finca Pflanzengift, das sie in einem spontanen Anfall von Amnesie für Cola hielt. Ihr Freund Erik wollte sich daraufhin das Leben nehmen und stellte sich auf die Landstraße, um sich von einem LKW überrollen zu lassen. Der LKW-Fahrer, der eine Ladung Giftschlangen transportierte, verriss das Lenkrad und krachte in einen Schwertransporter mit Sprengsätzen – in der darauffolgende Explosion regnete es tausend Giftschlangen, von denen jede einzelne tödlich war. Erik wurde jedoch nicht gebissen, sondern rutschte auf einer am Wegesrand liegenden Graffitidose aus, schlug mit dem Kopf auf einem spitzen Stein auf und erlag einem Schädel-Hirn-Trauma Stufe 3.

In tiefer Trauer: die Angehörigen

(Emi vererbt ihrem Bruder Oliver weder Laptop noch iPhone.)

DANKSAGUNG

Wir hoffen, ihr hattet viel Vergnügen mit Erik & Emi und ihren verrückten Todesfantasien! Uns hat es jedenfalls einen Mordsspaß gemacht, uns all diese Tode auszudenken. Ohne tatkräftige Geburtshelfer hätte unser skurriles Buchbaby jedoch nie das Licht der Welt erblickt:

Zuallererst möchten wir uns bei unseren Familien bedanken, die immer schon an uns geglaubt haben. Danke, dass es euch gibt, danke, dass ihr uns auf diesem Weg nicht nur begleitet, sondern auch immer wieder als blinkender Kompass fungiert. Ihr seid großartig! (Gerlinde, deine Bücherschweinchen sind noch immer der Hammer!)

Unendlicher Dank gilt Alexandra Borisch, Katrin Künzel und Katja Gabriel von cbj, die Emis Ton in dem ganzen Stimmengewirr herausgehört haben und sich niemals mit Durchschnittlichkeit zufrieden geben. Ohne euch gäbe es dieses Buch nicht.

Ein großes Dankeschön geht auch an Sonja Storz, die die Idee für den hübschen Trauerrand hatte, den wir so sehr lieben!

Und natürlich danken wir auch unserer Agentin Leonie Schöbel, die uns professionell betreut, und unserer Buchmama Claudia Winter, die schon so früh an uns geglaubt hat und uns immer wieder auf die Finger klopft, wenn wir etwas doch wirklich besser machen könnten!

Danke auch an Skype – durch dich bleiben uns horrende Telefonrechnungen erspart! Danke an die Schokolade und Pizza, die immer für uns da sind. Danke an das Leben, das uns so viel Inspiration schenkt. Und danke an euch Leser. Wir freuen uns, wenn ihr uns unter *www.annapfeffer.de* besucht – denn wir lieeeeben den Austausch mit euch!

Alles Liebe & bleibt am Leben, Anna Pfeffer

PS: Wir vererben Oliver weder Handys noch Laptops.